LE DERNIER FESTIN

Fabio M. Mitchelli

Le dernier festin

Trilogie des verticales

ANGOISSE

french pulp éditions

49, rue du Moulin-de-la-Pointe
75013 Paris
Tél. : 09.86.09.73.80
Contact : kim@frenchpulpeditions.fr
www.frenchpulpeditions.fr

ISBN : 979-10-251-0400-2
Dépôt légal : octobre 2018

Couverture : © French Pulp éditions

Inspiré et librement adapté de la folie criminelle d'Andreï Romanovitch Tchikatilo. Surnommé l'ogre de Rostov, il a assassiné plus de cinquante-deux personnes entre 1978 et 1990.

Andreï Tchikatilo a été classé parmi les plus grands criminels du XXe siècle.

Un traumatisme est une blessure physique ou psychique infligée à l'organisme, ou la lésion locale qui en résulte. En psychanalyse, il s'agit également d'une émotion violente qui influe sur la personnalité du sujet et qui entraîne des troubles durables...

Première partie

La verticale du fou

Lorsque sera venu le jour où l'humanité partira à la dérive et que s'amorcera l'extinction des feux de son existence, je laisserai juste cette vacillante veilleuse au milieu des flots, un phallus de béton au cœur d'un océan d'encre, juste cette petite lumière qui vous apaisera et vous guidera vers des rivages plus sûrs...
Le plus beau reflet de soi dort dans le miroir de son cœur...

F. M. Mitchelli

Mouvement 1

Clarisse

Septembre 2011,
Lanslebourg-Mont-Cenis,
Maurienne, dpt de la Savoie.

J'étais froide.

J'étais froide car j'étais morte depuis déjà cinq jours. Abandonné au cœur de cette épaisse forêt, mon corps avait été livré en pâture aux bêtes sauvages qui n'avaient pas perdu de temps pour débusquer mon cadavre.

C'était comme si j'avais été projetée dans l'enfer de Dante, prisonnière d'une divine comédie dont j'étais la seule actrice, forcée à jouer un rôle que j'avais refusé depuis toujours. C'était un peu comme si je me situais à cet instant où Dante est égaré en forêt, venu cueillir une branche pour la fête des rameaux.

J'étais donc morte, assassinée. Ça, j'en étais consciente, ce qui n'était pas le cas des types de la police scientifique qui tournaient autour de ma dépouille. Ce qu'ils ignoraient en foulant le sol humide de la scène de crime, c'est que je n'avais pas été tuée ici et, mis à part quelques traces de sang, ils ne trouveraient rien qui pourrait les mettre sur une piste sérieuse. D'après les premières constatations de la légiste, mon occipital avait été fracassé et la boîte crânienne s'était ouverte. C'est pour cette raison qu'après avoir passé la scène au peigne fin, les experts allaient évidemment conclure que mon assassin ne m'avait pas tuée sur les lieux, sachant qu'une telle blessure libérait un fort épanchement de sang.

L'odeur que je dégageais me répugnait. Moi qui avais toujours pris soin de mon apparence, de mon corps, voilà que celui-ci avait pourri, dévoilant ma peau tuméfiée et de vilaines ecchymoses sur mes jambes et mes bras. J'étais nue, oui, entièrement dévêtue, partiellement rongée par les bêtes sauvages.

De l'endroit où je me trouvais, je voyais le ciel. Tout autour de moi une épaisse barrière de résineux cerclait les lieux, un mur de pins serrés les uns aux autres qui ne laissait filtrer qu'une espèce de lumière diffuse dans le soir tombant. Les herbes étaient hautes, denses. Je perçus alors à cet instant la voix d'un policier. Celui-ci avança qu'il serait très difficile de retrouver des marquages ADN, si le meurtrier en avait laissé. Selon lui, l'averse aurait fait disparaître toutes les traces, lavé la scène de crime.

Je me souvenais du chien qui était venu me renifler l'entrejambe et, quelques secondes plus tard, de son maître qui trébuchait sur mon cadavre. Je repensais à ce type, une expression de dégoût figée sur son visage. Effrayé, il n'était cependant pas parvenu à détacher son regard de mes plaies écarlates et boursouflées, ainsi que de mes yeux vitreux. Le jeune homme était resté tétanisé devant mon corps.

De mon côté, j'observai le flic qui se tenait près des véhicules. Il fumait sa cigarette nerveusement, les mains tremblantes. Le regard perdu dans la masse de nuage qui venait cimenter le ciel, il contenait ses larmes et sa douleur.

Je détaillai cet homme si beau, si séduisant, attirant. Du haut de son mètre quatre-vingts et son regard ténébreux, il me rappelait William, mon époux. J'avais oublié à quel point le temps passait vite, à quel point il nous coulait entre les doigts et nous laissait parfois des marques indélébiles. C'est ce qui s'était produit avec William ; tout était allé très vite... Je me remémorai la violente dispute que l'on avait eue la veille au soir de ce stupide accident, avec cette question qui me hantait : *William aurait-il pu m'assassiner ?* Oui, probablement. Et je l'aurais mérité ! Avec ce que je lui avais fait subir, il aurait été légitime qu'il décharge sa colère. Il n'avait pas supporté ma trahison, celle de ma liaison avec Chris, son meilleur ami... Ce Chris qui était là, devant moi, en train de fumer sa cigarette. C'était lui, ce jeune flic arrogant et ténébreux. Voilà la raison pour laquelle il me faisait penser à William ; simplement parce qu'il était son ami d'enfance, et parce que nous l'avions trompé, tous les deux...

Alors que la brigade scientifique continuait à quadriller les lieux et à chercher d'éventuels indices, j'essayais péniblement de rassembler les évènements qui avaient précédé ma mort. Mais ma mémoire de fraîche trépassée me jouait des tours et me renvoyait des séquences morcelées et indéchiffrables. Le seul et terrible moment dont je pouvais me souvenir était l'impact sur mon crâne, cet impact qui m'avait plongée dans un coma profond de quelques minutes et m'avait fatalement conduite au décès.

Une technicienne de la cellule de l'identification criminelle s'approcha. La bonne femme, assez ronde et au faciès congestionné, m'ouvrit soudain la bouche pour y examiner l'intérieur. Elle constata au passage de nombreuses griffures le long de mon cou, des plaies sur mon visage et diverses égratignures. Puis, après un soupir de lassitude, elle marmonna :

— Il n'y a pas assez de sang, ici ! Cette femme n'a pas été assassinée dans ce bois, les gars, on a juste déposé son corps, c'est sûr...

Chris éjecta son mégot d'une pichenette, puis il se rapprocha de la légiste, l'expression du visage dévastée par le chagrin.

— C'est-à-dire ? Dites-m'en plus... Je connais bien cette personne... j'étais avec elle voilà quelques jours. La voir comme ça, nue... D'après vous, pourquoi est-ce qu'on aurait déposé son cadavre ici ?

Devant Chris, mon corps dégradé se présentait comme une œuvre d'art que l'on aurait vandalisée, ce corps que je lui avais offert le temps d'une fièvre érotique, le temps d'un dérapage qui nous avait fait perdre toutes les raisons. Il me répétait sans cesse qu'il aurait tant voulu exposer mon corps sur ses murs, comme un tableau, comme l'œuvre flamboyante d'un nu de Goya. Mais il avait devant lui tout ce qu'il restait de moi : une masse de chairs enveloppée d'une peau diaphane et grisâtre, dans un sous-bois aux relents de pourriture végétale. D'après l'état dans lequel je me trouvais, il me semblait que cela faisait des mois que j'avais été ainsi offerte à la faune locale. La datation en phase post mortem permettra très certainement à l'équipe scientifique d'en savoir un peu plus. Ils estimeront le peu de rigidité cadavérique restant, ainsi que les lividités, ils calculeront le dosage de potassium dans l'humeur vitrée puis, enfin, ils disposeront de la chronologie précise des escadrons de la mort, ces fameuses mouches de la première escouade. Les diptères, qui arrivent sur le corps quelques instants après le décès afin d'y pondre leurs œufs, leur donneront déjà des indications. Celles que je contenais déjà *en moi* témoignaient avec exactitude du jour et de l'heure exacts où j'avais cessé de respirer. Chris me parlait souvent du boulot énorme que fournissait la police scientifique et, surtout, d'Alec Jeffreys, ce généticien anglais qui avait découvert le concept de l'empreinte génétique d'après une séquence d'ADN, le 10 septembre 1984.

Ma silhouette, mon si beau corps, jeune et mince, entretenu par des séances interminables de fitness, de natation et de jogging, n'était plus qu'une masse de chairs informe. Le voir en si piteux état me laissait perplexe et silencieuse, meurtrie. Pourquoi diable devais-je subir cela ? Pourquoi étais-je consciente de ma propre mort et du pourrissement de mon corps ? Y avait-il ne serait-ce que l'ombre d'une explication rationnelle ?

À moins que la mort, ce soit ça, cette espèce de conscience persistante, puisque après tout, personne n'en était revenu avec la faculté de décrire ce qu'il avait vu. Pas de tunnel, pas de lumière, juste le constat de mon décès par une conscience fantôme.

Pour moi, ce qui était certain, c'est que j'étais en train de revivre et, par conséquent, vivre ma propre mort…

Mouvement 2

Désir de chair, désir de peau

Le type bouffi ; 19 h 33,
trois heures et demie avant l'arrêt des fonctions vitales.

Le soir tombait. La pénombre obscurcissait la scène de crime, forçant l'équipe scientifique à déployer une farandole de puissants projecteurs tout autour de la zone. Les enquêteurs avaient probablement encore le fol espoir de pouvoir dénicher un indice, une trace ADN.

Chris interrogeait le cueilleur de champignons qui ne se remettait toujours pas de sa macabre découverte. Son chien, excité par l'effervescence qui régnait sur la zone et les odeurs de charogne qui s'en dégageaient, tirait sur sa chaîne en hurlant à la mort. Mais Chris perdait son temps. L'homme n'avait vu personne, ni même entendu quoi que ce soit. De mon côté, je tentai d'imposer la marche arrière à mon cerveau nécrosé, priant pour qu'il reste, égarées quelque part dans les synapses de celui-ci, des images résiduelles de ce qui s'était réellement passé. Des réminiscences fractionnées devraient suffire pour reconstruire le puzzle et pourraient, peut-être, me ramener à l'instant fatal.

Je forçai un peu sur ma mémoire, comme s'il s'agissait d'une réflexion lors de mon vivant. C'est alors que m'apparut le type du supermarché. Des séquences me revinrent progressivement...

Je revoyais mon passage devant la caissière qui m'avait langoureusement dévorée des yeux. Elle m'avait gratifiée d'un sourire vulgaire jeté par des lèvres outrageusement enduites d'un rouge gras et luisant. L'homme devant moi m'avait aussi souri en appuyant son regard sur mon fessier largement avantagé par le pantalon moulant que je portais. Ce type grassouillet, au visage bouffi et à la peau grêlée, me mangeait du regard avec un sourire vicieux pendu au coin des lèvres.

Était-il responsable de ce qui avait suivi ? Peut-être, je ne me souvenais plus bien...

Je captai des images floues, une scène qui se déroulait quelque part sur le parking du supermarché, avec le type bouffi, mais les détails restaient confus. J'entendais sa voix, son rire, et je revoyais un petit morceau de papier sur lequel il avait inscrit son numéro de téléphone. Ensuite, une brume vint envelopper ces résurgences fantomatiques. Ma conscience fantôme prit alors la mesure de ce qui était en train de se produire : mon cerveau mort réalisait l'impossible. Il accomplissait ce qu'aucun flic n'aurait pu concevoir, même avec toute l'intelligence et toutes les logiques du monde ; il enquêtait sur mon propre meurtre, *sur sa propre extinction...*

La caissière ; 20 h 05,
deux heures cinquante-huit minutes
avant l'arrêt des fonctions vitales.

La jeune caissière aux lèvres pulpeuses m'avait fait savoir son désir de chair.

Bien évidemment, j'avais accepté son invitation.

Je n'avais pas eu de relation homosexuelle depuis la fac et, lorsqu'elle m'avait tendu le ticket de caisse sur lequel était inscrit son numéro de portable, je lui avais souri en acquiesçant d'un signe de tête. Elle m'avait plu, malgré l'exagération de son maquillage et ses fesses trop grasses, je lui avais trouvé du charme, une sorte d'attirance étrange qui m'avait fait vibrer.

On s'était donné rendez-vous dans un café-concert englouti dans les dédales de la ville. Un établissement où se retrouvaient couples adultères, couples gays et déviants sexuels en tout genre. Malgré mon attachement sentimental pour William, je ne pouvais passer à côté de ce désir de chair, ce désir de peau, cet appel au plaisir, celui d'abandonner mon corps pour l'offrir à cette femme.

On a dansé, blotties l'une contre l'autre, respirant nos parfums féminins mêlés à nos sueurs brûlantes. Nous nous sommes abandonnées dans cette étreinte sensuelle qui avait acéré ma soif de baiser avec elle. J'avais laissé ma joue posée sur son épaule, les yeux fermés. Mes seins contre ses seins avaient durci. Enfin, j'avais redécouvert une saveur dont le goût m'avait échappé...

Nous avons fait l'amour chez elle, dans la pénombre de son modeste appartement. Le plaisir que j'ai pris, aucun homme ne me l'avait donné depuis bien longtemps.

C'est un peu plus tard, lorsqu'elle est sortie de la douche drapée d'une serviette de coton blanc, qu'elle m'a dit se prénommer Evy. Je l'ai regardée intensément en pensant encore au goût de sa langue et à celui de son intimité qui m'avait fait perdre la tête...

Mon cerveau avait du mal à poursuivre mais, dans d'obscurs recoins de ses opaques sous-couches, il subsistait des séquences ante mortem qui cherchaient à se déloger de leurs enclaves cérébrales.

Mon téléphone a sonné.

Chris voulait me voir, de toute urgence.

Chris ; 21 h 35,
une heure vingt-huit minutes
avant l'arrêt des fonctions vitales.

— Je suis raide dingue de toi Clarisse ! a-t-il claironné, je me moque que tu sois la femme de mon meilleur ami. Je lui en parlerai si tu veux, je ne suis pas inquiet pour ça... Quitte-le !

J'ai ressenti à ce moment-là une curieuse envie de m'abandonner avec Chris, m'offrir à lui pour une baise d'adieu, me donner une dernière fois avant d'en finir. C'était comme si j'étais prise d'une soudaine fièvre sexuelle que je n'arrivais pas à faire retomber.

Ça a été plus fort que moi. Je n'ai pas pu m'empêcher de prendre sa bouche et de l'embrasser avec une fougue d'adolescente. Tout s'est déroulé très vite et très fort. Chris m'a plaquée contre le mur, dans la petite ruelle derrière la gare routière. Il m'a soulevée avec violence. Il m'a fait mal lorsqu'il est entré en moi. J'ai crié. Il s'est essoufflé très vite, aussi vite qu'il a joui en moi. J'ai perdu pied et, le souffle court, tout en remontant mon jeans avec un sentiment de honte que j'ai tenté de dissimuler, je lui ai alors confié que je devais rejoindre William et que l'on devrait peut-être oublier notre relation, effacer notre erreur...

Je me suis sentie sale, violentée. Cette virilité m'a longtemps laissé la sensation d'être présente dans mon bas-ventre pendant de très longues heures...

Mouvement 3

Solitude

Chris me ramenait chez moi, honteux de l'acte dont il était responsable. Machinalement, j'ai enfoncé le disque qui attendait, posé sur la fente de l'autoradio. La chanson de Benjamin Biolay a tourbillonné depuis les enceintes jusqu'aux profondeurs de mon cortex. *La Superbe* a résonné en moi comme le timbre funeste d'un glas prémonitoire.

Un silence gênant a empli l'habitacle du véhicule.

Perdue dans mes pensées, je ressentais le fait d'avoir trahi William comme si je lui avais refilé le sida sans rien lui dire. Dans le même temps, j'ai éprouvé la sensation d'être une femme libre et désirable. J'avais passé ma jeunesse à cultiver mon allure, la sculpter, l'embellir, imaginant que mon apparence pouvait être la clé de mon ascension sociale. Je ne comptais plus les aventures qui avaient jalonné ma vie ces derniers temps. Il y avait eu Angus, mon professeur de yoga ; Roberto, le maître nageur de ces dames à la piscine municipale, Richard, mon chef de projet chez Visual Development, l'entreprise pour laquelle je travaillais.

C'est à cet instant-là que j'ai enfin saisi combien j'avais maltraité mon corps, sans jamais vraiment le respecter. J'ai pris conscience que les générations contemporaines s'abreuvaient d'images sur papier glacé, se complaisaient à aimer des poupées siliconées, des poupées couchées sur les photos retouchées de magazines en vogue. Toute une masse humaine interrogeait son miroir numérique pour savoir si toujours il était question d'être au top niveau, de faire partie de l'élite et de répondre aux diktats de notre société contemporaine.

Je me souviens m'être sentie très seule à ce moment et, malgré cette vie passée à me camoufler derrière des quantités de fond de teint, de mascara et autres crèmes antirides, j'ai eu l'impression de ne plus être tout à fait belle, de ne plus être tout à fait moi. Je ne voulais plus de ce monde, je ne voulais plus faire partie de cette élite conditionnée, farcie à la cocaïne, cette jeunesse qui se délitait sous le poids de l'arrogance et de l'individualisme. J'ai eu envie de m'enfuir, loin, tout quitter, laisser derrière moi ceux que je connaissais, les oublier, mourir socialement pour mieux renaître ailleurs.

J'ai pris la décision de ne plus revoir William, ni même mon entourage proche. J'ai décidé de disparaître, à jamais.

J'ai pris conscience que le plus beau reflet de soi dormait dans le miroir de son cœur... et que la vraie beauté de son corps était celle de son âme.

Après quelques kilomètres à rouler dans la nuit, j'ai demandé à Chris d'arrêter le véhicule et de me déposer au milieu de nulle part.

Il m'a alors semblé nécessaire de lui parler de la métamorphose contradictoire que je m'apprêtais à mettre en œuvre, à l'instar d'une Bridget Jones inconsciente de son bonheur ; une sorte de Bridget Jones inversée. Mariée, je souhaitais redevenir célibataire et de filiforme je voulais devenir ronde et bien en chair. Et, surtout, je désirais plus que tout cesser cette relation évanescente que m'imposait Chris.

Je me sentais ridicule, seule et inutile. Hantée par le chagrin, la solitude.

Je ne voulais plus être belle, belle de cette beauté-là, belle de ces apparences superflues, drapée de cette affligeante banalité...

Mes pensées cessèrent alors et je réintégrai mon enveloppe physique.

De nouveau *présente* sur la scène de crime, j'observai l'équipe scientifique. La légiste, qui était encore penchée sur moi, était intriguée par les griffures présentes sur mon cou. Bien qu'elle prît une rafale de photos, cet élément n'avait aucun lien avec ma mort. C'était là un fil ténu qui me ramenait à la vie par le souvenir ; les marques que Chris avait laissées sur mon cou lors de notre glissade charnelle. Des résurgences de son odeur me revinrent, stagnant dans le tréfonds de mon cerveau mort où subsistait encore cette étincelle électrique.

Chris était effondré. Je le voyais errer aux alentours de la zone sécurisée, nerveux, fumant cigarette sur cigarette en s'efforçant de détourner son regard de la surface de mon corps. Le dos collé contre le fourgon banalisé de l'équipe scientifique, il restait songeur, ressassant probablement le fait qu'il avait été le dernier à m'avoir vue vivante, le dernier à m'avoir parlé, le dernier à avoir compris que je ne voulais plus de cette vie, que je ne voulais plus jouer cette absurde comédie...

C'était comme une impression de déjà-vu. C'était comme si j'avais déjà vécu tout ce que je voyais ; cette scène de crime, mon corps nu, Chris qui se lamentait pitoyablement et tout ce déploiement de scientifiques qui grouillaient comme des fourmis légionnaires. Cette condescendance à l'égard d'un corps qui allait définitivement disparaître me donnait un singulier vertige. Je ne m'étais pas respectée moi-même, j'avais fait subir à mon corps des sévices bien plus durs et traumatisants que le viol physique dont j'avais été victime trois ans auparavant. Des années durant, j'ai contraint mon corps à dormir peu, danser, courir, fumer, à ingurgiter des substances chimiques, des antidépresseurs, de la cocaïne, de la marijuana. Je l'ai également familiarisé avec l'absorption de médicaments pour maigrir, de pilules pour bronzer, de comprimés pour l'arrêt du tabac, de cachets pour rajeunir, des antioxydants, des stimulants pour l'épiderme et tout un fatras de merdes chimiques et de conservateurs mélangés à mon alimentation. Désormais, les cadavres ne pourrissaient plus du fond de leurs tombes, ils étaient condamnés à subir les conséquences de la conservation longue durée. Conservateurs et cosmétique en étaient les principaux vecteurs. Médecins et spécialistes l'attestaient. Je m'étais donc moi-même fabriqué une sorte de chimiothérapie prétendue inoffensive et régénératrice, ainsi qu'un cocktail détonnant plus efficace qu'un bocal de formol. Je ne faisais pas non plus la somme des violences physiques que j'avais désiré que l'on m'inflige, rien que pour le plaisir d'une exploration sexuelle innovante ! Mes seins avaient été pétris des milliers de fois, enduits de cire chaude, j'avais été malaxée, caressée, frottée, léchée, secouée ; bref, prise par la face nord et la face sud. Oui, le sexe a été prédominant dans ma vie, je le reconnaissais aujourd'hui. J'admettais surtout le fait que personne d'autre que moi ne m'avait intéressé dans ma vie, rien d'autre que mon apparence, préoccupée par mon pouvoir de séduction. Oui, le sexe m'avait procuré d'intenses moments... mis à part les déboires malheureux qui avaient jalonné une partie de mes expériences : les deux avortements, le viol, les diverses infections vaginales que j'avais contractées et les deux ou trois malades mentaux qui avaient failli m'étrangler lors de rapports un peu violents. Hormis le plaisir et les frissons que m'avaient procurés tous ces hommes, je me retrouvais seule. Passé les moments de satisfaction sexuelle, je me retrouvais dans mon grand appartement vide, sans enfants. Le prince charmant répondait toujours aux abonnés absents. Chaque fois, je me retrouvais sans rien. Sans histoire, sans vie...

Mouvement 4

La verticalité absolue

22 h 02, une heure une minute
avant l'arrêt des fonctions vitales.

Chris a écrasé l'accélérateur, visiblement agacé par ce que je venais de lui apprendre. Il a foncé dans la nuit à toute allure, pensant que son statut de lieutenant de police l'exemptait de respecter le code de la route.

— Alors comme ça, tu ne veux plus me voir ? Tu as décidé de me jeter comme une merde ? C'est ça ?

— Je te l'ai dit Chris, j'aime le sexe et si j'ai baisé avec toi, c'est uniquement parce que j'en avais envie. Vous les mecs... pourquoi vous êtes toujours en train de tout ramener à vous et donnez tant d'importance à tout ? C'est bien moins compliqué avec les femmes..., ai-je pesté en lui arrachant sa cigarette des doigts et en l'expédiant au dehors.

Chris est resté silencieux. J'ai noué mes cheveux en une queue-de-cheval négligée lorsqu'il a enfin réagi :

— Ah, parce que... tu es lesbienne maintenant ? Et puis c'est quoi ce papillon et ce démon tatoués sur ta nuque ? Tu ne m'as jamais parlé de ça... C'est un truc de gays, ça, hein ?

— Quoi ? Tu as quelque chose contre l'homosexualité ? T'es devenu homophobe ou quoi ?

— Tu sais bien que non...

— Si tu veux tout savoir, je baise aussi avec des femmes, oui, et j'aime ça. Je me suis découvert un équilibre sexuel et je pense que ça me fait du bien. Toi aussi, tu devrais essayer avec des mecs, plutôt que tourner constamment autour des pouffes mal fagotées des bars que tu écumes, ça te changerait...

Chris m'a lancé un regard noir, presque haineux.

Alors, de plus en plus mal à l'aise à ses côtés, je lui ai demandé de stopper le véhicule. Après avoir roulé une bonne heure depuis Lanslebourg-Mont-Cenis, on s'est retrouvés sur une route départementale, très sombre, qui menait au cœur de la chaîne des Alpes, quelque part au nord avant la frontière italienne.

Il m'a dévisagée en silence. Je lui ai souri puis il a fini par déclarer d'une voix calme et emplie de trémolos :

— D'accord Clarisse, je m'excuse pour tout ça... je suis un con fini, je le sais, mais... et pour William ? Qu'est-ce que tu comptes lui dire ?

J'ai hésité avant de lui répondre :

— Je lui enverrai un mail. Ça lui fendra le cœur mais le temps fera les choses, il effacera peu à peu mon absence...

— Où tu comptes t'enfuir comme ça ? Tu vas faire quoi ? Je refuse de te laisser ici... Tu vas où ?

Je suis restée silencieuse sur la dernière question, un sourire fragile au coin des lèvres. J'ai posé ma main sur sa joue et il l'a embrassée. Mon regard s'est envolé sur le rideau de la nuit, dans le ciel cadencé par la conjonction des perles lumineuses qui pétillaient tout là-haut. Je sentais son odeur. Je repensais à ses bras, sa bouche sur la mienne, la fièvre sur mon corps et la folie en moi lors de cette chevauchée dans la ruelle du centre-ville. J'ai tourné la tête et je lui ai dit au revoir.

La portière a grincé et je suis descendue.

La nuit. La fraîcheur nocturne. La solitude...

J'ai regardé le véhicule de Chris qui s'éloignait, hypnotisée par ses feux arrière comme deux yeux rouges qui s'enfonçaient dans l'obscurité, me laissant définitivement offerte à mon terrible destin...

22 h 37, vingt-six minutes
avant l'arrêt des fonctions vitales.

Un rire nerveux m'a secouée, comme si je mesurais en cet instant l'ampleur de mon inconscience, toute l'étendue de ma monumentale connerie.

Et c'est à cet instant que j'ai ressenti une espèce d'onde malfaisante me traverser le corps, une nappe glaciale qui m'enveloppait de la tête aux pieds. Je ne le savais pas encore, mais le souffle de la mort venait de me frôler. Je me suis alors mise à marcher très vite, espérant qu'un véhicule passe sur cette route sombre et déserte, que quelqu'un m'emporte loin de cet endroit et m'emmène là où ma nouvelle vie était censée commencer, quelque part de l'autre côté de la frontière, en Italie.

Je n'ai pas immédiatement perçu la lumière qui se rapprochait dans le lointain, tout au bout de la route grise et lisse. La lueur perçait l'obscurité et se faufilait entre les épais troncs de résineux qui bordaient la départementale. Les phares d'un véhicule déchiraient la nuit et s'approchaient en faisant danser les ombres des sapins. J'allais enfin pouvoir traverser la frontière

Un sourire s'est dessiné sur mes lèvres encore recouvertes de la sueur de Chris. Ce nectar salé m'a rappelé combien il allait être douloureux de l'oublier.

Le bruit du moteur a alors enflé. Le halo des feux de route s'est amplifié et j'ai pensé que cet automobiliste me verrait, qu'il m'embarquerait, qu'il m'emporterait vers une ville de lumière, une ville dans laquelle je pourrai à nouveau respirer, vivre, loin de cette vie que j'avais usée à bluffer, comme la passe ratée d'une partie de poker perdue d'avance.

En cet instant, je revoyais tout... Les phares, la bête qui a surgi, et la verticalité absolue. Cette force qui m'a arrachée du sol et m'a emportée à une vitesse prodigieuse...

Mouvement 5

Arrêt des fonctions vitales

23 h 01,
deux minutes avant l'arrêt des fonctions vitales.

Je suis lourdement retombée sur l'asphalte.

Un flash blanc a traversé ma tête et j'ai entendu cet effroyable craquement.

L'impact m'a coupé le souffle. Mes yeux m'ont renvoyé une étrange image de la chaussée, comme si celle-ci avait été renversée perpendiculairement par rapport à son axe d'origine et se dressait tel un mur. Un mur de goudron. Curieusement, j'y ai posé ma joue et reniflé les odeurs de caoutchouc et de bitume.

Rien ne bougeait.

La nuit était calme, noire, hormis cette lumière orangée et persistante qui clignotait dans une minuscule parcelle de mon cerveau.

Pourquoi ai-je pris la décision subite de m'allonger sur la route ?

La bête a surgi...

Pourquoi n'ai-je pas pu me relever ?

Elle a surgi depuis les profondeurs de la forêt qui longe la route...

Pourquoi mes membres n'ont-ils plus réagi ?

La lumière orangée a palpité longtemps, tout autour... Elle a vrillé mes pupilles et pénétré mon cortex.

Pourquoi n'ai-je pas pu bouger ?

Parce que je baignais dans les quatre litres de mon sang qui s'étaient répandus sur l'asphalte de la départementale, parce que mon crâne a explosé au contact du béton sur le parapet de sécurité, parce que j'étais en train de m'éteindre lentement... J'étais en train de mourir dans une lente valse qui ne prendrait plus jamais fin.

J'ai eu la sensation que mes pensées les plus secrètes s'échappaient par le trou béant de l'arrière de ma boîte crânienne, mes instants de vie les plus intimes. La position dans laquelle je me suis trouvée m'a laissée entrevoir l'étrange aspect de ma jambe gauche : une masse de matière organique écarlate, parsemée d'esquilles sanglantes. J'ai aussitôt imaginé toute l'étendue du cauchemar que je devrais traverser. J'ai pressenti que la dernière bulle d'oxygène encore présente dans mon cerveau ne tarderait pas à se déliter. J'ai repensé en quelques microsecondes à ce qu'avait été mon corps de nymphe. En ces instants, j'ai perçu une affliction disproportionnée et persistante. J'ai été affligée de devoir quitter ceux que j'aimais... Je n'ai pas eu envie de partir, pas tout de suite, mais je n'ai pas lutté non plus.

Mais il a fallu que je rende ma vie, que j'efface la trace de mon être sur cette planète, que je disparaisse au creux de cet univers...

La lumière orange clignotait toujours au moment où j'ai vu l'ombre s'approcher.

Arrêt des fonctions vitales.

Tracé plat________________________________

Et voilà, j'étais morte.

Voilà tout ce dont je me rappelais, à ce détail près : je n'arrivais toujours pas à me souvenir ce qu'était cette étrange lueur orangée qui avait clignoté tout le long de mon trépas. Une séquence me manquait. Mais laquelle ?

Rose Delgado, la légiste qui me palpait depuis le début des constatations préliminaires, interpella entre deux quintes de toux le lieutenant de la brigade.

— Vous voyez ça, Chris ? lança-t-elle, en désignant d'un vague geste le corps qui baignait dans la lumière crue des projecteurs.

— C'est quoi ? Vous avez trouvé quelque chose ?

Mon regard passait du visage de Chris à celui couperosé de la légiste.

Cette dernière pointa son index sur mon cou, tout en décrivant du bout de son doigt de petits mouvements circulaires. Le contraste de ses gants de latex ensanglantés avec ma peau diaphane avait quelque chose de sublime et de terrifiant à la fois.

— Regardez, continua-t-elle, ici, on a une belle empreinte papillaire imprimée au sang, on voit bien les crêtes...

— Ouais, je vois ça..., chuchota Chris, mais si elle n'est pas répertoriée au fichier national, elle nous sert à rien cette empreinte… Vous avez autre chose ? Le décès remonte à plusieurs jours, non ? Quand ?

— Hum… je dirais quatre ou cinq jours, mais pour en être certains nous allons examiner l'humeur vitrée. Vu les conditions climatiques et les mouches nécrophages qui ont déjà pondu, je pense qu'on n'est pas loin du compte. Les *Calliphoridae* sont bien présentes, la rigidité cadavérique post mortem a déjà disparu, donc il se pourrait que nous ayons passé le délai des quatre jours. Tout cela demande bien évidemment la confirmation d'une autopsie détaillée à l'IML. Vous savez très bien qu'un légiste ne se déplace pratiquement plus sur une scène de crime, et que c'est uniquement à cause du caractère particulier de celle-ci que le juge m'a ordonné de venir jeter un œil. Alors vous emballez pas, Chris, je fais de mon mieux… mais on en saura plus lors de l'examen à l'institut.

— Il y a d'autres blessures importantes ? Mis à part celle du crâne ? Elle a subi des sévices sexuels, oui ou non ?

— Je retrouve effectivement des traces de violences sexuelles… mais c'est post mortem. Je peux pas en dire plus, là…

— Quoi ?

— Oui, post mortem. Et puis, il y a ça… Attendez, je soulève un peu, vous voyez ? demanda-t-elle en relevant avec délicatesse ce qui restait de mon crâne. La région occipitale est fracassée…

— Et alors ? siffla Chris en l'incendiant du regard.

— La boîte crânienne est vide, la cervelle n'y est plus, vous voyez pas ?

— Oui ! Bordel ! Je vois... et alors ? Qu'est-ce que vous voulez m'expliquer avec ce truc dégueulasse ?

La scientifique ricana bêtement en ôtant ses gants de latex, elle soupira d'agacement, puis elle abandonna Chris qui avait laissé son regard se perdre dans le vague.

Écervelée ? On ne me l'avait jamais faite celle-là ! Cette ivrogne de médecin prétendait que j'avais perdu la tête. Je n'en revenais pas...

— Rose, je vous ai demandé s'il y avait d'autres blessures particulières..., insista Chris en allumant nerveusement une seconde cigarette.

— Pfffff, oui... la jambe gauche, le tibia et le fémur sont fracassés, comme broyés. Apparemment, toutes les côtes sont brisées. Si elle n'est pas morte sur le coup, son agonie a dû être pénible... on dirait que cette jeune femme a fait une chute de plusieurs mètres, comme si elle s'était jetée du haut d'un immeuble, ou larguée depuis un avion...

— Et son... son visage, c'est quoi ce truc ?

— Je ne sais pas, c'est comme s'il...

— C'est quoi ces particules incrustées dans les chairs de son visage ? Vous voyez ?

— Je dirais que cela est dû au fait que son corps a été traîné sur le ventre, face contre sol. Cela expliquerait la dermabrasion et les gravillons microscopiques qui se sont introduits dans la chair mise à sang... Ça ne nous apporte pas grand-chose.

— Mouais..., lança Chris, la cigarette coincée entre les dents, donc, si on récapitule, on a une empreinte papillaire imprimée avec le sang de la victime, on sait que le corps a été transporté ici, traîné probablement sur le sol, et que la victime a l'occipital fracassé et une boîte crânienne vide. Putain ! C'est un cauchemar ! J'vais me réveiller…

Les yeux pleins de larmes, il se dirigea vers le fourgon des pompiers et se soulagea au pied d'un sapin.

Curieusement, je ressentais de la peine. Je ne souhaitais pas voir Chris souffrir, je ne voulais pas que mes amis aient mal, je ne voulais pas que ma mort soit une douleur pour les miens.

À cet instant-là, je me sentis flotter et rapetisser dans un cercle qui sanglait ma conscience fantôme. Je me voyais redevenir petite fille, adolescente tout d'abord. Je revoyais mon père, bien avant que la maladie ne l'amenuise, bien avant que le cancer ne le ronge et ne l'emporte définitivement. Je revoyais cet homme qui m'avait porté un amour et une protection incommensurables. J'avais toujours été son bébé, sa petite fille. Je ne l'avais pas vu vieillir. Mon petit papa était parti en m'ayant donné tout le long de sa vie cet amour inépuisable, cet amour qui m'avait portée au cours de mon existence. Je revoyais aussi ma mère, celle en qui j'avais lentement poussé pendant neuf mois, celle en qui j'avais baigné pour prendre forme et goûter à la vie.

Je me sentais raccourcir davantage.

Me voilà encore plus petite du haut de mes 4 ou 5 ans.

Je percevais toute la lumière de l'amour qui m'inondait, qui m'entourait et émanait de mes parents. Je revoyais leurs visages, si beaux, si bienveillants. Des images affluaient dans cette interface fantôme, au creux de cette conscience que je ne possédais plus vraiment. Les images m'affligeaient. Je revoyais dans un confus treillis de souvenirs mes premières vacances avec mes parents. Je ressentais mon premier frisson lorsque ma peau frôla pour la première fois la surface de l'eau... subjuguée par la mer, la plage, le sable chaud et par mes parents qui, les yeux pleins d'amour de voir ma petite vie qui s'ébattait de joie, avaient peine à retenir leur émotion.

Je frémissais. Le chagrin qui m'enserrait m'était presque douloureux, insupportable.

Mon père disait souvent qu'il était important de se fabriquer des souvenirs, de vivre des moments extraordinaires qui nous reviendraient en mémoire le jour de notre mort, ceci afin d'atteindre l'autre rive beaucoup plus sereinement. Mon petit papa ne croyait pas si bien dire...

Mouvement 6

Orange

Je n'étais pas convaincue par le fait que tout ce que je voyais, entendais ou bien pensais, était authentique. Je n'étais pas certaine de ne pas déjà être dans la mort cérébrale. Je ne pouvais m'expliquer cette conscience errante qui m'envoyait ce flot d'informations. Les paroles de la chanson de Benjamin Biolay revenaient sans cesse graviter autour de ma perspicacité fantôme, comme pour accompagner mon opiniâtreté à ne pas quitter la vie, comme en orbite autour de la toute dernière lueur de mon existence. Cette chanson, l'ultime que j'avais eu l'occasion d'écouter avant de quitter ce monde, cette chanson qui s'était déversée en moi alors que je me trouvais avec Chris dans la voiture, encore bien vivante... Je réentendais ces paroles, encore et toujours, accompagnant les éphémères réminiscences de mon enfance :

« ... Ne reste pas ici, on entend sonner l'angélus, le soleil est joli...
On reste Dieu merci à la merci d'un sacrifice,
D'une mort à crédit, d'un préjugé né d'un préjudice... »

La dernière image de mon enfance s'éteignit lentement. Ma conscience s'accrocha à ce souvenir qui s'évanouissait peu à peu, celui de mon corps de petite fille, debout, un doudou vieux d'un millénaire dans les bras, adressant un timide au revoir d'une main menue à ceux qui avaient été mes êtres chers, ceux qui m'avaient donné la vie et l'amour, ceux que j'avais chéris plus que tout en ce monde : mes parents.

Je perçus soudain un vide énorme, un gouffre, un souffle glacial. Je m'abandonnai à l'aspiration d'un mouvement transitoire inconnu, telle une fragile chrysalide qui découvre le monde dans lequel elle bascule, entre la chenille et le papillon, entre la petite fille et la femme que je n'étais plus.

La vie m'avait quittée et la mort m'engloutissait lentement. Le fait de pouvoir remonter les heures qui avaient précédé mon décès n'était pas le fruit du hasard. Y avait-il ici un message au sens subliminal ? La leçon de ma vie ? Était-ce le moment de me repentir de mes excès, de la dépravation de ma vie, de mes excès de stupre ? Était-ce là le moment de me rappeler à quel point des proches m'avaient aimée, à quel point ma vie avait été belle ? Mais, peut-être, était-ce aussi le moment de découvrir qui me l'avait ôtée...

Mon spectre se colora soudain d'un halo orange d'une extraordinaire intensité. L'auréole flamboyante s'imprima alors très nettement dans le tréfonds de ma conscience fantôme. Cette espèce de mouvement oscillatoire, clignotant, m'apporta enfin avec beaucoup plus de clarté la clé de l'énigme, le pourquoi de mon départ pour le territoire des ombres. Je revis mon corps, vivant, sur cette route déserte du fin fond des Alpes, marchant dans la nuit, perdue et solitaire. Je me revis, désireuse de recommencer cette vie stigmatisée.

J'entends à ce moment-là enfler un vrombissement, je vois une couronne de lumière blanche et deux cercles de feux qui s'amplifient face à moi. Je me vois, transie de peur. Quelque chose se prépare, je suis tétanisée, consciente que l'inévitable précède l'irréparable. Je comprends à cet instant-là que rien ne pourrait empêcher ce qui allait suivre.

Le véhicule roule à vive allure, face à moi, à encore une cinquantaine de mètres d'où je me trouve. Le conducteur ne peut freiner lorsque le cerf traverse la route, et que celui-ci, pétrifié par le halo aveuglant des phares, s'immobilise au milieu de la chaussée.

L'inévitable précédait toujours l'irréparable...

Le chauffeur a le réflexe évident de braquer son volant.

Mes yeux voient le cerf qui avait franchi la lisière des bois, mes yeux le voient m'observer juste avant l'impact. La bête s'immobilise, une ou peut-être deux secondes, sur le bord de la route, prenant probablement conscience que sa vie va être épargnée grâce à celle que j'allais quitter...

Puis l'impact m'a propulsée très fort.

J'ai entendu des bruits de métal, de verre brisé, des craquements, des déchirements. J'ai également senti des odeurs de carburant, de caoutchouc brûlé, les fragrances d'une nature sauvage et figée par le froid, des résurgences olfactives d'herbe mouillée, de feu, de sang et de poussière.

Des lueurs ont surgi depuis la hauteur de mon ciel, toutes ces étoiles qui trépidaient comme de frêles insectes perdus dans l'écran de la nuit. L'éclat de lumière orangé m'est soudain apparu, alors que mon corps retombait sur l'asphalte.

Aussi étrange que cela puisse l'être, je repensai aux étoiles qui ont inondé mes yeux, lorsque mon crâne a éclaté contre le muret de béton qui bordait la départementale. Une profusion de couleur, une myriade d'étincelles, du blanc, du rouge, du vert, du bleu, tout cet arc-en-ciel d'électricité étrange a empli ma tête puis, curieusement, une seule image est restée figée, immobile. J'ai vu le long ruban noir de la route se dérouler à l'infini devant mes yeux et, à quelques mètres sur le côté, le véhicule qui venait de me percuter, garé en travers de la chaussée avec les feux de détresse qui palpitaient et ne cessaient de me traverser la rétine.

Désormais, je savais d'où provenait ce halo orange qui n'avait cessé de clignoter et de m'intriguer depuis mon trépas.

Voilà pourquoi et, surtout, *comment* je suis morte : percutée et fracassée par un véhicule.

Par le truchement de divers paramètres, ma vie a basculé dans la mort, aussi facilement qu'un clignement de paupières.

Parce que j'ai voulu refaire ma vie, parce que je n'ai pas voulu retrouver William, parce que Chris a été l'excès de trop, parce qu'il n'a pas pu m'aimer comme je le désirais. Parce que j'ai voulu m'exiler pour expier mes péchés, vivre ailleurs dans un autre milieu. Parce que ma vie n'était plus celle que j'attendais, parce que j'ai erré dans l'obscurité, parce que le cerf a traversé, parce que Chris n'a pu...

Chris ?

Ce prénom qui résonnait, encore et toujours.

Alors que j'observai l'équipe scientifique qui achevait les constatations sur le terrain, ma conscience s'envola près du fourgon des pompiers. Je me rapprochai de la légiste qui jetait ses gants dans un sac à déchets sécurisé, tout près de Chris qui épiait les deux hommes affairés à m'envelopper dans un grand sac de polypropylène noir.

C'était son image qui striait ma conscience. Son visage. Lui !

L'image de Chris, penché au-dessus de mon corps brisé, pendant que palpitaient les feux de détresse de son énorme 4 × 4 meurtrier...

Mouvement 7

La disparition physique

Toutes les étapes relatives à ma mort tragique s'étaient lentement déroulées. L'accident, le trépas, la police et, enfin, la levée de mon corps qu'on allait porter à l'institut médico-légal. De là, j'allais être photographiée et étudiée. On allait me découper, me cisailler, m'ouvrir le thorax et, très probablement, fouiller l'intérieur de mon crâne.

Voilà à quoi se résumait ma fin, le désastre de mon épilogue. La fin tragique de toute une vie passée à me préoccuper de ma personne, à œuvrer pour rendre mes formes toujours un peu plus désirables, m'intéresser à moi au détriment des autres. Tout cela pour finir détaillée par le scalpel d'un légiste. Je n'avais vu que moi et mon ego démesuré. Mais ceci appartenait désormais au passé. J'allais devenir un bref souvenir, une insignifiante séquence mémorielle dans les existences de ceux que j'avais connus, j'allais devenir deux dates : celle d'une naissance et celle d'un décès, comme un point d'orgue à l'extrémité d'une vie futile.

Tout ce qui restait de moi était ce macchabée dur et gris, exsangue, vide de vie et voué à sa disparition irréversible.

Tout ce qui restait de moi tenait dans l'espace étriqué de ce grand sac de plastique noir. Oui, j'allais disparaître, réellement, physiquement.

Ce corps que les hommes avaient frôlé, senti, possédé, allait se dissiper pour toujours et se diluer dans l'oubli.

Et maintenant ? Maintenant que je voyais Chris, affligé de m'avoir percutée sur la route et de ne pas m'avoir secourue, je ressentais un profond dégoût pour le sexe mâle. Mais je ne lui en voulais pas. Pourquoi avait-il fait ça ? Pourquoi ne pas avoir assumé cet accident, pourquoi s'être enfui ? Pour quelles raisons était-il revenu sur ses pas ? La réponse ne fut pas longue à me parvenir. À l'intérieur du fourgon mortuaire, près du sac noir dans lequel mon corps reposait, Chris était effondré sur le brancard et balbutiait des mots que je n'arrivais pas à saisir. Il releva mollement la tête, s'essuya les yeux et entama un monologue en regardant dans le vide, droit devant lui comme si je me trouvais physiquement face à lui.

— Mais qu'est-ce que j'ai foutu ? Je... je t'ai tuée, Clarisse... C'est un cauchemar ! Je vais... je vais me réveiller bientôt, c'est pas possible... Je ne voulais pas te laisser, je ne voulais pas que tu partes, je...

Les portes arrière du fourgon s'ouvrirent brusquement.

Clovis Carcassonne, le patron de la cellule criminelle, grimpa dans l'habitacle et dévisagea Chris d'un air désolé. Il éjecta son cigarillo à l'extérieur et lança d'une voix pleine d'empathie :

— Salut Chris ! Écoute, je sais que tu la connaissais bien, mais comme l'exige la procédure, je ne peux pas te confier cette affaire, tu comprends, hein ? Je préfère refiler ça à Nathan...

c'est un bon enquêteur et il n'a aucun lien avec la victime. Je te laisse encore cinq minutes auprès d'elle, ensuite… après les pompiers l'embarquent au CHU, le Dr Delgado est déjà sur place.

Chris laissa s'éloigner le gros bonhomme aux cheveux grisonnants, ce vieux flic qu'une vie entière passée à ramasser des macchabées avait vacciné.

Voilà, ma dépouille allait être déposée au centre médicolégal afin que l'on me découpe dans les règles de l'art.

Les portes du véhicule à peine refermées, Chris se lamenta de plus belle :

— Pourquoi tu m'as demandé de t'abandonner là-bas, toute seule, en pleine nuit ? Je n'aurais jamais dû t'écouter, Clarisse, jamais !

Et toi, pourquoi tu es revenu ? Pour quelles raisons es-tu revenu sur tes pas ? pensai-je.

— J'étais dingue de toi… Dire que j'ai fait demi-tour pour venir te chercher…

Ma conscience fantôme se laissa submerger par une profonde émotion. Un sentiment de chagrin vint m'absorber.

— T'es morte parce que je suis revenu te chercher, putain ! C'était avec toi que je voulais faire ma vie… Pourquoi ce putain d'animal a traversé la route… bordel ! Qui t'a ramenée ici… qui t'a laissée au milieu des bois ? pesta-t-il dans l'espace confiné du véhicule.

Pour la seconde fois, les portes arrière du fourgon s'ouvrirent sur le vieux visage du patron blasé par la fatigue et sa carrière en bout de course. Carcassonne était accompagné d'un jeune type au crâne chauve et aux yeux bleus très clairs.

— Faut y aller, Chris, on y va... Rentre chez toi et restes-y jusqu'à la fin de la semaine. Je te donnerai des nouvelles... Melvin Meideiros, que tu connais bien, va observer la dépouille. Il... il va essayer de... il va tenter de canaliser quelques flashes pour comprendre ce qui a pu se passer, enfin, tu connais la musique avec Melvin...

Le médium donna à Chris une molle poignée de main.

— J'étais avec elle... je l'ai laissée sur cette route, seule, tu comprends, Melvin ?

Le téléphone du vieux flic se mit alors à vibrer. Il décrocha et bougonna en hochant la tête. La conversation fut brève. Il raccrocha. Un gars de la cellule scientifique pénétra dans l'habitacle, posa sa main sur l'épaule de Chris et lui demanda d'évacuer le véhicule.

Chris descendit à reculons sans jamais quitter du regard le sac de plastique noir posé sur le brancard.

Melvin Meideiros s'approcha près de Chris, le regard plein d'empathie.

Dans un souffle qui empestait le cigarillo froid et la bière mal digérée, Carcassonne fit part au jeune flic de son échange téléphonique. Chris replongea alors dans l'effroyable cauchemar des jours précédents.

— C'était la brigade motorisée du canton nord de la vallée, là, au téléphone. Un couple de randonneurs a rejoint la nationale après être descendu du col de la Madone, hier après-midi. Ils ont fait une horrible découverte. Ils étaient accompagnés de leur chien qui s'est arrêté en contrebas du talus et qui refusait de remonter. Le clébard grattait le sol en aboyant et ne voulait plus quitter les lieux. Au bout d'un moment, le couple a rejoint le chien...

— J'ai pas très envie d'entendre la suite, Carcassonne, je...

Je voyais le visage de Chris se décomposer, comme s'il se disloquait, se fragmentait pour se recomposer sous les traits d'un autre.

— Le chien a retrouvé de la matière cérébrale... Tu imagines bien qu'on a fait boucler la zone et envoyé les équipes de recherche scientifique. Ils ont quadrillé les lieux et les ont passés au peigne fin. Sur la route qui surplombe le talus herbeux, ils ont découvert les traces de freinage d'une voiture chaussé très large, ainsi que des débris de verre et de plastique appartenant au véhicule en question... du sang aussi, beaucoup de sang...

— Et alors, ça veut dire quoi ?

— Ils viennent de m'appeler pour me donner les résultats de l'expertise sur les débris et...

Carcassone fut interrompu par le fourgon qui démarra brusquement. On emportait mon cadavre dans les sombres sous-sols d'une morgue d'hôpital ; l'endroit même où disparaîtra toute trace physique de mon existence, flanquée au fond d'un tiroir frigorifique.

Carcassone continua :

— ... et il s'agit d'un gros SUV de marque Audi, de type Q5, comme le tien, Chris...

Chris avait les yeux rivés sur le véhicule qui m'emportait définitivement, semblant perdu dans une sorte d'étrange catalepsie, la bouche ouverte. Il vacilla en frémissant, alors que ses poils se hérissaient sur sa peau...

Mouvement 8

Nekros ou *le Tango de la peau*

Si Chris était bien responsable de ma mort, en l'occurrence, ce n'était pas lui qui m'avait conduite dans la profondeur de ce sous-bois et laissée nue, offerte aux animaux sauvages et peut-être même violée par un randonneur nécrophile de passage.

Mais si ce n'était pas lui, alors qui avait commis cet acte ?

Pendant que mon convoi funèbre s'ébranlait lentement, assise sur le brancard, je regardais avec déférence le sac noir devant moi.

Qui m'a déposée dans cette clairière ? Qui a déplacé mon corps pour me traîner dans les bois.

Par-delà la matière dépolie des vitres arrière du fourgon, je voyais Chris qui suivait le convoi au volant d'un véhicule de patrouille.

Mon décès restait accidentel, mon bel amant n'était pas responsable, si ce n'était que de m'avoir aimée et d'être revenu me chercher. Mais pourquoi n'a-t-il pas déclaré l'accident aux autorités ? Peut-être parce qu'il savait qu'il serait incontestablement mis en examen pour homicide involontaire et dissimulation de cadavre, même s'il n'y était pour rien. Mais fallait-il encore qu'il puisse prouver son innocence...

Ma conscience fantôme se vrilla alors et se propulsa au cœur de l'horreur, précisément à l'épicentre du mal. Je pus soudain découvrir le visage du monstre, de la bête, celle qui s'était délectée de ma mort comme un oiseau charognard.

Mon Dieu ! Ses traits m'apparaissent très clairement. J'entends sa respiration saccadée, son souffle de porc, et le voilà qui pose ses pattes sur mon corps déjà sans vie. Le moindre effort semble éreinter cette espèce de brute épaisse qui empeste l'alcool et sue comme un animal. Il dégage une odeur rance de mâle en rut, de vieux bouc écœurant.

L'homme bouffi, rencontré au supermarché quelques heures avant ma mort, vient d'immobiliser son véhicule. Il descend de celui-ci et s'approche pour m'examiner, moi, forme improbable sur le goudron noir de la départementale. Il se tient là, devant mon corps brisé et inerte qui se vide de son sang. Cet homme... oui, maintenant je me souviens... j'entends sa voix, son rire éraillé, et je revois un petit morceau de papier sur lequel est inscrit son numéro de téléphone. Il m'a suivie depuis la sortie du supermarché et a cru voir en moi une pute facile, tout cela parce que j'ai répondu à son sourire. Je le revois encore me tendre ce morceau de papier froissé en me priant de le contacter dans la soirée si j'en avais envie.

Je repasse alors en accéléré toutes les séquences qui avaient précédé l'impact de l'acier sur mon corps, le choc mortel de cette voiture-bélier qui avait fini par détruire cette plastique à laquelle j'avais voué un véritable culte.

Je revois Evy, son appartement, son visage, ses formes que j'ai aimées le temps d'une baise féline, cette peau dont j'ai savouré les nuances salines. Je revois en cascades d'images superposées, fractionnées par des fondus enchaînés, les extrêmes minutes de jouissance que Chris m'a procurées contre ce mur de béton. Je ressens toutes les sensations, je sens sa chaleur, je perçois la force de ses bras, la vigueur de son membre dans mon bas-ventre, ses odeurs corporelles, son parfum. Je sens courir sur ma peau sa barbe naissante qui me griffe et me torture, sa main qui se pose sur mon sexe et son doigt qui entre en moi. Dans un infernal délice qui me happe, je réentends mes gémissements étranglés et glisse dans les profondeurs orgiaques du ravissement sexuel. Les images défilent et, curieusement, me procurent à nouveau une espèce d'orgasme, quasiment réel, peut-être le dernier qui me soit donné de savourer sur cette Terre.

Les images affluent toujours, j'aperçois Chris dans sa voiture, je me vois, à ses côtés. Je distingue l'Audi qui s'éloigne, me laissant seule dans la nuit, je me revois, les larmes aux yeux et le cœur plein de chagrin. Je repense à mon esprit aussi lourd que du plomb à cet instant-là, à la seule idée que Chris était peut-être celui qu'il m'aurait fallu pour combler de joie ma vie entière.

Je revois les lumières polluantes des éclairages publics, tout en bas, au fond de cette vallée engoncée dans la noirceur et le silence, je perçois le faible mouvement vacillant des étoiles de cette nuit-là, je revois le majestueux cerf qui, dans un élan désespéré, tente de traverser la chaussée, pris au piège entre un monstre de ferraille lancé à pleine vitesse et un être qui va mourir.

La lueur grossit à une vitesse vertigineuse et je vois l'embardée du véhicule. Je ressens une confusion mentale et une drôle de chaleur.

Le 4 × 4 vient de me percuter et de me mettre en orbite. Je revois mon ascension, ma chute, l'impact. Je réentends le crissement strident des freins, aussi strident que le long cri d'effroi du conducteur qui semble m'avoir reconnue.

Dans le noir le plus dense de cette nuit-là, au milieu de cette route de montagne, seul le clignotement perpétuel et silencieux des feux de détresse qu'a déclenchés Chris perçait l'épaisseur du rideau nocturne. Je revois Chris qui se penche sur moi, les mains sur son visage comme s'il se refusait à croire ce qu'il voyait, comme s'il voulait exorciser le sournois cancer dont il allait devenir l'hôte pour le reste de sa vie. Je revois ensuite Chris qui, juste après avoir repris ses esprits, grimpe dans son véhicule, redémarre en trombe et, pour la deuxième fois, s'éloigne en disparaissant dans l'obscurité.

Je vois que je meurs. Je sens que je pars.

Puis, plus de vingt minutes après l'impact, un véhicule en approche sur la zone ronfle dans le lointain qui s'est nimbé d'un linceul de brume opaque. Voilà, j'allais enfin savoir pourquoi mon corps allait se retrouver à plus de trois kilomètres de la zone où la vie m'avait quittée.

Je repense soudain aux attachements superficiels qui m'ont, pendant des années, liée aux spirales d'une vie de débauche, de vanité, figée dans l'orgueil et l'égocentrisme. Je repense encore au mal que j'ai infligé à mon organisme en l'intoxiquant de pilules soi-disant thérapeutiques, de cachets censés faire dormir, de cachets diététiques, de cachets qui permettent de se sentir mieux, de rajeunir, mieux réfléchir, bronzer, moins stresser, et tant d'autres élixirs de jouvence, crèmes et injections diverses de toxine botulique. C'est également avec dégoût que je me vois en train d'ingurgiter des tonnes d'aliments de la nouvelle génération industrielle alimentaire. Je me revois me délecter de ces infâmes poisons en ayant aucunement conscience de la mort qui se dilue dans mon organisme…

Bref, pendant que se répand sur le goudron ma liqueur vitale, je vois que débarque sur les lieux le coupé Mercedes du type rencontré au supermarché. Après avoir manqué écraser la masse informe de mon corps qui semble être étrangement plié en trois sections, il braque son volant brusquement et s'arrête quelques mètres plus loin.

Je revois le film de ma fin, tous les plans séquences de mon immonde tragédie. Je revois de nouveau les feux de détresse, cette lueur orangée qui clignote, la nuit, les étoiles qui palpitent haut dans l'étoffe d'un ciel d'onyx.

Qu'ai-je fait pour que ma dépouille tombe entre les mains d'un homme aussi dérangé, un type qui se délecte de l'acte nécrophile et pratique de telles atrocités ? Bien évidemment, cela me dépasse. Je ne peux pas comprendre, je ne peux pas saisir ce qui motive l'esprit d'un tel monstre, comme je ne peux définir la psychologie d'un tueur et violeur d'enfants ou un quelconque barbare qui se fait sauter avec du plastique autour du ventre, dans un lieu bondé d'individus à un moment d'intense affluence. La vie est ainsi faite : de monstres sanguinaires, de victimes, de coupables et d'innocents.

Le type entreprend alors de me fouiller les poches du jeans et, après avoir nerveusement fourragé dans chacune d'elles, je le vois ressortir un morceau de papier plié sur lequel y est inscrit son propre numéro de téléphone.

Il me détaille d'un œil vitreux et embué d'alcool, il me dégoûte, il me fait peur. Je le vois qui me touche le bas des reins et passe une main insistante sur mes fesses, je le vois sourire, loin d'être écœuré par l'énorme trou à l'arrière de mon crâne et toute cette quantité d'hémoglobine. Il reste un long moment indécis, il se relève, évite de marcher dans la flaque de sang qui s'étend sur le bitume puis, en laissant s'échapper un rire bizarre, il me traîne sur le sol un moment, me soulève enfin et me charge sur son épaule. Il se dirige ensuite vers son véhicule, ouvre le coffre et me jette à l'intérieur de celui-ci en contemplant mon corps. Puis, après avoir rapidement vérifié les environs d'un coup d'œil circulaire, il remonte dans son coupé et démarre aussitôt.

Je revois tout. Vraiment tout... et je frissonne.

Le type roule sur une distance de trois ou quatre kilomètres environ. Il bifurque enfin sur la droite et s'engage sur un passage forestier, un étroit sentier de terre et de cailloux qui semble s'enfoncer très loin et très profondément dans les bois environnants. À quelques dizaines de mètres de ce qui paraît être une clairière, l'étrange individu immobilise la voiture et tire le frein à main. Puis, tout en laissant tourner le moteur, il descend calmement et ouvre le coffre en sifflotant Tango de la peau *du chanteur Arno.*

La clairière est vide, belle, étrange, lunaire même. Les ancestraux sapins qui nous sanglent de leurs colossales statures dégagent une puissance hypnotique, vertigineuse et, de par leurs dispositions circulaires, ils m'apparaissent comme figés dans un acte de voyeurisme morbide. La forêt me voit, la nature assiste à ce spectacle désolant. Je crois percevoir au creux de ma conscience fantôme des vibrations et ce qui s'apparente à un étrange goût, un goût infect, celui de l'écœurement qui se pose sur ma langue. L'espèce de bipède préhistorique arrache alors mon cadavre du fond de la malle, le jette au sol et déboucle sa ceinture. Il me déshabille ensuite complètement, à la hâte, déchirant presque mes vêtements, puis les jette dans le coffre de la voiture encore ouvert.

Je perçois le hululement d'une chouette, ou d'un hibou, je ne sais plus... Je revois tout, vraiment tout.

Ce que pratique cet homme est indescriptible, immonde, bestial, inhumain. Ses grognements de satisfaction me plongent dans l'horreur, franchissant les limites de ma tolérance face à la terreur. Jamais je n'avais imaginé ce genre de pratique.

Je le vois s'arc-bouter sur moi, grogner, haleter comme un porc.

Et encore une fois, je revois tout ! Dans le moindre détail, je perçois ce qui allait définitivement mener ce répugnant salopard à son irrémédiable chute, je vois ce petit détail que le médecin légiste trouvera sans aucun doute...

Mouvement 9

Le récepteur du murmure des morts

Chris et Melvin Meideiros étaient silencieux.

Le médium observait la route et le fourgon mortuaire qu'ils suivaient depuis leur départ de la scène de crime.

Melvin n'était pas le genre de type qui parlait beaucoup, plutôt discret même, il préférait le silence aux longues phrases parfois inutiles. Il détaillait discrètement Chris qui conduisait, concentré, tentant tant bien que mal de retenir ses larmes.

Melvin avait perçu quelque chose... un visage, mais bien trop flou pour qu'il puisse être identifié. Il avait vu une ombre qui s'était étendue sur mon corps, celle que formait la curieuse représentation des bois enchevêtrés d'un cervidé. Il avait vu la bête, mais ne savait comment interpréter ce phénomène, il avait vu trépider la lueur orangée sur l'asphalte et sur ma peau diaphane. Il avait vu le sang se mélanger à cette teinte mordorée qui était venue se figer, s'étendre sur une sorte de toile géante, sur un étrange tableau dans lequel semblait se matérialiser un fœtus disproportionné...

Chris écrasa une larme du dos de sa main, abaissa la vitre et s'alluma une cigarette. Il avala nerveusement une bouffée qui le fit tousser, tourna la tête et s'adressa à Melvin :

— Alors, t'as vu quelque chose qui pourrait nous faire avancer ? T'as vu la gueule du type dans ton flash ? Tu sais ce qui s'est passé ou pas ?

Melvin esquissa un petit sourire puis, sans lâcher du regard le gyrophare qui fendait la nuit devant eux, il répondit à Chris :

— Hey ! Ça va, t'emballe pas, Chris... Tu sais bien que je n'ai pas le droit de parler de ces choses-là avant d'avoir officialisé mes visions dans un rapport en bonne et due forme...

— Tu sais ce que je pense du règlement, Melvin ? Tu me connais ? Alors fais pas chier, on parle de Clarisse, là... tu peux comprendre ? Alors dis-moi si tu as vu quelque chose de particulier, si tu as reconnu un visage...

Melvin dévisagea Chris un court instant et précisa :

— Oui... oui, j'ai vu un truc très étrange, mais c'est pas grand-chose...

— De quel genre ? Est-ce qu'elle t'a parlé ?

Melvin eut un sourire fugace.

— Non, et c'est ça qui est bizarre... En théorie, je sers de récepteur au murmure des morts, et depuis le jour où j'ai pris conscience du pouvoir que je possédais, jamais aucun cadavre n'a été *muet*...

— Bon, en gros tu as vu quoi ?

— Une ombre, des lumières...

— Une ombre ?

— Oui, des bois de cervidé, d'un chevreuil, d'un cerf, je ne sais pas... Dans ma vision, l'ombre est passée furtivement sur le corps de Clarisse. Quant à la lueur orangée, je ne sais pas trop... elle ne cessait de clignoter.

Chris éjecta son mégot par la fenêtre, remonta la vitre et grogna :

— Quoi ? Et c'est tout ? Des ombres, une lumière, des putains de bois de cerf... c'est une plaisanterie, Melvin ? Et un visage, non ? Tu n'as pas vu le salopard qui lui a fait ça ?

— Si...

Chris scruta un instant le médium, puis se concentra de nouveau sur la route. Le cœur battant la chamade, il attendit patiemment que se livre son collaborateur :

— Mais c'était trop vague, trop nébuleux... J'ai vu un visage flou, trop flou pour que je puisse identifier qui que ce soit. Il me sera impossible d'établir un portrait-robot. Le plus incroyable, c'est cette espèce de fresque que j'ai eu le temps d'apercevoir, une sorte de tableau géant...

— Un tableau ? C'est quoi encore cette connerie ?

— En fait, il y en avait deux, c'était comme si le premier se reflétait sur un mur de verre face à lui, ou sur un miroir... la fresque était impressionnante, elle représentait un fœtus encore dans la matrice, mais un fœtus sur le point de naître...

Mouvement 10

Extinction de la perspicacité cérébrale

Le convoi s'immobilisa. Le fourgon recula lentement et se positionna de manière à ce que l'arrière se retrouve face à l'entrée de l'institut médico-légal.

Les portes automatiques en verre s'ouvrirent, laissant apparaître deux gars au teint incolore, drapés de blouses immaculées et siglées aux armes du centre hospitalier.

Chris s'approcha de Carcassonne pendant que les deux individus de la morgue, silencieux, s'occupaient d'extraire du fourgon le brancard sur lequel reposait mon corps.

— Dites-moi, capitaine, vous me parliez des débris d'un véhicule tout à l'heure, vous pensez pouvoir remonter jusqu'au propriétaire ?

— Je ne peux pas être formel. Pas évident ce truc, tu sais, des Audi Q5, il y en a à la pelle... On va d'abord enquêter dans l'entourage familial de la gamine, et son cercle d'amis aussi. On élargira ensuite, tu connais la musique. Au fait, toi, t'étais bien avec elle, il y a quatre ou cinq jours ?

— Ouais, elle avait besoin de se confier. Ces derniers temps, elle traversait une période difficile, elle était en conflit avec William...

— Lorsque tu l'as laissée, c'était où et à quelle heure ?

— C'est une blague ? C'est un interrogatoire ou quoi ? s'indigna Chris.

— N'exagère pas... mais comme elle a été percutée par une bagnole, le fait de savoir où tu l'as déposée nous aurait permis de circonscrire son trajet, de vérifier les caméras de surveillance, savoir si quelqu'un l'aurait prise en stop, c'est tout...

— Par rapport à la zone supposée de l'accident, je l'ai laissée à environ trois kilomètres, je l'ai déposée à la sortie de Lanslebourg-Mont-Cenis..., lança Chris, de plus en plus nerveux.

Il sortit une nouvelle cigarette de son paquet et l'alluma d'une main tremblante, suivant du coin de l'œil le brancard qui disparaissait dans les profondeurs de la morgue. Il se retourna ensuite, puis lança un regard interrogateur à Melvin Meideiros qui était resté à l'intérieur du véhicule.

Il pensa à ce que lui avait dit le médium concernant la scène de crime : *« la lumière, les ombres, les bois de cerf, la grande fresque sanglante... »*.

Chris était songeur, rongé par les remords, bouffé par le chagrin et le silence qu'il s'était imposé pour dissimuler sa faute. Je ne lui en voulais pas, il était revenu me chercher par amour. Je lui ai accordé mon pardon. Je ne pouvais pas lui en vouloir, lui reprocher de m'avoir tuée involontairement par amour. Il s'agissait d'un banal accident de la route, un concours de circonstances idiot, la fatalité.

L'unique solution qui pouvait éviter à Chris de graves ennuis m'apparaissait assez simplement : espérer que le nécrophile qui avait abusé de mon corps soit retrouvé et condamné. Peut-être même qu'avec un peu de chance, il endosserait la responsabilité de ma mort...

Voilà, j'étais prête, j'attendais que débute la pièce de théâtre macabre de mon autopsie afin que je puisse y assister. J'étais prête à me faire sectionner, à me faire cisailler. Cependant, ce n'était pas par simple plaisir ou masochisme que je désirais assister à la dissection de mon corps de princesse déchue, non, ce n'était pas pour combler un banal fétichisme ou un obscur voyeurisme. J'assistais à cette pratique pour deux bonnes raisons : la première, et assurément la plus importante, m'assurer que le légiste trouverait bien le détail qui allait faire basculer la vie du monstre, ce petit indice sur mon corps, celui qui allait permettre de capturer la bête infâme qui avait souillé ma dépouille.

La preuve formelle et accusatrice qui permettrait sans aucun doute d'identifier ce violeur de morts se trouvait collée à ma peau. Mais ce type ne sera pas mis en examen uniquement pour dégradation et dissimulation de corps, ou pour atteinte à l'intégrité physique d'un cadavre. Il sera également mis en examen pour tous les autres viols de ces femmes torturées, toutes ces fillettes abusées, séquestrées. Il allait enfin payer pour tous ces forfaits impunis.

J'avais tout visionné, tout vu. Le flash, qui m'avait ramenée à la scène du viol de ma dépouille, m'avait permis de *tout* voir, survoler la vie entière du monstre, tous les abominables crimes sexuels qu'il avait commis depuis son plus jeune âge. L'ensemble des victimes avait défilé devant moi comme une longue farandole funèbre, un convoi d'âmes en peine.

Violeur et pédophile, Arno Van Weddingen, un Belge fraîchement débarqué dans la région voilà trois ans, n'avait jamais vraiment été inquiété par la justice, à part peut-être une seule fois pour attentat à la pudeur. Condamné à des peines de sursis, les psychiatres avaient estimé que Van Weddingen n'était pas un pervers sexuel patenté, mais seulement un individu atteint de névroses passagères. Il avait toujours pu assouvir ses pulsions au gré de ses voyages, grâce à son activité professionnelle. La prospection commerciale lui permettait de sillonner la France, d'accomplir ses actes barbares, et de rentrer tranquillement chez lui quelques jours plus tard.

J'avais tout vu...

Le légiste enfila ses gants en soupirant puis se mit à siffloter *Le Poinçonneur des lilas* de Serge Gainsbourg.

À mesure que la lame glissait sur ma peau froide et dure, j'avais la sensation que des pans entiers de ma conscience fantôme s'effondraient, qu'elle quittait les lieux en s'effritant.

Le médecin pratiqua l'incision d'un geste appliqué, lent, plein de l'expérience d'un homme qui avait passé sa vie à découper des cadavres. Puis, à l'aide du costotome, il sectionna mon plastron thoracique qu'il examina avec attention. La pression qu'exercèrent les écarteurs sur mes os et mes chairs firent encore voler en éclats une partie de ma conscience fantôme, telle une multitude de paillettes multicolores vaporisée dans la salle. J'avais l'impression de perdre un morceau de mémoire, comme si ma conscience se délitait et disparaissait en lambeaux.

Le médecin sifflotait de plus belle, un peu plus fort :

« Pendant c'temps que je fais l'zouave
Au fond d'la cave
Paraît qu'il y a pas d'sot métier
Moi j'fais des trous dans des billets. »

Je voyais tout...

Chris se tenait près de Carcassonne, effondré, arborant le visage d'un homme aux traits creusés.

Carcassonne lui demanda de quitter les lieux. Chris refusa en hochant la tête et se rapprocha encore un peu de mon double inerte, les poings serrés.

Je lui pardonnai mais il ne le savait pas. Mais il le faudrait pourtant, il faudra bien qu'il le sache. Il risquait de tout faire foirer s'il avouait l'accident à son supérieur. J'espérais que le légiste trouvât ce détail, cet indice, ce seul et unique marquage ADN qui allait tout faire basculer, ce follicule pileux mâle collé sur les chairs molles de l'intérieur de ma cuisse. Ce marquage serait forcément comparé avec les prélèvements ADN collectés sur les victimes de Van Weddingen, puisque mon viol post mortem allait éveiller la curiosité des flics sur ce genre de pratique. Tout allait se recouper ensuite. Chris ne serait alors plus jamais inquiété.

Je vis le médecin secouer une espèce de gros bocal dans lequel baignait la moitié d'un cerveau endommagé : le mien. Il regarda au travers puis le posa délicatement sur une tablette inox.

J'entendis alors le sifflement de la scie électrique que le médecin venait de mettre en route. Des débris de ma conscience s'étiolèrent encore. J'avais la sensation d'avoir perdu le bas de mon corps spectral et des impulsions électrostatiques me déconnectaient momentanément l'image et le son. La redoutable lame de la scie s'approcha alors de ce qui restait de ma calotte crânienne et se posa sur l'os.

Je sentis que mon visage spectral s'effaçait, se détachait en poudre légère pour disparaître en se vaporisant. La lame entama l'os en grinçant, projetant de fines esquilles sur le tablier du praticien. Celui-ci réajusta ses lunettes de protection et s'arrêta soudain en clouant ses yeux sur ma zone génitale.

Enfin, il le vit...

Le simulacre de ma vie, l'imposteur ectoplasmique qui avait erré ses cinq derniers jours et qui m'avait servi de lien avec le monde des vivants, était en train de s'éteindre. J'allais définitivement disparaître, partir à la dérive de l'inconnu et entrer dans la vraie mort, celle de l'oubli de l'être physique, ne plus devenir que le souvenir d'une existence. J'allais enfin savoir. J'allais découvrir ce que l'on pouvait bien trouver après le fameux passage...

Le légiste coupa soudain le contact de la scie électrique, rapprocha au plus près de mon sexe la lampe scialytique qui se situait au-dessus de mon corps, puis il préleva délicatement le précieux poil pubien à l'aide d'une pince mosquito.

Van Weddingen allait enfin être identifié.

L'accident qui m'avait conduite à la mort ne sera jamais résolu. Les flics concluront plus tard que j'avais été la victime d'un chauffard étranger probablement ivre.

Van Weddingen allait payer pour tous ces viols, pour ces séquestrations et ces meurtres de jeunes filles. Ma mort allait être le point d'orgue à la résolution d'une affaire criminelle jamais élucidée, grâce à l'amour que me portait Chris, grâce à cet animal dans la nuit, perspicace, opiniâtre à ne pas mourir.

Ma conscience fantôme n'était plus qu'un mince filet dans l'immensité de la vie et je percevais le chant de Fredo Viola, susurrant *The Sad Song*, comme un requiem céleste pour accompagner mon départ dans l'autre monde.

Je partais.

Je n'en voulais pas à Chris, je lui pardonnai. Il avait fauché ma vie pour inconsciemment rendre justice.

Voilà, je n'étais plus grand-chose, à peine une vacillante étincelle persistante, un feu follet, une poussière qui se rendait à l'univers, une femme qui mourait heureuse...

Mouvement 11

Mémoire d'outre-cieux

Alors que s'était poursuivie ma longue mutation métaphysique, j'ai pu observer les châtiments se répandre sur les vermines qui grouillaient dans ce qui fut mon berceau, mon monde, puis enfin ma sépulture.

Lors d'une longue errance stratosphérique, alors que j'étais sur le point de rejoindre l'entrée de ce que j'appelle le déversoir des âmes, j'ai vu l'ignoble monstre s'apprêter à passer la frontière belge dans son coupé Mercedes. Il rejoignait son pays natal pour s'y réfugier et laisser se tasser l'affaire de mon viol, ainsi que le suivant qu'il avait commis dans une région très proche de la mienne. Il s'agissait d'une fillette de 14 ans qui avait disparu à la sortie du collège et qui avait été retrouvée, le surlendemain, dans une vieille maison abandonnée à l'autre bout de la ville. Complètement tétanisée, en état de choc, la petite avait confié comment Arno Van Weddingen l'avait enlevée alors qu'il l'avait prise en stop sur le bord de la route. Elle avait ensuite, avec beaucoup de courage, expliqué aux enquêteurs les supplices que lui avait fait subir son tortionnaire. Elle avait également permis aux techniciens de la cellule d'enquête d'établir un portrait-robot très précis de l'individu.

Tout s'était alors recoupé dans la plus étincelante des lumières révélatrices. Des prélèvements furent pratiqués sur la jeune Clara, et des comparaisons au fichier national automatisé des empreintes génétiques furent lancées, rejoignant du même coup le prélèvement pileux que le légiste avait récolté sur ma cuisse.

Arno Van Weddingen fut identifié, traqué et arrêté chez sa mère, en Belgique. Le monstre avait très vite avoué l'ensemble de ses méfaits sur le territoire français, ainsi qu'une tendance fétichiste se référant aux cadavres et un attrait pour les actes nécrophiles.

Six mois plus tard, il avait été condamné à vingt ans de réclusion criminelle. Chris avait assisté aux audiences du procès, sans jamais cesser de croire qu'il s'agissait aussi un peu du sien. Torturé tous les jours par une espèce de machine à broyer la conscience, Chris avait pensé plus d'une fois mettre un terme à sa vie. Grâce à mes interventions, j'avais pu éviter qu'il ne commette ces idiotes tentatives de suicide. Je l'avais ainsi plusieurs fois empêché de mettre son arme de service dans sa bouche, de se défenestrer ou bien encore d'avaler des boîtes entières de sédatif. J'avais simplement projeté dans son esprit mon visage superposé à celui de Van Weddingen.

J'étais persuadée que ceci ne durerait pas, que ceci était provisoire. Un jour ou l'autre, Chris passerait à l'acte si je ne lui donnais pas quelque chose de plus concret, quelque chose qui lui permettrait de savoir que je lui avais pardonné cet accident idiot.

Je savais que l'entreprise d'un tel bouleversement spirituel s'avérerait délicate, et pourtant, très bientôt, Chris allait enfin avoir la preuve et comprendre pourquoi son esprit allait pouvoir s'apaiser.

Il allait prochainement pouvoir s'approcher des mondes improbables ; découvrir le monde des morts...

Arno Van Weddingen n'avait pas pris conscience du vertige de sa chute absolue. Sa plongée au cœur des mondes damnés, au centre d'une spire sans fin, profonde, toujours plus bas vers l'enfer de son âme pervertie. Sa chute verticale, interminable et abyssale, à l'opposé de celle empruntée par Clarisse, l'avait happé dans le vortex géant de ses propres démons.

Du fond de sa cellule sanitaire, Arno Van Weddingen avait réalisé qu'il n'y aurait plus de voyages pour son travail, que jamais plus il n'y aurait ces singuliers moments qu'il entrevoyait comme du plaisir. Ces longues glissades dans la démence, cette folie noire, ces racines d'un mal qui l'avaient agrippé très jeune, allaient se résumer en d'interminables phases de sommeil chimique, ponctuées par les palabres d'un homme en blouse blanche. Et cela, pour les deux prochaines décennies de sa misérable vie. Lentement, les cellules chimiques de son encéphale se modifiaient, annihilaient les images de ses actes insoutenables, délitaient toute forme de souvenirs se référant aux abominables années de sa déshumanisation. Les comprimés aidant, son cerveau subissait une transfiguration interne, comme soumis à la radiation d'une illumination divine.

Sa chute verticale vers les profondeurs annonçait-elle l'esquisse d'une rédemption ? Fallait-il qu'il sombre encore plus bas ? Plus loin ?

Plusieurs fois, Arno Van Weddingen avait réussi à conserver les comprimés qu'il était censé avaler chaque jour.

Quelle quantité fallait-il pour atteindre la dose létale ? Combien de pilules pour franchir la zone qui lui permettrait de recouvrer à nouveau la liberté ? Combien de temps ? Combien d'années encore pour espérer atteindre cette liberté illusoire qui lui permettrait de s'échapper de ses chairs, de fuir sa prison humaine ?

Oui, à quel moment la mort surviendrait-elle ?

Était-il devenu fou ? Cette chute verticale dans les profondeurs allait-elle le purifier ?

À peine finissait-il de se poser ce flot de questions qui le tourmentait que, déjà, les lueurs du jour s'évanouissaient pour faire place au crépuscule d'une nouvelle nuit. Alors, chaque fois qu'il ouvrait les paupières, comme le mouvement perpétuel d'un balancier d'horloge, pendant les interfaces isochrones de son subconscient, une nouvelle journée réapparaissait, encore et encore. Dans la plus infernale des perpétuités, sa chute recommençait sans cesse...

Deuxième partie

À la verticale des enfers

Mouvement 12

Chris

Six mois plus tard...

Mars 2012
Saint-Jean-de-Maurienne,
centre-ville.

La chute lui avait semblé longue.

L'âme égarée, châtiée, condamnée à errer perpétuellement.

Des horizons flous. Blancs. Fantomatiques. Des vapeurs incertaines... partout. Par-delà les zones cotonneuses que formaient les stratus, il y avait la lumière, fragile, succincte, qui découpait le ciel en une dentelle incandescente.

Chris avait perdu pied. Malgré tous les efforts qu'avait fournis Clarisse depuis les sphères de la mort, malgré les nombreuses intrusions dans son esprit afin de le dissuader de commettre l'erreur fatale, elle n'avait pu empêcher l'irréparable. Clarisse avait assisté, impuissante, au trépas d'un homme qui avait décidé de mettre un terme à sa vie tourmentée.

Chris s'était laissé choir depuis la fenêtre de son appartement, le buste bien en avant, les yeux grands ouverts et les bras écartés comme pour mieux embrasser la ville qu'il surplombait. Le soleil se couchait à cet instant-là, enflammant le ciel d'un glacis de braise.

Le vent avait sifflé fort à ses oreilles, tout le temps que se déroulèrent les vingt mètres qui le séparaient du black-out. Un souffle avait accompagné sa vertigineuse dégringolade le long de cette dimension verticale. Puis, soudain, plus rien. Le noir. Le vide. Le silence...

*

Pendant tout le temps que dura sa chute interminable, juste avant le choc, Chris entrevit le visage de Clarisse mêlé à une farandole d'images violentes. Étrangement, l'image d'un fœtus géant lui apparut, se reflétant entre les nuages. Le cauchemar vint palpiter derrière ses paupières closes et lui sembla se répandre dans ses veines...

Chris rendit son dernier souffle, à l'instant même où son corps s'écrasa sur le béton. À cet instant, il vit défiler quelques bribes de sa vie : son enfance, son adolescence, son statut de lieutenant de police au sein de la brigade criminelle lui revint également en mémoire, ainsi que le misérable échec de son premier mariage avec cette poupée russe qu'il avait rencontrée deux ans plus tôt, de ses beaux-frères qu'il avait dû faire coffrer après avoir démantelé leur réseau de prostitution. Il se souvint aussi des sombres évènements qu'il avait vécus six mois auparavant, et de toute la noirceur qui s'était diluée au fond de son cœur et de son âme. L'amour. Intense. Le désir d'un seul être : Clarisse. L'accident. Cet amour éphémère qu'il avait consommé trop vite. Trop fort. Il n'oublierait jamais cet instant, celui où la calandre de son 4 × 4 meurtrier avait percuté le corps fragile de la jeune femme, en pleine nuit, perdue au milieu de cette route de montagne. Il n'oublierait jamais les évènements qui avaient suivi cette infernale spirale dans laquelle il avait lamentablement glissé.

Il avait accidentellement retiré la vie à un être en pleine rédemption. Il avait tué son seul espoir d'aimer encore une femme, le seul espoir de tout recommencer, repartir de zéro. Il le savait : le destin ne pouvait être modifié...

Mais un seul poil pubien retrouvé sur la cuisse de Clarisse avait suffi pour remonter la piste jusqu'à Arno Van Weddingen. Chris se revit témoigner au procès du monstre, quelques mois seulement après son arrestation en Belgique, au domicile de sa mère. Le jeune flic ne put s'empêcher de penser à l'homicide qu'il avait lui aussi commis... La séquence tenace de l'accident l'avait hanté six mois durant. Sa voiture qui percutait Clarisse, le bruit mat de sa tête qui heurtait le muret de béton, le silence, la nuit, le sang. Ces images, il les avait maintes et maintes fois repassées dans son sommeil agité, comme le film maudit de sa propre chute, comme l'infernal châtiment de son crime. Il avait su, dès l'instant où Clarisse avait rendu son dernier souffle, que le reste de sa vie ne serait plus qu'un invraisemblable cauchemar, un calvaire qui le forcerait à errer sur les ruines de son existence...

Les yeux ouverts, Chris crut reconnaître Clarisse parmi les femmes qui l'observaient dans le groupe de badauds. La fresque macabre dans laquelle gisait son corps s'embrasait dans une lueur de feu que le soleil du jour déclinant accentuait.

Les deux chutes de sa vie lui avaient été fatales. Celle de son existence et celle qui l'avait conduit à sa fin ; depuis cette fenêtre ouverte vingt mètres plus haut jusqu'à cet inévitable trottoir de béton. Tout avait défilé à une vitesse folle. Et sa mort lui avait semblé ordinaire. Un seul élément troublant était venu perturber sa désincarnation. Juste avant que ne se séparât sa conscience fantôme de ses restes humains, juste avant qu'il ne réalise qu'il se trouvait face à son propre cadavre, Chris avait été stupéfait de voir que les individus tout autour de lui l'observaient. Ce qu'il avait cru être des badauds étaient en fait des dépouilles immobiles et suspendues. La parfaite verticalité de ces corps, de toutes ces personnes mortes qui flottaient à quelques centimètres du sol, lui apparut comme une situation à la fois étrange et ridicule.

D'où proviennent tous ces gens décédés ? Pourquoi sont-ils muets, debout, dans la plus rectiligne des verticales, qui sont-ils ?

C'est à l'instant où sa conscience fantôme se dissocia de son enveloppe charnelle que le sens de la symbolique des corps suspendus lui apparut aussi pur que du cristal.

Des voix. Des cris d'effrois, des hurlements et la sirène des pompiers s'élevèrent alors dans le brouhaha de la cité des vivants...

Mouvement 13

Sohan Ordell

Saint-Jean-de-Maurienne,
centre-ville.

— Bon sang ! Qu'est-ce qui lui a pris, à ce type ? Pouvait pas se pendre comme tout le monde... Regardez-moi ce merdier, c'est dégueulasse ! Faites-moi boucler l'avenue, les gars ! Je ne veux ni bagnoles ni curieux..., rugit le lieutenant Ordell.

La responsable de la boutique de lingerie Aux dessous de tous soupçons s'était verrouillée à double tour dans son magasin empli de clientes. Elle était en train de vanter les vertus érotiques et hypnotiques d'un string brésilien à une habituée, lorsqu'une masse informe s'était écroulée depuis le ciel et s'était fracassée sur le trottoir, juste devant son commerce.

— Bon, vous bouclez tout, très, très vite ! grogna Sohan Ordell en s'adressant à un agent de police qui balisait la zone. On attend la légiste et on dégage ! Les pompiers ramasseront...

Quelques instants plus tard, Rose Delgado débarqua sur la zone d'un pas bedonnant. Il s'agissait d'une femme un peu enrobée, rousse, aux cheveux courts et frisés, avec une frimousse pas franchement agréable à regarder. Des petits yeux bleus, pétillants et rieurs, émergeaient d'un visage rougeaud, couperosé. Elle salua Sohan Ordell d'un signe de tête flegmatique, enfila une paire de gants jetables, puis s'adressa enfin au flic qui se tenait près de la vitrine du magasin.

— Dites-moi, vous pouvez me dire ce que je fous ici ? J'ai encore deux macchabées à ouvrir dans la matinée, moi, du mou bien gerbant qui a séjourné en milieu aquatique, vous voyez l'genre, lieutenant ?

— Quoi, comment « ce que je fous ici ? » ? Vous avez quoi, là, vous voyez quoi ? dit-il en désignant du doigt la masse informe qui baignait dans une mare visqueuse.

— Ce que je vois ? Je vois une bouillie humaine, lança placidement Rose Delgado en levant les yeux au ciel. Au labo j'ai entendu dire qu'il s'agissait d'un suicide, alors c'est pour cette raison que je vous demande ce que je fiche ici... Vous savez que je n'ai rien à foutre sur les lieux ? C'est hors procédure...

— Vous ai-je seulement dit que le suicide était avéré ?

— Non, c'est vrai, vous avez raison..., répondit-elle en ronchonnant.

— Je veux que soit pratiqué un examen toxicologique, mais pour le moment, vous procédez aux premières constatations, on est bien d'accord, Rose ?

— Mais, pourquoi vous...

— Parce que vous en avez vu beaucoup, vous, des types qui se suicident en se jetant par la fenêtre en gardant leur blouson, leur casquette et leur écharpe ?

Le médecin légiste se figea alors, une expression de surprise collée sur son visage strié de veinules disgracieuses.

Ordell la dévisagea, puis réalisa enfin que le regard médusé de Rose Delgado peinait à se détacher des restes du défenestré.

— Oh ! jeta-t-il en prenant la jeune femme par l'épaule, ça va ou quoi ? Qu'est-ce qu'il y a ?

Passé le choc, Rose articula quelques mots :

— Lieutenant, je... je connais bien ce type, je sais qui c'est...

Sohan Ordell soupira, posa sa main sur l'épaule du médecin légiste, puis demanda doucement :

— C'est qui ? Vous le connaissez d'où ?

— Je savais qu'un jour il le ferait, j'étais persuadée qu'il passerait à l'acte un jour ou l'autre... Ce gars a vécu un vrai calvaire !

— Vraiment ? Qui est-ce ? insista Ordell, visiblement agacé.

— Putain ! C'était le flic du quartier nord... À la belle saison il vivait dans la vallée, à Modane, je crois, il redescendait de sa permanence de station d'altitude... Il s'agit du lieutenant Christophe Lanzmann, un gars de la maison... Vous avez certainement déjà entendu parler de cette affaire de dingue, il y a six mois ? Le nécrophile belge ?

— Évidemment... Arno Van Weddingen, c'est passé sur toutes les chaînes. Et donc ? Lanzmann était chargé de l'affaire ?

— On peut dire ça...

— Et alors ?

— Et alors ? Vous n'aviez pas suivi l'affaire ?

— J'étais dans le Sud, à Toulon, à cette époque, je n'étais même pas encore lieutenant...

— Lanzmann était l'amant d'une femme mariée qui s'appelait Clarisse. Cette petite, c'était l'épouse de son meilleur ami, un certain William Donatelli. Clarisse était ce genre de femme superficielle, vaniteuse, imbue de sa personne, méprisante. Selon Lanzmann, peu avant sa mort, Clarisse avait comme reçu la lumière, une sorte de révélation, elle voulait changer de vie, devenir quelqu'un d'autre. Bref, après avoir passé la soirée ensemble et s'être un peu chamaillés, Lanzmann a déposé Clarisse sur la route qui mène à la frontière italienne, puis il a continué son chemin. Clarisse a été retrouvée quelques jours plus tard dans un sale état... et je peux vous en parler, c'est moi qui me suis trouvée sur la scène de crime, à l'époque, pour constater le décès et photographier le corps. À l'issue des examens de la dépouille, à l'institut, nous en étions arrivés à la conclusion que Clarisse avait été fauchée, percutée par un véhicule et ensuite sauvagement violée...

— Percutée par un véhicule et violée ? C'est vraiment dans cet ordre que ça s'est passé ? s'étonna Ordell.

— Oui, après l'accident... Comme il était de permanence ce soir-là, c'est Chris qui a été envoyé sur les lieux de la découverte du corps. Il ne savait pas à ce moment-là qu'il s'agissait de celui de sa petite copine...

— Comment ont-ils pu remonter jusqu'à Van Weddingen, à l'époque, j'veux dire, ce gars ne laissait jamais aucune trace, pas d'éléments identifiables...

— Ben, faut croire que si... Ce jour-là, ce salopard avait semé un poil pubien et c'est ce qui a permis de l'identifier... Lanzmann n'a jamais supporté ce truc-là, il était fou amoureux de Clarisse. Il s'est senti impuissant, dépassé. À plusieurs reprises, il avait tenté de mettre fin à ses jours. Beaucoup disaient de lui qu'il avait changé. Il suivait un traitement pour soigner sa dépression, et un neuropsychologue le suivait. Il était en arrêt maladie et parlait de retourner vivre près de sa mère, en Alsace. Personne n'a vu venir sa dépression... et puis là, il s'est pas loupé !

— C'est le moins qu'on puisse dire, souffla Ordell en laissant glisser son regard sur le corps.

Le flic observa les environs pendant que la légiste s'affairait sur la dépouille. Les vitrines des magasins venaient de s'illuminer le long de l'avenue, tout le long de l'immense artère sur laquelle le flot de circulation avait repris. La nuit tombait vite à cette période de l'année, une nuit bleue et froide. Une nuit analogue à une mince pellicule d'encre translucide.

Il était 17 h 35, et ce qui restait de Christophe Lanzmann fut délicatement ramassé du trottoir, placé dans un sac en vinyle et introduit dans le fourgon des pompiers.

À 17 h 45, Sohan Ordell eut une pensée pour ce flic au destin tragique qui avait porté sa croix, à sa fin sordide.

Il se posa aussi cette ultime question : pour quelle raison, malgré un amour démesuré que l'on pouvait porter à un être, en arrivait-on à mettre fin à ses jours ? S'était-il senti autant responsable de la mort de Clarisse ?

Une question l'obsédait. Un doute prit forme. La rémanence de ce dernier s'imprima lourdement dans sa conscience...

Mouvement 14

L'oiseau de feu

Un vent glacial soufflait sur les étendues immaculées, se propageait par-delà la plaine enneigée. Aussi pénétrant qu'une douleur, un sifflement strident s'étirait pour enfin s'envoler vers les interminables sommets teintés par la nuit tombante. À l'extérieur, malgré le vacarme de la tempête qui enflait, on pouvait percevoir une fragile mélodie qui s'échappait de l'intérieur de l'abri, fluide, aérienne, se mêlant au vent par intermittence.

Les environs étaient couverts d'un vaste manteau de poudre blanche, vierge de toute trace. Celui-ci paraissait se trouver là depuis des siècles, posé comme un voile diaphane qui frémissait à chaque rafale de vent.

Tania avait souffert. Mais personne n'avait pu percevoir le moindre cri, la moindre plainte. Tout s'était déroulé très vite au milieu de ce no man's land de glace, dans cet écrin de givre étincelant où se perdait cette frêle masure à l'orée d'une forêt sombre, millénaire, suspendue sur les sommets éthérés d'une chaîne de montagnes.

Tania avait subi l'assaut du monstre. Il y avait d'abord eu cette lueur aveuglante, la douleur du poing qui était venu s'écraser sur ses dents en explosant ses incisives puis, enfin, le goût du sang dans sa gorge. Salé. Cuivré. Avant de mourir, Tania avait assisté à la scène de son meurtre par fragments confus et sanglants. Comme si elle avait quitté son corps et qu'elle l'eut observé depuis un angle du plafond.

Une lame tranchante s'était abattue sur elle. La lame d'un coupe-choux au manche de nacre avait glissé sur sa peau comme une caresse froide.

Étoiles de sang, perles de chairs sur les murs de la bâtisse glaciale et silencieuse. Tania avait tenté de se protéger, recroquevillée à même le sol crasseux de la cabane qui empestait l'urine et le bois carbonisé. Puis elle avait soudainement cessé de protester et de s'agiter. Le silence avait repris ses droits. Tania avait succombé à ses blessures, enfin délivrée de son cauchemar interminable. Les murs du chalet avaient semblé vaciller, se vriller sur eux-mêmes, comme pour essorer les litres de sang qui étaient venus consteller leur surface noueuse.

Le monstre s'était alors arrêté de frapper, progressivement, en reprenant peu à peu son souffle. D'un mouvement flegmatique, il s'était retourné, avait ouvert la porte et s'était avancé sur le perron du chalet. Il avait scruté le ciel nocturne qui se mordorait, s'illuminait d'une irréelle lueur ambrée. Alors, crevant la masse de nuages noirs, un oiseau de feu démesuré était entré et sorti de la couche nuageuse en la perforant d'une multitude d'alvéoles. L'éclat de lumière ambré, diffusé par un disque de lune parfait, s'était propagé par ces providentielles ouvertures célestes...

*

L'ultime frontière qui séparait Isaak Kavarov du monde des morts et des vivants, c'était l'art et toutes ses formes représentatives. L'art pictural qui transcendait la matière humaine, la profondeur des chairs de ses victimes. Il songea à ses plus grands chefs-d'œuvre qu'il avait réalisés à coups de scalpel, comme un frêle pinceau de martre glissant sur la toile de lin. Ces chefs-d'œuvre qu'il avait ensuite photographiés, immortalisés pour les siècles. Dès lors que l'étrange bête de feu lui ordonnait d'accomplir cet acte d'art sacré, de s'approcher de ce mysticisme à travers la complexité picturale de son œuvre, Isaak s'employait à combattre ses démons. Cela suffisait à exorciser le mal qui le brûlait de l'intérieur, à expurger son esprit des visions qu'il fabriquait en imaginant mourir son frère, en pensant à la douleur qu'il avait pu subir. Cet acte sacrificiel, qu'il répétait sans fin, le libérait de la souffrance qu'il ressentait chaque fois qu'il songeait à Grisha, ce frère avec lequel il n'avait pas grandi, avec lequel il n'avait pu traverser l'enfance, ce frère qui, selon sa mère, avait été enlevé, tué et dévoré lors de la grande famine du début des années 30, en Ukraine.

Plus tard, lorsqu'il entra dans le monde adulte, Isaak fantasma sur les enfants, viola, tortura et assassina des jeunes prostituées. Il commit des actes de barbarie et de cannibalisme. Il s'attaqua à des jeunes femmes sans défense, égarées dans la vie, sans avenir, sans famille, mortes socialement, dont la disparition n'alarmait personne. Il s'en prit à des fugueurs, des sans domicile fixe, qu'il repérait dans les gares ou les abribus, les attirant à lui en leur promettant des cigarettes, de l'alcool ou un peu d'argent. Ces pauvres pions humains marginalisés subirent la cruauté d'un monstre qui, selon lui-même, les libérait de leurs *mœurs relâchées*. Il découpait les corps, leur retirait les yeux et les parties génitales, puis goûtait quelquefois des portions de leurs chairs. Selon Isaak, les yeux pouvaient l'avoir photographié, gardé une trace de la dernière image aperçue avant la mort.

Son premier meurtre fut celui d'une fillette de 9 ans. Trois ans plus tard, sa seconde victime avait 17 ans…

Isaak était froid, solitaire, ordinaire. Il encaissait en silence les réminiscences désastreuses de son enfance ; ses parents. Sa mère, atypique, une femme psychotique, en proie à de constantes visions de fin du monde. En grande illuminée, elle avait adhéré à divers mouvements religieux ou sectaires qui prônaient l'arrivée d'une intelligence suprême sur la Terre pour sauver l'espèce humaine. Le père d'Isaak, émigré russe et médecin généraliste, n'avait jamais quitté son cabinet, ni pour sa famille, ni même pour mourir.

Isaak avait été un enfant livré à lui-même.

Aujourd'hui, c'était Grisha qui revenait pour le guider, lui, la bête de feu, porté par l'envergure de ses ailes démesurées comme le phénix revenu d'entre les morts…

Mouvement 15

De l'autre côté du tain

Les différentes étapes de la vie de Clarisse se déployaient dans un tourbillon de papier glacé, punaisé au-dessus d'un bureau d'ébène sur lequel s'éparpillaient une montagne de lettres, de factures, et divers objets inutiles. L'ordinateur portable était encore ouvert. Le fond d'écran laissait apparaître un portrait de Clarisse, souriante. La photo avait été recadrée et ne permettait pas d'identifier l'homme qu'elle enlaçait par le cou.

Sohan Ordell fit quelques pas dans l'appartement de Chris Lanzmann et retourna se positionner devant la fenêtre d'où le malheureux avait plongé. Il jeta un œil par-delà le carreau en éprouvant un désagréable vertige, comme absorbé par le vide. Il tourna les talons et continua sa visite en observant les murs, le plafond, le sol, puis son regard se posa brusquement sur la porte de la chambre. Il n'avait pas réagi lorsque, quelques instants plus tôt, il lui avait semblé apercevoir un étrange croquis qui recouvrait sa surface.

Ordell s'approcha, passa ses doigts sur le graphisme qui avait été exécuté à l'aide de marqueurs indélébiles, puis recula un peu, comme pour considérer une œuvre d'art qu'il n'arrivait pas à interpréter. L'ouvrage était dense. Complexe. Peu à peu, il décrypta le curieux dessin. Une spire vertigineuse prenait naissance au cœur de la fresque, et celle-ci forçait le regard à plonger au centre du bouillon d'encre noire et rouge, dans cette espèce de scène cataclysmique symbolisée par un sol qui s'ouvrait sur les entrailles de la Terre. Une espèce de scène de fin du monde. C'était comme s'il s'agissait d'une représentation orgiaque de l'enfer, la célébration de toute une humanité damnée. Dans la confusion hétéroclite des lignes tirées avec talent, des démons ailés apparaissaient un peu partout. Des condors, des oiseaux de proie gigantesques, démesurés, s'élevaient par-delà un ciel dense et tourmenté. Partout en périphérie, des vautours géants tournoyaient autour d'une multitude de corps humains suspendus dans la plus absolue des verticalités, tous rattachés au monde réel par un simple filin d'argent ; le lien vital et précieux de l'existence terrestre. Ces êtres flottaient au-dessus d'un gouffre au gigantisme effrayant, au fond duquel attendaient avec impatience des hordes de chiens anthropophages, geignant, hurlant pour que leur soit enfin délivrée cette douche de viande humaine…

Effaré devant la singularité de la fresque, Ordell garda un long moment de silence. Il en déduisit que l'état dépressif de Christophe Lanzmann fut bien plus important que ce que l'on avait bien voulu croire. Il resta néanmoins stupéfait par le magistral talent dont avait fait montre l'auteur du prodigieux chef-d'œuvre. Lentement, il entrebâilla la porte de la chambre qui frotta un peu sur la moquette usée.

Ce qu'il vit alors le terrifia. Il se força d'accuser la fatigue, comme s'il refusait d'accepter ce qui se présentait à lui. Du sol au plafond, sur le mobilier, les rideaux ; l'entière surface de la pièce était couverte des mêmes symboles qui ornaient la porte ; des incubes identiques y forniquaient, la même scène démoniaque s'étalait sur les murs, tracée avec une infime précision. Au plafond, une gigantesque représentation de l'*Homme de Vitruve* avait été peinte en rouge.

Pendant de longues secondes, Ordell demeura contemplatif sur le seuil de la chambre, fixant l'étrange description apocalyptique qui se déployait tout autour de lui. Le flic était fasciné par la facilité avec laquelle les enchevêtrements de corps, de démons, de lettres et de chiffres s'entremêlaient et s'imbriquaient de manière aussi harmonieuse. Il s'empara de son smartphone et photographia tous les détails, le moindre dessin. Il quitta ensuite la pièce et se précipita dans le salon. Il s'installa devant le bureau, face à l'ordinateur portable, puis il commença par compulser une série de dossiers, les ouvrant un à un, très méthodiquement. Il y trouva des centaines, peut-être des milliers de photos de Clarisse. Des instantanés de son quotidien, des photos de *shootings* en studio, des clichés la représentant nue, avec des mises en scène parfois très lascives. *Lanzmann était dingue de cette femme... Il était obnubilé par tout ce qu'elle représentait...*, pensa Ordell en continuant de consulter les dossiers débordants de clichés.

Le contenu de la machine ne lui apprit rien de plus sur l'existence de Christophe Lanzmann. Il n'avait rien, pas même l'éventualité d'un indice qui aurait pu le laisser supposer que le flic ait été victime d'une manipulation, peut-être même d'un meurtre...

Ordell observa l'ensemble de la pièce avec intérêt. Son regard se posa de nouveau sur la porte de la chambre, toujours stupéfait par la virtuosité avec laquelle avait été exécuté l'admirable croquis. Puis il remarqua enfin un petit meuble à roulettes agrémenté de trois tiroirs à dossiers suspendus. Le flic entreprit d'ouvrir un à un les compartiments. Il en retira des porte-documents de différentes couleurs puis, calmement, il en parcourut leur contenu.

Intrigué par le curieux suicide de l'ex-flic, il se posa une fois encore cette étrange question qui le tourmentait : *Comment donc Lanzmann a-t-il pu à ce point être affecté par la mort de Clarisse ? Comment a-t-il pu en arriver là, au point de perdre l'esprit et de mettre fin à ses jours ? La fascination pour une femme n'explique pas tout...*

Il soupira, s'assit à même le sol et parcourut une fois encore le contenu de tous les dossiers.

Il consulta le cadran de sa montre, se mit à sourire et se demanda ce qu'il faisait là. La porte de l'appartement s'ouvrit alors violemment et l'homme qui fit irruption à cet instant-là se posa exactement la même question...

*

Chris s'éteignit, se libéra progressivement de sa mue, de l'exuvie de son existence de chair. Sa conscience fantôme lui confirma qu'il était bel et bien mort. Il se souvint alors de ces êtres suspendus qu'il avait aperçus, lorsque son corps avait explosé sur le béton. Images froides. Rémanentes. Douloureuses. Pendant ces furtives secondes, il avait réussi à distinguer des hommes, des femmes, et même des enfants qui l'avaient observé depuis leur position stationnaire, en lévitation à quelques centimètres du sol.

Chris avait compris qu'il venait de pénétrer le territoire inconnu de la mort et, bien qu'encore surpris, il se fit rapidement à l'idée qu'il pouvait dès cet instant-là communiquer avec les défunts.

C'est alors qu'une sensation jusqu'ici ignorée de sa conscience le figea totalement dans son enveloppe évanescente, cristallisant cette espèce de corps ectoplasmique qu'il traînait depuis l'impact sur le béton froid du trottoir. Des traits s'imprimèrent au cœur de son esprit errant. Le visage d'une jeune femme. Une ravissante créature aux traits expressifs, aux yeux d'un bleu de glace... Tout cela lui rappela avec quelle folie il l'avait aimée.

Ce visage de rêve. Le drame qu'il symbolisait. Clarisse...

Le visage de cette dernière se matérialisa une fois encore, lumineux, dans un halo ambré et, curieusement, il lui sembla apercevoir cette fresque hideuse dont lui avait fait part Melvin Meideiros, le jour où il avait observé le corps de Clarisse sur la scène de crime. Une sorte de fœtus, une forme ensanglantée et rougeoyante comme une braise qui palpitait dans un ciel pourpre et embrasé.

La conscience fantôme de Chris se mit alors en quête de retrouver Clarisse car, désormais, lui aussi se trouvait de l'autre côté du tain, derrière la surface froide du miroir de l'existence humaine...

Mouvement 16

Le retour du découpeur

— Melvin ? Mais qu'est-ce que tu fous ici ? Qui t'a dit que je me trouverais dans l'appart de Lanzmann ?

Le jeune médium dévisagea Ordell un long moment, puis il s'approcha de lui. Assis au beau milieu d'une armée de porte-documents qui jonchait le sol, Ordell le scrutait par-delà les verres de ses lunettes carrées. Le sourire en coin, Melvin Meideiros parcourut d'un œil amusé le flot de papiers qui s'étalait au sol.

Le flic plongea son regard dans celui du médium, pointant son index sur le sol comme pour lui faire comprendre que tous les secrets de l'humanité se trouvaient là, dans le fatras de documents.

Adossé au mur, les bras croisés, il esquissa un rictus et grinça :

— Merde ! personne ne m'a prévenu, Melvin, je ne savais pas que tu me cherchais...

— À vrai dire, je ne te cherchais pas... Pour moi, il était évident que tu te trouverais ici. On commence toujours une enquête par une visite au domicile de la victime, non ?

Ordell parut troublé. Depuis le premier jour où ce gars était venu travailler dans son groupe, il n'avait jamais pu éviter d'avoir cette espèce de trouille accrochée à l'estomac, cette appréhension, ce doute qui vous ronge lorsque l'on essaie de vous convertir à l'irrationnel, au paranormal. Il n'avait pu s'empêcher de penser qu'il existait aussi des choses inexpliquées, tout comme il existait des affaires criminelles non résolues. Le médium lui glaçait parfois le sang.

Melvin Meideiros avait passé son enfance dans les beaux quartiers de Madrid, les *Barrios* huppés comme Salamanca ou bien encore celui de la Castellana. Sa jeunesse avait été tracée au cordeau par des parents qui le prédestinaient aux grandes écoles, des parents magistrats qui espéraient le voir intégrer les plus prestigieuses institutions académiques, le voyaient faire du droit, médecine, ou encore s'orienter sur la filière PCSI des mathématiques supérieures. Mais, malgré les protestations de son avocat de père, Melvin s'orienta sur la médecine pendant deux ans. Puis il renonça et s'installa en France.

Melvin Meideiros avait intégré une cellule de la police judiciaire depuis un peu plus d'un an, alors qu'une unité d'enquêteurs spécialisés dans les investigations de crimes violents avait été mise en place. Quatre meurtres avaient été commis dans la région, à six mois d'intervalle. D'une rare barbarie, les actes perpétrés avaient marqué l'esprit des experts chargés de cette affaire. Les victimes étaient essentiellement des jeunes prostituées d'une vingtaine d'années, des jeunes garçons, des fillettes, tous lacérés par la lame d'un scalpel, les yeux arrachés, démembrés. Les scènes de crime n'avaient jamais révélé le moindre indice ou la moindre trace ADN. Le monstre laissait chaque fois sa signature bien en évidence, un mode opératoire pour le moins troublant : le corps en lambeaux et profondément scarifié était crucifié contre un mur, bras et jambes écartés, à l'instar de l'esquisse de l'*Homme de Vitruve*, de Léonard de Vinci.

Les jours passèrent, les mois, et l'enquête s'interrompit alors, figeant la machine policière dans son échec.

C'est à peu près à cette époque que Sohan Ordell entendit aux informations du matin qu'un homme, soi-disant médium de son état, avait retrouvé un enfant âgé d'une douzaine d'années porté disparu depuis plusieurs jours. Le petit, qui s'était aventuré dans une zone retirée de la campagne environnante, s'était introduit dans une champignonnière et y était resté coincé en s'enfonçant dans les galeries. Perdu dans le noir et ne retrouvant plus le chemin de la sortie, le gamin paniqué s'était fracturé un tibia en chutant dans une fosse. Melvin Meideiros avait aussitôt contacté les brigades de recherches concernées, confirmant l'endroit exact où se situait le jeune garçon. Lorsque les autorités lui demandèrent comment il avait obtenu cette information, il avait simplement répondu qu'il venait de *flasher* et de voir l'enfant qui se trouvait sur le point de mourir, en proie à une importante déshydratation.

À l'issue de ce fait divers, Melvin Meideiros s'était vu proposer une place d'auxiliaire au sein du collège d'experts de la criminelle chapeautée par Ordell, afin de dénouer l'énigmatique affaire du découpeur de jeunes filles...

Sohan Ordell se leva, se positionna devant la fenêtre depuis laquelle Lanzmann s'était envolé, puis il s'adressa au jeune médium :

— Melvin, dis-moi que tu vas m'apprendre quelque chose, que tu sais pourquoi Lanzmann a mis fin à ses jours. Tu as des pistes ? Tu le connaissais bien, après tout...

— On a un peu bossé ensemble, ouais... Ce que j'ai vu pendant mon sommeil m'a forcé à ouvrir les yeux, c'était très intrigant. J'te jure, c'est pas facile de ressentir le dernier souffle des morts...

Ordell pointa de l'index la pièce voisine.

— Lanzmann avait perdu l'esprit, dit-il en désignant la porte de la chambre, il a dû sombrer dans une sorte de démence, un truc dans ce genre... On va commissionner des experts en décryptage graphique... Ce gars avait vraiment pété les plombs. Je te parle pas de son ordi qui est bourré de photos de la petite Clarisse Donatelli. Ça tournait à l'obsession...

— Je sais... Dans mon rêve, j'ai également vu la porte et l'intérieur de la chambre.

— Et alors ? D'après toi ?

— Je ne suis pas spécialiste en décryptage d'orgies sataniques, Sohan, je ne suis qu'un *rêveur*, lança-t-il, ironique. Certains détails n'ont pas la même importance selon l'angle de vue sous lequel on les considère...

— Bordel ! Arrête ça, Melvin ! Tu me parles chaque fois comme si j'étais un dégénéré, on n'est pas dans un putain de jeu télévisé !

— Je vais te dire, Sohan, je fonctionne par flashes... je dors, je rêve, je vois et j'entends des choses. Parfois, tout apparaît clair, mais bien souvent c'est le flou le plus total. Si je suis venu te rejoindre ici, c'est parce que je sais ce que tu cherches... et aussi parce qu'il y a du nouveau à ce propos.

Sohan Ordell fronça les sourcils et se pinça les lèvres. Il articula avec peine :

— Du nouveau ? Et de quoi s'agit-il ? Et je cherche quoi, moi, hein ?

Melvin posa son pied sur une chemise cartonnée de couleur rose.

— C'est là-dedans, Sohan ! Tu l'ignores encore, mais tu allais tomber sur quelque chose de surprenant en fouillant cette chemise. On fait une petite marche arrière si tu veux bien ; remémore-toi cette sordide affaire : Clarisse, Arno Van Weddingen...

— Ouais, et alors ?

— Ce dossier contient la quittance d'une intervention sur la carrosserie d'un véhicule de marque Audi, de type Q5. Curieusement, le carrossier a établi cette facture deux jours après le supposé accident qui aurait tué la jeune Clarisse Donatelli. Le détail se trouve sur ce papier : « remplacement d'optique avant gauche, changement et montage pare-chocs avant... ». Le comble, c'est que les débris qui ont été retrouvés sur les lieux correspondent exactement à ce que ce carrossier a remplacé sur le véhicule de Chris... voilà, et je t'ai vu dans mon flash en train de compulser ce document et de lire ce que je viens de t'apprendre...

Le flic resta silencieux, abasourdi. Lentement, il se baissa et sa main s'empara du dossier rose sans lâcher Melvin du regard, hypnotisé par le bleu intense de ses iris. Comme chaque fois que le médium lui fournissait une information tirée de ses flashes, Ordell sentit cette fichue boule au ventre.

— Nom de Dieu, Melvin ! T'es en train de me dire que ce serait Chris Lanzmann qui aurait tué Clarisse ?

— Accidentellement... mais oui, c'est à peu près ça. Ces derniers temps j'avais des flashes nocturnes assez troublants concernant cette jeune fille. Je pense qu'elle tentait d'entrer en communication avec moi...

— Donc, torturé par sa conscience, Lanzmann se serait suicidé ? Il n'aurait pas supporté d'avoir tué *accidentellement* celle qu'il aimait... c'est ça ?

— Oui, si c'est un accident, bien entendu...

— Melvin, je t'en prie..., souffla Ordell, lassé des suppositions que distillait au compte-gouttes le jeune médium arrogant, qu'est-ce que tu veux dire ?

— Je n'ai pas eu de vision confirmant cette hypothèse, je dis juste qu'il faudrait envisager le pire...

— Un meurtre ? Non, je ne crois pas... Tu disais qu'il y avait du nouveau... De quoi s'agit-il ?

Melvin Meideiros lui présenta le canapé en lui suggérant de s'asseoir.

— J'ai beaucoup de flashes ces derniers temps. J'ai revu l'*Homme de Vitruve*, du sang, un vieux chalet perdu en montagne, une femme morte, assassinée, son corps pourrissant dans une benne derrière le bâtiment d'un supermarché. Les images étaient très confuses, saccadées, mais je suis persuadé que c'est lui dont il s'agit...

— Nom de Dieu, Melvin...

— J'ai la nette sensation que notre découpeur est revenu, Sohan... et qu'il va recommencer.

Mouvement 17

Les guides funèbres

Très tôt le lendemain matin, Melvin avait demandé à voir Sohan Ordell. Submergé de flashes toute la nuit durant, le médium avait peu à peu reconstruit le puzzle qui lui avait ainsi confirmé l'horreur de ce qu'il avait pressenti.

— J'ai tout vu, pendant que j'étais plongé dans le sommeil paradoxal. Les images étaient terribles... je t'assure !

Ordell bouffait des yeux le jeune médium qui se grattait le crâne.

— ... Elle m'est apparue les cuisses ouvertes, continua-t-il, offerte, comme si elle me tendait le fruit de son intimité. J'ai tout de suite remarqué que son slip avait été baissé jusqu'aux genoux. Son chemisier était ouvert au niveau de la poitrine et laissait apparaître deux mamelles blanches aux aréoles très brunes... Elle baignait dans son propre sang qui dessinait d'étranges traces elliptiques sur le sol, comme si on avait traîné son corps dans un mouvement circulaire, erratique, tu vois ? Ses longs cheveux noirs étaient détrempés de son sang qui avait coagulé. Quelques mèches collées striaient son visage cireux, froid, semblable à celui d'une statue de marbre blanc.

Melvin Meideiros avait le souffle court, visiblement encore habité par la terrifiante et macabre vision. Sohan Ordell ne bronchait plus, ne saisissant toujours pas où le médium voulait l'embarquer.

Les yeux fermés, Melvin continua :

— ... Les lieux où se déroule la scène sont déserts. Il y a quelques voitures garées sur un parking de supermarché. Je prends alors conscience à ce moment-là, en plein cœur de mon flash, que je suis en train de visualiser l'endroit même où a été assassinée la jeune fille. Je me vois dans ma propre vision, assis près du corps, le contemplant avec une sorte d'étrange indécence. Les orbites de la victime sont vides, elle a été énucléée. Je vois que je m'approche encore plus près de la malheureuse, imprimant l'empreinte de mes chaussures qui ont trempé dans la monstrueuse flaque de sang qui s'était répandue. Puis, aussi invraisemblable que cela puisse paraître, la victime murmure des mots par la pensée, c'est comme si je lisais en elle...

— Oh ! Où tu m'embarques, là, Melvin ? Où veux-tu en venir à la fin ? pesta Ordell, impatient. Je croyais qu'on devait parler du découpeur, que tu avais des pistes le concernant...

Le médium sursauta. Il fit rouler ses yeux, comme s'il venait de s'extraire d'un long sommeil, puis il referma les paupières. À nouveau, il plongea dans les ténèbres de son flash, se remémorant et rejouant sa conversation avec la victime :

— *Je sais qui tu es, Melvin... lorsque mon cerveau m'a envoyé cette décharge incandescente, et que cette espèce de chose qui contrôle ma pensée s'est manifestée, ç'a été clair tout de suite, je savais : « Melvin Meideiros », le lien métaphysique qui sépare nos deux mondes, c'est toi. Je sais que tu entends les voix de l'au-delà, que tu es le récepteur du murmure des morts et j'ai besoin que tu m'écoutes, il y a des choses qu'il faut que tu saches... L'homme qui m'a infligé ces atrocités est un maniaque sexuel, un monstre ! Je voyais son regard luisant vissé sur le mien qui était froid, éteint, je voyais ce sourire de jouissance, d'autosatisfaction. Et puis j'ai ensuite vu le flash !*

— Le flash ?

— Oui, le coup fatal, celui qui a fait de moi le macchabée que tu as sous les yeux...

— C'est donc à cet instant que vous êtes morte ?

— Pas tout à fait...

— Expliquez-moi, j'aimerais comprendre...

— C'est au moment du second flash que j'ai senti que c'était la fin, peu après qu'il m'ait disposée de cette grotesque manière : l'entrejambe offert et les seins nus à disposition, comme deux paquets de viande flasque... juste avant qu'il ne me crucifie comme le Vitruve de de Vinci.

— Je ne saisis pas...

— La photo ! Ce pervers m'a photographiée... il s'est ensuite retourné et je l'ai vu disparaître.

— Seul ? À pied ?

— Oui... il est reparti avec un calme déconcertant, sans jamais se retourner sur ce qu'il laissait derrière lui.

— Vous avez vu son visage ? Vous me parliez de ses yeux, son sourire...

— Et c'est tout ce que j'ai vu. La capuche qui lui recouvrait la tête ne m'a laissé voir que l'éclat terrifiant de ses

billes noires qui scintillaient, ainsi que sa denture qui me paraissait parfaite... ensuite, il m'a retiré les yeux.

Juste avant que Melvin ne revienne parmi les vivants et ne s'arrache de son effarante vision, une curieuse vapeur ocre s'était matérialisée autour de la jeune fille et avait lentement commencé à la liquéfier, à dissoudre ses chairs en ébullition...

— *Faites attention Melvin ! Vous ne savez pas où vous mettez les pieds, vous ne voyez même pas où vous mettez les pieds, prenez garde !*

Dans un ultime gargouillis, la voix s'était ensuite estompée, laissant place à une informe trace humide sur le goudron noir...

Melvin se dégagea alors de *l'outre-monde* dans lequel il avait glissé, puis il se redressa et lança au flic qui l'observait, médusé :

— Sohan, ce que je viens de te raconter, c'est la scène de crime d'un nouveau meurtre, à mon humble avis, commis par notre petit copain *le découpeur*. J'ai rêvé de cet homicide cette nuit, et je doute que cela soit un hasard. Voilà quelques heures, trois jeunes randonneurs s'apprêtaient à attaquer l'ascension du Pas de l'Ours et, bien mal leur en a pris, ils ont voulu prendre leur petit déjeuner et vérifier une dernière fois leur équipement dans le vieux refuge abandonné qui se trouve en bordure de la départementale 906. Lorsqu'ils sont entrés, ils ont découvert la victime. Une boucherie. Pire que ce que nous avons connu, Sohan, pire que ma vision...

— Merde ! Je n'ai pas encore eu l'info... Alors, il a remis ça cet enfoiré...

— Pire que ça, Sohan, *il remet ça* ! Nous avons deux victimes, et l'une des deux n'a pas encore été retrouvée...

*

Au plus profond de cette matière chimérique qui était devenue son *corps*, Chris percevait un profond sentiment de nostalgie et savait qu'il ne reverrait plus jamais Clarisse. Elle-même avait déjà traversé le miroir de l'existence depuis déjà trop longtemps. Elle était partie, elle avait franchi les différentes étapes de son passage terrestre. De vie à trépas... Sa naissance, sa vie, sa mort.

Chris Lanzmann était persuadé que la conscience fantôme de Clarisse l'avait observé alors qu'il enquêtait, il savait maintenant qu'elle avait su, su que son meurtrier était l'homme avec lequel elle avait voulu recommencer sa vie.

La conscience fantôme de Chris contempla la tache sombre et démesurée qu'avait imprimée son sang sur le trottoir de béton. Tout avait été nettoyé.

Chris jeta un œil au flot de véhicules qui s'écoulait depuis le haut de l'avenue. Une vague incessante, discontinue, qui filait à toute vitesse et déferlait au cœur du centre-ville dans un vacarme terrible. Il observait la vie. Celle qu'il avait quittée. Il regardait les hommes. Ceux qu'il ne comprenait plus. Il suivait du regard cette horde humaine, cette horde programmée pour s'éteindre, figée dans son somnambulisme éveillé, cette meute qui se livrait aux obligations d'une société en déroute.

Il fit alors quelques pas et emprunta une ruelle qui s'enfonçait dans les vieux quartiers de la ville. Il longea quelques boutiques et là, devant la vitrine d'une librairie sans âge, il se figea, percevant un souffle glacial pénétrer sa substance opalescente : *il les vit à nouveau.* Droits, tenant une parfaite verticale, les bras le long du corps, les yeux mi-clos et le visage délavé. Ces morts suspendus dans le vide, dans *le rien*, flottaient silencieusement en oscillant délicatement, comme effleurés par le souffle d'air de cette fin de journée brûlante qui n'en finissait pas. Chris nota qu'ils étaient nombreux ; des femmes, des enfants, des hommes qui, malgré leur silence absolu, semblaient sur le point de s'éveiller, sur le point de dévoiler à Chris le secret de la vie, de la mort, du cosmos, de l'univers entier. Était-ce des guides funèbres qui venaient le chercher pour le mener aux frontières de l'éternel ? Le conduiraient-ils dans un purgatoire, un pandémonium depuis lequel son âme brûlerait jusqu'à la fin des temps ? Serait-il encagé afin de purger sa sentence pour avoir ôté la vie à Clarisse ?

Peut-être...

Chris leva la tête. Le ciel s'était embrasé d'un rouge feu, sang, ocre et or. Le soleil déclinait vite et n'émettait plus que cette lumière à longueur de journée, cette lueur de brasero incandescent. Une voûte céleste crépusculaire teintait désormais la fresque de son quotidien, son environnement, son couloir temporaire.

Alors qu'il s'apprêtait à interpeller l'un des corps suspendus face à lui, une voix s'éleva dans son dos...

*

La voix tonna, fluide et lourde, faisant cligner les paupières du médium sous l'effet de la surprise.

— Melvin..., gronda Ordell dans un souffle, sans même lever les yeux.

— Quoi ? Désolé... Je crois que je me suis endormi.

Ordell se posa sur le bureau, face au médium épuisé.

— Écoute, Melvin, si tu as des pistes, il faut que tu m'en parles, c'est important...

— J'en sais pas plus pour le découpeur... En revanche, je pense que je suis entré cette nuit en communication avec un mort, j'ai oublié de te parler de ça...

— Un mort ? Mais tu te connectes tous les jours avec les morts, Melvin...

— Là, il s'agit de quelqu'un d'intéressant, un défunt pas ordinaire...

Des sonneries de téléphones claironnaient dans les bureaux voisins. On entendait le tumulte tout proche. Des voix. Des pas. L'administration en branle, le mécanisme de la machine judiciaire en pleine effervescence.

— Bon... j'ai rêvé de Chris Lanzmann. Tu m'accompagnais dans ce rêve...

— Et alors ? Il y a un lien avec le découpeur ?

— Je ne sais pas encore... ce que je sais, c'est que dorénavant je pourrais entrer en contact avec notre flic défunt...

— Mais on n'en a rien à foutre, Melvin ! Le patron veut qu'on classe l'affaire Lanzmann, pour lui c'est un suicide, rien d'autre. Dis-moi plutôt qu'il y a un lien concret avec ce putain de malade de découpeur...

— Il y en a forcément un ! Si Lanzmann souhaite communiquer avec moi, c'est qu'il a des informations à me fournir...

— Écoute Melvin... tu es mon ami... on bosse ensemble et Dieu sait combien les hautes autorités ont reconnu l'existence de ton indéniable talent mais...

Le flic marqua une longue pause en balayant le sol de son regard, comme un gamin honteux.

— Moi j'ai du mal à avaler tous ces trucs, et ça me fout les jetons plus qu'autre chose... mais, admettons. Que crois-tu que Lanzmann cherche à te dire ? Hein ? Tu crois qu'il veut expier sa responsabilité liée à la mort de Clarisse, qu'il veut se libérer du chagrin qui lui pèse ? Selon moi, il nous faut établir un rapport sur Lanzmann, c'est tout ce qu'on peut faire pour le moment. On peut mettre en avant les documents retrouvés concernant les réparations de sa bagnole... Quant au fantôme de Lanzmann, s'il désire se confesser, s'il veut se confier à toi, dit-il avec un sourire ironique et un ton de voix mesquin, eh bien, soit, grand bien lui fasse !

— Il souhaiterait également se confier à toi..., rectifia Melvin en pointant Ordell de l'index, cela nous concerne tous les deux...

— Ah, tiens donc. Et pourquoi ?

— Dans ma vision, il a commencé à me parler de son ex-beau-frère...

Sohan Ordell écarquilla les yeux.

— Ouais... et ?

— Cet individu possède un pedigree qui devrait t'intéresser...

Mouvement 18

Le boucher de Stalingrad

Le coupe-choux scintilla dans l'ombre et roula entre les doigts noueux d'Isaak Kavarov.

Sous la douche, le pommeau diffusait un jet dru, brûlant, qui dispersait une brume opaque et lactescente dans la pièce humide.

Nue derrière son rideau de vinyle, la jeune fille horrifiée vit avancer dans sa direction la grande silhouette. Elle sentit un courant d'air froid lui caresser la peau au moment où le rideau de douche s'écarta brusquement. Le visage de la jeune fille se déforma, se colora d'une teinte vermeille qui recouvrit entièrement son visage ajouré de profondes entailles. Elle tituba sous le jet d'eau, essaya de se cramponner au carrelage lisse et ivoirin puis s'effondra, vidée de sa substance vitale...

J'aime quand ça se déroule aussi vite. Elle ne crie pas. Elle encaisse les coups, elle laisse glisser la lame, elle laisse partout sur la faïence des autoroutes sanglantes tracées par la paume de ses mains. Le vortex qui emporte l'eau dans la bonde d'évacuation se charge de sang épais, de fragments de peau, de chair et de matières organiques qui viennent agrémenter cet ignoble bouillon. Elle est comme crucifiée dans ce ridicule espace de faïence, prise au piège devant moi, pétrifiée comme un cerf dans la lueur des phares...

Isaak Kavarov haletait, essoufflé par l'effort. Quelque part au fond de sa boîte crânienne, un film muet se jouait. Silencieux. Il songea à ce squelette humain à demi momifié sur la chaise, habillé d'une robe à fleurs. Il revit la maison, le motel et la petite salle de bains. Il se remémora Anthony Perkins campant Norman Bates. Il revit Janet Leigh, nue sous la douche, et il ressentit toute l'atmosphère qui avait fait de cette scène culte le chef-d'œuvre majeur du virtuose bedonnant.

Isaak songea à la lame de Bates qui frappait, frappait, encore et encore...

Je plante le coupe-choux dans les muscles écarlates, je sectionne quelques artères et je retire le cœur de son berceau de chair. Je déloge ensuite les yeux de leurs orbites. Enfin, je m'éloigne un peu du corps, je le contemple, je prends en considération la distance, la lumière, ainsi que la disposition des éléments près du cadavre. Je me mets à sourire, toujours essoufflé par l'effort, heureux de la dimension qu'a pris mon massacre artistique. Je redoute tant ce moment où il faudra partir, délaisser ma splendide œuvre picturale qui sans aucun doute se flétrira, se desséchera et pourrira.

*

Chris se remémorait sa connexion avec Melvin Meideiros.

Le choc avait été brutal. Non pas du fait de deviner les traits de Melvin Meideiros à travers une espèce de lueur très intense, mais plutôt de se retrouver dans une situation aussi confuse, paranormale, une situation que lui avait si souvent décrite le troublant médium de la brigade lorsqu'il travaillait avec lui.

Un éclat de feu s'était écroulé depuis le ciel au moment de leur conversation. Un soleil de lave semblait s'être figé sur la ligne d'horizon, comme si la Terre avait suspendu sa révolution autour de l'astre. Ce soleil couchant qui ne s'éteignait jamais enflammait le panorama urbain d'une teinte prodigieuse, d'un rouge sang et feu qui donnait à la matière l'effet de se liquéfier mollement.

— Melvin ?

— C'est moi, Chris. Tu as méchamment déconné, mon gars... Le suicide bloque les êtres dans cette étape intermédiaire, mais ne t'inquiète pas, tu finiras par passer au niveau suivant...

— Le niveau suivant ? C'est quoi ça ? Et puis, c'est quoi tous ces morts qui flottent autour de moi ? Pourquoi je suis conscient de tout ça si j'ai passé l'arme à gauche ?

— Ne t'emballe pas, Chris, tu peux considérer le lieu dans lequel tu te trouves comme le purgatoire. Tu es ici en attendant que soit clarifiée une situation qui te tourmente et, seulement à ce moment-là, tu pourras accéder au niveau suivant, tu es ici car tu as mis un terme à ta vie...

Chris avait alors pris conscience que son état resterait irréversible, que sa vie lui avait échappé. Plus rien n'aura d'égal. Il le savait.

— C'est quoi ce truc, le « niveau suivant » ?

— Le monde d'après..., répondit Melvin qui scintilla d'avantage, moi-même je ne le connais pas, c'est terra incognita, mon gars. Toi, tu vas le découvrir très bientôt. Moi, je n'ai qu'un pied dans ce monde-là, et il m'est permis de le retirer chaque fois que j'y pénètre...

— Et tous ces corps ? Ces macchabées suspendus ?

L'astre rouge, tel un soleil californien perpétuel qui ne déclinait jamais de son point d'ancrage céleste, continuait d'embraser les éléments en faisant frémir la ligne d'horizon.

— Ces corps sont ceux de gens décédés, Chris, tout comme toi, ils ont décidé de quitter la vie, d'autres ont été assassinés. Ils sont ici depuis bien longtemps, bloqués entre ce monde et celui d'après. Ces individus n'ont pas solutionné leurs tourments. Toi, tu peux expier les tiens car nous savons à ce jour ce qui s'est réellement produit avec Clarisse cette fameuse nuit, sur cette route de montagne...

Melvin avait alors perçu à cet instant-là une charge de tristesse submerger Chris Lanzmann.

— C'était... c'était un stupide accident, on allait se faire la malle, elle et moi. Elle voulait tout lâcher, quitter William, avoir des enfants, devenir quelqu'un de bien...

— Je sais... Cette affaire a permis d'en résoudre une autre et de mettre un malade sous les verrous. Grâce à cet incident de parcours, la police a pu coincer Arno Van Weddingen. Quant à Clarisse, je n'ai jamais pu communiquer avec elle, elle est partie très vite, elle a rejoint l'autre monde très rapidement car elle avait résolu ses tourments...

— Que dois-je faire pour résoudre les miens ? avait demandé avec inquiétude l'ex-flic désorienté.

— Toi seul le sais...

Chris Lanzmann était resté silencieux un long moment, soucieux, scrutant d'un œil torve l'attroupement de corps suspendus qui l'entouraient. Certains d'entre eux avaient ouvert les yeux et l'avaient observé avec un sourire en coin.

— Oui... effectivement, je sais ! Un souvenir terrible me revient, dit-il enfin, j'ai entendu parler de cette saloperie d'affaire, de ce déjanté qui découpe ses victimes... Votre découpeur, celui qui reproduit l'homme de Vitruve...

— Continue, avait lâché Melvin en rayonnant d'une intensité aveuglante, c'est très, très important... Continue, ça peut énormément m'aider, et ça peut aussi te permettre de rejoindre le niveau suivant...

— Voilà quelques années, j'étais marié à une belle poupée russe. Elle avait deux frères. À l'époque du bloc soviétique, ils appartenaient à une branche extrémiste de la *Militsia*, la milice locale. Ils organisaient des expéditions nocturnes et punitives, commanditées par des dirigeants politiques très puissants, à l'encontre de certains financiers milliardaires qui ne participaient pas à l'effort économique commun. Il y avait Igor et Isaak. Igor est mort, exécuté de deux balles dans la tête par la *Bratva*, la mafia russe. Un règlement de comptes en somme... Isaak, lui, a continué d'exercer le métier de tueur à gages, à la solde d'une poignée de flics corrompus. Ses services étaient très recherchés à l'époque, et ils se monnayaient très cher...

Melvin avait haussé les épaules, expectatif. Il avait néanmoins laissé poursuivre son ex-confrère.

— ... Isaak Kavarov restait le plus persuasif de tous les exécutants, à ce moment-là. Lorsqu'il devait faire parler un indic ou dissuader une cible de passer à la caisse, il la torturait en lui coupant tout d'abord les mains, et ensuite, s'il jugeait qu'il n'y avait rien de bon à en tirer, il découpait lentement sa victime au rasoir après l'avoir laissée horriblement souffrir. Je me rappelle que mon épouse m'avait confié qu'on le craignait énormément, que son frère était comparé au diable personnifié, qu'on le surnommait même le boucher de Stalingrad...

Mouvement 19

Le hurlement des chiens anthropophages

Sans vraiment le savoir, Chris avait apporté sa pierre à l'édifice.

De son côté, Sohan Ordell avait travaillé la nuit entière. Il avait retourné des tas de dossiers, tourné des centaines de pages en se plongeant dans l'horreur de certains crimes désormais prescrits. Il avait compulsé des rapports d'autopsie, bouffé des dizaines de photos morbides représentant chaque fois l'abomination d'un corps mutilé, épluché des milliers de noms, d'adresses, de rapports d'enquêtes. Malgré les heures passées devant l'écran de sa machine, les litres de café qu'il avait absorbés lui avaient permis de tenir bon. Ce ne fut qu'aux alentours de 6 h 30 que le flic avait pu pousser un soupir de soulagement. Il avait alors refermé le dossier dans lequel il avait entassé l'ensemble de ses recherches...

Le rapport faisait état d'une vaste opération de police à laquelle il avait participé quelques années auparavant, dans le département du Rhône. Tout un clan de gitans à l'obscur passé chapeautait un complexe réseau de proxénétisme et, aussi troublant que cela pouvait paraître, un impressionnant et fructueux trafic d'organes humains. Au sommet d'une hiérarchie pyramidale très organisée, une seule personne dirigeait d'une main de fer cette ahurissante corporation criminelle : Isaak Kavarov !

À mesure que le flic laissait affluer les images du passé, le visage du monstre russe s'imprimait dans son esprit.

Ordell se souvint subrepticement de cette gueule cassée à la peau scarifiée, ainsi que de ce regard vide et noir comme la mort.

Melvin Meideiros pénétra alors dans la pièce, jeta sur la table un sac en papier souillé de taches grasses puis, se posant face à la fenêtre :

— Prends un croissant, si tu veux... Bon, écoute, j'ai tout vu, assura Melvin, les *flashes dreams* m'ont tout révélé et je crois que ça ne fait que commencer, Sohan... il se rapproche !

— Moi, de mon côté, j'ai enfin pu l'identifier, je sais maintenant à qui nous avons affaire, *physiquement*. J'ai pu mettre un nom sur un visage..., grinça Ordell.

— Je vois de quoi tu veux parler. Ce... ce trafic d'organes humains, à l'époque, ces gitans, là, tout ce bordel, comment ça, c'est terminé ? demanda Melvin, anxieux, tourmenté par la volée d'images qui valsa sous son crâne.

Ordell soupira, plissa la peau de son front en grimaçant, comme si toute cette histoire lui rappelait les douleurs abdominales d'une gastro-entérite.

En quelques secondes, Melvin visualisa une rapide séquence de clichés sanglants. *Esquilles osseuses répandues dans une nappe de fluides corporels. Reflets de chair mise à nu. Boucherie. Viscères.*

Le flic se décida enfin :

— Le clan entier a été interpellé le jour de l'opération. Tout le monde a été bouclé, sauf un seul homme : le commanditaire de ce vaste trafic, le grand patron : Isaak Kavarov ! Il avait disparu, ce salopard s'était envolé. Lors de l'interpellation chez les gitans, on a fouillé et retourné le campement...

Melvin ferma les yeux. Les images affluèrent de plus belle derrière ses paupières. Il vit toutes les scènes... *le massacre des étudiantes espagnoles, les prostituées tchèques, la couronne de lumière pisseuse du réverbère municipal éclairant le flanc ensanglanté de la caravane, les lueurs du soir sur la lame du sabre, les corps dissimulés sous les mobil-homes... les chiens.*

— Putain ! Même les mômes participaient aux meurtres, Melvin... Ils ramenaient des clochards jusqu'au camp, des putes camées, des jeunes marginaux perdus... On a trouvé des restes humains enfouis un peu partout ; sous les terrasses en bois installées devant les caravanes, sous les planchers des baraques et même... même dans les enclos des chiens ! Ces putains de chiens qui n'arrêtaient pas de hurler ce jour-là, qui réclamaient cette saloperie de pitance comme s'ils savaient que plus jamais ils ne goûteraient à la chair humaine... Ce jour-là, j'ai eu comme l'impression que s'ouvrait devant moi l'accès aux enfers, comme si un gouffre abyssal se creusait à mesure que ma conscience acceptait ce que mes yeux voyaient...

*

Dès lors que son petit ami eut disparu, Angela avait chuté très vite. Elle avait dégringolé du haut de sa vie misérable. Adam l'avait quittée depuis bien longtemps mais l'image tenace de son visage restait imprimée dans son âme. La rupture lui avait fait mal. Tout lui rappelait Adam : son propre vagin, l'intrusion brûlante de l'héroïne dans ses veines, la marque d'une bière immonde et ce putain de FC Barcelone...

L'amour avait ce putain d'arrière-goût des souvenirs fanés lorsqu'il disparaissait, il avait la consistance d'un pétale de rose desséché, craquant et racorni, sec en bouche, avec cette saveur amère qui nous rappelle que rien n'est immuable.

Son frère William s'était inquiété de l'état mental de sa sœur, sans pour autant donner son aval lorsque les médecins s'étaient prononcés en faveur d'un internement. Seule Clarisse avait alerté William de l'ampleur que prenait sa démence...

Angela était profondément endormie lorsque l'homme avait surgi et que ses deux bras puissants l'avaient arrachée à la moiteur de ses draps.

Depuis son accident de voiture et sa rupture amoureuse, elle avait un peu égaré sa vie, elle avait lâché prise, se pensant oubliée de tous. Son univers se résumait à la quantité de psychotropes et d'analgésiques morphiniques qui lui permettaient de chavirer dans la béatitude, dans cet étrange phénomène onirique qui la conduisait chaque fois au même endroit : dans la profondeur de son inconscience, perdue dans cet asile psychiatrique.

Tout ceci avait profité à Isaak Kavarov. Pour elle, il s'agit d'une passe vite envoyée pour quelques billets, un peu de fric pour se payer cette saloperie de dope. Angela s'était alors retrouvée sur ce parking de supermarché, vendant son corps à Kavarov.

Dans une ruelle proche du parking, il avait plaqué Angela contre un mur. Il avait ensuite enveloppé sa tête dans un sac plastique et avait serré son cou. Privée d'oxygène, la jeune femme était morte étouffée dans une longue agonie. Pour finir, le monstre avait dégagé la lame d'un scalpel d'un seul mouvement du poignet et lui avait tranché la gorge. Un jet sombre avait scintillé sous les lueurs nocturnes. Érubescences évanescentes sur le bitume noir. Effusions. Réfractions écarlates sous le halo d'un grêle lampadaire.

La terreur tatouée au fond de sa rétine, expirant lentement pour la dernière fois, c'est ainsi qu'Angela s'était à son tour rangée au cœur d'un escadron de corps suspendus...

Mouvement 20

Le lavis de l'homme de Vitruve

Le ciel se déchira, s'ouvrant subitement sur la lumière de l'autre monde.

Une zébrure fendilla la voûte céleste toujours embrasée par un soleil incendiaire. Une lumière blanche, intense et brûlante s'échappait de la faille démesurée qui entaillait le ciel. Des corps suspendus s'élevèrent alors de quelques mètres encore, comme aspirés par cette crevasse aveuglante qui s'élargissait sans discontinuer.

Chris Lanzmann était stupéfait, figé par ce qu'il voyait.

Il observa au loin plusieurs défunts qui s'engouffraient dans la fissure lumineuse, laissant derrière eux une empreinte gazeuse qui s'estompait graduellement. Chaque fois qu'un corps disparaissait par-delà l'écran céleste, un bruit de succion étrange accompagnait la disparition physique de l'entité. *C'est ça, le niveau suivant ?* pensa Chris, abasourdi. La conversation ectoplasmique qu'il avait eue avec Melvin Meideiros lui revint alors en mémoire. *« Ai-je dissous l'ensemble de mes tourments ? », « Ai-je apporté ma pierre à l'édifice de la rédemption humaine ? ».*

Chris s'interrogea de nouveau : son crime inconscient avait-il été suffisamment puni ? Ses fautes avaient-elles été entièrement expiées ?

En attendant que vienne son tour pour s'engouffrer dans la faille, il contempla des grappes entières de corps suspendus qui s'envolaient vers la source lumineuse. Les renseignements qu'il avait fournis à Melvin Meideiros, concernant Isaak Kavarov, lui avaient permis enfin d'accéder à la paix ultime. Isaak Kavarov, son ex-beau-frère, celui qu'il avait toujours considéré comme un dangereux criminel, peut-être même comme le *découpeur de jeunes filles*, allait probablement tomber dans les mailles du filet judiciaire. Cet ex-proxénète et patron d'un réseau de trafic d'organes humains serait donc l'origine, le vecteur de la cause à effet qui libérerait sa conscience fantôme. Comme cela avait dû sans aucun doute se produire pour Clarisse, avec Arno Van Weddingen. Aidée par un concours de circonstances et le croisement de diverses actions, elle avait ainsi pu permettre à sa conscience fantôme de se libérer après sa disparition physique...

Le tour de Chris approchait. Un rire étrange s'empara de lui, une sorte d'euphorie incontrôlable. Une salve de piqûres aiguës le perfora comme si un million de guêpes venait de s'introduire au plus profond de ses chairs, au creux de ses viscères. Sa tête résonna d'un bourdonnement insupportable, un vertige s'insinua en lui, comme une désagréable nausée. Il sentit son visage se désagréger, se pulvériser et virevolter telles les aigrettes d'un pissenlit poussées par le vent. Plus loin, plus haut, le soleil de braise semblait fondre à mesure que s'ouvrait la brèche dans le ciel incendié par le feu de l'astre.

Un cri. Une voix. Un souvenir. Des fragments d'images et toute la douleur d'un sentiment d'amour perdu le martelèrent alors. Profondément. Il tangua, écœuré par le tourbillon de clichés qui le percutait. Il chancela encore, puis la source lumineuse renvoya une série de formes confuses. Des visages : le sien, celui de Petra, son ex-compagne russe, et aussi celui d'Isaak. Le visage d'une femme. Un regard. Des larmes. Du sang. Un hurlement. Puis le visage de Clarisse et, aussi, celui d'un enfant égaré. Le petit devait avoir 4 ou 5 ans et marchait en pleurant, égaré sur une route sombre et déserte. L'enfant cherchait désespérément sa mère...

*

— Angela Donatelli, 21 ans, elle était pensionnaire du bloc 12, au centre psychiatrique Les Ronciers. Je me demande comment elle a bien pu en sortir... Pour le reste, je pense qu'elle a certainement été violée *après* avoir été tuée, j'en suis pas certain, la légiste confirmera, précisa le jeune homme en tenue stérile tout en retirant ces gants de latex. C'est une boucherie ! J'ai l'impression que notre gars se lâche de plus en plus, y a pas de doute. Plus il évolue dans sa folie, plus il débite les cadavres de ses victimes avec frénésie. C'est immonde ! Ce qui est sûr, c'est qu'il s'agit de notre tueur, c'est sûr, le mode opératoire de ce virtuose du rasoir est identique à celui des meurtres précédents...

— Donatelli ? demanda Sohan Ordell. Angela Donatelli vous dites ?

Le jeune technicien de l'identification criminelle le dévisagea un long moment, hébété, comme si sa question s'était échappée de sa bouche dans une langue étrangère.

— Quoi, Donatelli ? Oui, c'est bien ce que j'ai dit : « Angela Donatelli »... Pourquoi ?

Ordell observa Melvin Meideiros, au loin, qui tournait autour de la pile de caddies du supermarché en scrutant la zone avec une infinie précision.

— Ce nom...

— Sinon, le corps a été déposé derrière le supermarché, au milieu des bennes à ordures que vous apercevez, là-bas, lança l'expert en pointant deux blocs de métal oxydé...

— La légiste doit venir faire une constatation visuelle... Elle est déjà là ?

— Non, mais Rose ne devrait plus tarder... si elle a fini de cuver, termina-t-il en ricanant.

Ordell soupira et imagina démonter la gueule de ce jeune connard.

— Où a-t-elle été assassinée ? demanda-t-il, toujours en scrutant Melvin Meideiros, au loin, qui lui faisait de grands signes.

— À l'endroit même où se trouve votre ami, vers les caddies. On a fait des prélèvements sur cette zone. Le gars a asphyxié la victime avec le sachet plastique qu'elle portait encore sur la tête lorsque le corps a été trouvé, puis il l'a égorgée et aurait ensuite pratiqué un acte sexuel, post mortem... probablement. Le type qui fait ça est vraiment cinglé, c'est une boucherie comme chaque fois... cette disposition du corps, l'*Homme de Vitruve*, les découpes, le viol, tout est si... organisé. Vous envisagez une piste, vous ?

Ordell contempla l'horizon. Il observait Melvin qui continuait inlassablement de lui faire signe puis il leva la tête, plissa les paupières et dit enfin tout en levant les yeux au ciel :

— Revenons à nos moutons... nous en étions à *la boucherie*, comme vous dites... Cet *Homme de Vitruve*, l'œuvre de Léonard de Vinci, il s'agit bien d'une étude sur les proportions parfaites du corps humain, c'est ce que ça veut dire, non ?

— C'est exact, il existe également un texte qui accompagne ce fameux lavis. Mais ce dessin a des origines plus anciennes, puisque c'est Vitruve lui-même, un architecte romain du Ier siècle avant Jésus-Christ, qui prônait le fait que l'architecture est une imitation de la nature, et de Vinci a ensuite inscrit le corps humain dans le cercle et le carré, qui restent le tracé géométrique de l'ordre à l'échelle cosmique... Mais, sinon, lieutenant, vous avez une piste ou pas, vous pensez à quelqu'un ?

— Oui... à ce type dessiné sur ce fameux lavis, élaboré en 1490 par ce génie florentin... C'est ça le truc !

— Lieutenant..., insista lourdement l'expert.

— Nous avons un éventuel suspect... Oui, ça pourrait coller. L'avis de recherche est lancé, une *opé* est en cours... mais occupez-vous plutôt de vos oignons, et arrêtez de vous foutre de la gueule de vos collègues par la même occasion. L'alcoolisme est une maladie, pas un putain de spectacle ! Rose est une chouette femme..., grinça froidement Ordell.

Plus loin, au beau milieu de la jungle métallique de caddies, le médium n'en revenait pas. Il se retourna en direction du lieutenant Ordell, blême, l'œil noir.

Des flashes lui rappelant son rêve révélateur le secouèrent. Fort. Il repensa alors à toute l'horreur qu'un seul homme pouvait engendrer de ses mains, à toute cette noirceur contenue dans une seule et même âme...

*

Clarisse ? Comment cela pouvait-il être possible ?

Chris essaya de distinguer la silhouette qui se détachait à contre-jour dans une intense lueur. L'aura de l'entité qui s'approchait paraissait s'embraser, se découper sur un fond incendiaire éblouissant, semblable au *smog* californien illuminé par le feu du soleil couchant.

Il avait cru reconnaître la voix de celle qu'il avait aimée, celle qu'il avait tuée, celle qu'il avait perdue. Partout autour du paysage urbain, coagulé dans sa gangue de feu qu'arrosait toujours ce pseudo-soleil, le temps semblait figé, immobile et posé sur l'existence éphémère de l'entité de Chris. Alentour, les collines enflammées, grignotées par des flammes miroirs qui renvoyaient les souvenirs de sa vie terrestre, lui rappelaient combien l'image que l'on pouvait refléter de son vivant restait celle que l'on retiendrait après sa propre mort physique, celle qui apparaissait comme l'absolu témoignage spirituel d'une existence entière.

Chris se rappelait avoir voulu purifier le monde de ses affres et de ses plaies, guérir les nécroses de ses failles sociétales. Il se souvenait du conseil éclairé de son capitaine de brigade : *« Si tu veux nettoyer le monde, Chris, il va falloir frotter très fort ! »* Mais le monde l'avait englouti. Il n'était devenu qu'un numéro de plus, noyé, fondu dans la masse, obéissant et soumis...

— *Chris... retourne-toi... retourne-toi...*

La voix s'envola comme une gamme de notes arrachée des entrailles d'un Bösendorfer. Elle s'imprima dans les profondeurs du cortex chimérique du policier défunt.

— Clarisse ? C'est toi ? demanda-t-il, hésitant.

La brèche céleste s'écarta encore un peu plus.

Chris continua :

— Je suis tellement désolé, mon amour, je... je m'en veux tellement... Si tu savais à quel point j'ai eu mal, à quel point j'ai encore mal... Cet accident, toute cette tristesse qui m'a démoli, qui nous a démolis... j'espère que tu as eu le temps de me pardonner avant de...

— *Ne sois pas triste, Chris,* lança la voix, *nous sommes à nouveau réunis et nous nous aimons toujours... Ce drame a permis de punir une mauvaise âme.*

Il y eut un flash de lumière aveuglant.

La brèche, qui s'ouvrait de plus belle en libérant toujours un peu plus de cette lumière argentée, aspirait des grappes entières de corps suspendus qui s'engouffraient dans la faille, accompagnés par un tonnerre fracassant.

Clarisse poursuivit :

— *... Tu as mis fin à tes jours, Chris, tu étais abattu par le remords. Ton geste n'est pas le fruit du hasard, il n'est que le prolongement de ce qui a commencé voilà six mois. Tu t'es suicidé, rongé par ta culpabilité, et tu as pu entrer en contact avec ce médium qui est le lien direct qui te conduira sur le chemin rédempteur. Grâce à toi, grâce aux informations que tu as fournies sur Kavarov, la police va certainement pouvoir enfin mettre un terme à ses agissements... Il faut que ses crimes soient punis ! Alors, soit fier de toi, Chris... nous nous reverrons très vite, par-delà la brèche de lumière...*

— Clarisse... Qui est cet enfant, ce visage que j'aperçois ? Ces images, ce fœtus sur ce grand tableau, qu'est-ce que c'est ?

L'enfant me paraît si triste... mais en même temps, son regard me terrifie !

— *Tu le sauras au moment venu, Chris, n'aie aucune crainte, n'aie aucun remords... Tu peux partir en paix à présent.*

Mouvement 21

Par-delà la brèche de lumière

Rose Delgado se présenta au moment où le petit con de la scientifique quitta la zone. Ordell éprouvait toujours de la répulsion pour ces jeunes prétentieux sortis des grandes écoles de médecine ou des cursus de criminologie.

Merde ! Elle a encore forci... cette vacherie de cortisone... et tout cet alcool qu'elle s'envoie, pensa intérieurement Ordell en voyant s'approcher la légiste déjà titubante à cette heure-ci. Lorsqu'elle eut rejoint Melvin Meideiros sous l'abri où s'enfilait une série de caddies, ils discutèrent un instant puis, d'un mouvement synchrone, ils se retournèrent et interpellèrent Ordell. Melvin agitait un petit objet qui renvoyait des éclats de lumière.

Lorsque le flic eut gagné l'abri à caddies, il pointa de l'index le téléphone qu'agitait Melvin devant lui.

— C'est quoi ça ? demanda-t-il au médium en lui arrachant l'objet des mains.

— Bah, c'est un portable, ça se voit pas ?

Sohan Ordell scruta alors le regard de Rose Delgado, comme s'il cherchait à s'y introduire...

— Qu'est-ce qui ne va pas avec ma gueule, Ordell, hein ? C'est ma couperose qui vous emmerde ou mon cul ? pesta la légiste en lui lançant un regard incendiaire.

— Rose... vous savez que je vous aime bien, la dépendance, c'est une plaie, et si je peux faire quoi que...

— C'est pas votre croix, Ordell, c'est la mienne ! Et jusqu'à preuve du contraire, je fais mon boulot sans jamais déconner, alors concentrons-nous sur notre travail... Melvin a quelque chose à vous montrer..., fit-elle sèchement, la mâchoire serrée.

Melvin désigna le smartphone.

— Il était là, sous la pile de caddies, près de la grosse flaque de sang que tu vois, là...

Ordell enfila une paire de gants de latex et s'empara de l'objet.

— Et alors ? Tu as parcouru son contenu ? demanda-t-il en tenant le téléphone du bout des doigts comme s'il s'agissait d'un insecte répugnant.

— Bien évidemment... C'est très intéressant, d'ailleurs. C'est très... pictural ! Ce connard dégénéré transporte sa galerie d'art là-dedans ! Tiens, regarde, je t'ouvre son dossier photos...

Sohan Ordell fit défiler une farandole de clichés sanglants. Sur l'écran, des corps entaillés et ensanglantés se succédèrent. Pour la plupart des images, il était impossible de garantir qu'il pouvait s'agir d'un visage humain.

Ordell dénombra au minimum une demi-douzaine de jeunes filles et jeunes garçons lacérés, démembrés et découpés. Parmi les macchabées, il crut reconnaître une victime, peut-être même deux. Des affaires sur lesquelles il avait travaillé voilà plus de deux ans…

Le monstre prenait des clichés des cadavres qu'il semait dans son sillage. Il les photographiait après les avoir tronçonnés, après qu'il eut crucifié le tronc contre un mur et réajusté les membres aux emplacements correspondants.

La voix de Melvin fendit soudain le silence :

— Il y a bien plus de victimes qu'on imaginait. Cette fois, je crois qu'on est confrontés à quelque chose qui nous dépasse…

— Et toujours cette même signature, ce mode opératoire identique, cette fresque de Vitruve tant de fois symbolisée dans l'appart de Lanzmann. Mais il y a quand même un truc qui me chiffonne… Je n'arrive pas à savoir quoi. Si je réussis à éclaircir ce point, on trouvera à coup sûr la planque de Kavarov…

— Qu'est-ce qui te fait dire ça ? demanda Melvin en introduisant le téléphone dans un scellé plastique.

— J'en sais rien, une intuition de flic optimiste peut-être…

Plus loin, entre les bennes à ordures rouillées et ensanglantées qui trônaient derrière le supermarché, Rose venait d'achever les constatations préliminaires sur le cadavre de la jeune fille et avait pris toute une série de clichés. Les ablations d'organes avaient été réalisées avec une précision chirurgicalc. Le cœur et le foie, ôtés avec une extrême minutie, laissaient deux grosses bouches noires et béantes desquelles s'étiraient de longs segments de chairs. Flanqué sur les parois d'acier des poubelles géantes, le corps démantibulé ressemblait à un mannequin de vitrine, une poupée de plastique fracassée que l'on avait mise au rebut. Le visage n'était plus un visage. Les globes oculaires avaient été retirés de leur orbite et les oreilles avaient été coupées. De longs cheveux noirs, épais et détrempés de sang coagulé, étaient collés à la peau de ses épaules et de ce qu'il restait de ses seins.

D'une main tremblante, Rose inscrivait sur son formulaire les constatations de son examen visuel. *Viol. Coups. Blessures profondes. Fractures. Coupures. Lacérations. Énucléation oculaire.*

Les mots valsaient dans le crâne du médecin comme la nausée qui commençait à crever son ventre.

En trente ans de métier, Rose avait peu à peu trouvé son équilibre pour ne pas sombrer. Elle s'était mise à boire un peu tous les jours, le soir surtout, en rentrant chez elle pour oublier les images brutales qui saturaient ses journées. C'est ainsi que l'habitude s'était installée depuis quinze ans, juste après le décès de Frédéric, son époux, et c'est ainsi que le cancer avait décidé de s'installer dans sa vie. La suite ne fut qu'un enchaînement de visites fréquentes et interminables au service oncologie, d'examens longs et pénibles à supporter, de semaines entières d'insomnie, de fatigue, de nausées. Sans oublier les cheveux qui se faisaient la malle dans la bonde de l'évier, le regard des autres qui distinguaient le synthétique de sa perruque, l'alcool pour anesthésier ce putain de crabe qu'elle avait fini par surnommer « Surimi ».

Tout en refoulant le panorama de sa chute humaine, Rose fut intriguée par le papillon noir et le démon ailé tatoués sur la cheville du cadavre. Elle se souvint de ce détail observé sur la nuque de Clarisse, à l'époque, lors des constatations sur la scène de crime. Chris Lanzmann avait interrogé l'époux de la victime à ce sujet. Celui-ci lui avait répondu que sa femme, obnubilée à ce moment-là par les scarifications, les piercings et les tatouages, avait craqué pour ces symboles. Elle avait alors pris rendez-vous dans la minuscule boutique d'un tatoueur perdue dans les vieux quartiers de la ville. Angela, la sœur de William Donatelli, avait d'ailleurs suivi les conseils éclairés de sa belle-sœur et, après un temps de réflexion, avait opté pour le même papillon noir et le faciès de bouc humain.

Ordell s'avança puis s'accroupit près de la victime. Le corps démembré devant ses yeux était bien celui d'Angela Donatelli, la sœur de William Donatelli, l'ex-époux de Clarisse...

Lorsque Sohan Ordell observa le cadavre et scruta avec précision le fameux tatouage, tout se mit en place. Les fresques, les démons, les condors, l'orgie *boschienne* barbouillée partout dans l'appartement de Lanzmann, l'homme de Vitruve.

Ordell se releva, presque chancelant, une bourrasque d'informations bouillant sous son crâne. Le domicile de Chris Lanzmann, la porte de sa chambre, *La Porte des enfers*, les murs de son appartement entièrement recouverts de ces symboles, ces enchevêtrements de vautours et de faciès démoniaques, tout cela pourrait bien être un cryptage, un codage complexe qui aurait eu pour but d'orienter les flics dans l'affaire du découpeur de jeunes filles.

Tout était lié. Chris Lanzmann en savait beaucoup plus qu'il le laissait croire. Il avait ouvert la boîte de Pandore...

*

Chris sentait que sa matière spectrale perdait de son volume. La voix avait disparu, elle s'était diluée dans le grondement du ciel qui n'en finissait pas.

Clarisse était venue soulager Chris du remords qui le rongeait jusque dans son trépas, qui le poursuivait sans relâche. Elle était restée silencieuse lorsque Chris avait évoqué les images de l'enfant qu'il percevait dans les flammes miroirs, ce visage qu'il voyait danser sur les collines embrasées, ce visage qui venait sans cesse s'imprimer au cœur de sa conscience fantôme.

Qui est cet enfant ? Pourquoi a-t-il un regard aussi noir ?

Chris leva soudain la tête et observa tout un groupe d'hommes, de femmes et d'enfants qui se fit engloutir par la gigantesque brèche céleste. Près de lui, un corps suspendu ricana doucement. Il s'agissait d'un homme de petite taille et bien en chair, avec un teint affreusement gris, le regard triste et délavé. Il était affublé d'un étrange ensemble de cuir et portait des bottes cloutées.

— Pourquoi vous ricanez comme ça, vous ? Où ils vont ces gens ? demanda Chris.

— Ils sont tous dans la même situation, dans la même position que la vôtre et la mienne cher monsieur..., répondit-il avec un fort accent slave, c'est-à-dire : *Morts ! Ils sont tous morts !* À une seule différence près, c'est qu'ils ont déjà résolu leurs tourments terrestres et, comme vous pouvez le constater, ils passent au niveau suivant, par-delà la brèche de lumière...

— Qu'est-ce qu'il y a là-bas ? Qu'est-ce qu'on devient une fois franchie cette limite ? lança Chris en pointant du doigt la gigantesque zébrure scintillante.

— Je ne le sais pas encore, mais eux, ils le savent maintenant ! dit-il en désignant d'un signe de tête le groupe qui finissait de disparaître dans la source lumineuse.

— Pour quelles raisons sont-ils ensemble ? Pourquoi un groupe ? Qu'est-ce que ça veut dire ?

L'entaille s'ouvrit un peu plus en grondant, faisant s'enflammer toujours plus intensément la matière de la ville spectrale et ses alentours.

— Il s'agit d'un groupe de touristes qui a trouvé la mort dans un accident de bus, il y a quelques jours de ça, du côté de la frontière italienne, après le col du Petit-Saint-Bernard. Le chauffeur s'est endormi et le bus a quitté la route, il a basculé dans le vide et il s'est écrasé au fond du ravin. Aucun survivant, un drame horrible...

— Pardon, mais, qu'est-ce qui a fait qu'ils ont tous été libérés de leurs tourments ?

— Tout simplement parce que la commission d'enquête à rendu son rapport et qu'il a clairement été établi que le chauffeur était ivre, et donc coupable, c'est tout. Tous ces morts ne sont que la conséquence désastreuse des faits et gestes d'un homme irresponsable...

— Et vous ?

— Quoi, moi ?

Chris le désigna de sa main, presque amusé.

— Mais enfin... regardez-vous ! Vos tatouages, là, votre tee-shirt Iron Maiden, plus personne ne porte ça aujourd'hui, vos chaussures à clous aussi... Comment êtes-vous mort ?

— Vous ne posez pas la bonne question, cher ami, ce n'est pas « Comment êtes-vous mort ? » mais plutôt « Quand ? ».

La lueur dans le regard du petit homme triste s'éteignit, comme si le souvenir qui le ramenait à l'heure de son trépas l'affligeait encore.

— Ne me dites pas que vous êtes ici depuis...

— 2005, cher monsieur... J'ai été tué à l'époque par une espèce de grand fou qui se prenait pour Dieu...

Le ciel gronda de nouveau. Partout autour, des scories flamboyantes pleuvaient sur les collines rougeoyantes. Chris s'éleva de quelques centimètres, juste au-dessus du petit homme. Un léger souffle, chaud et parfumé, s'était levé.

— Vous avez été assassiné ? Si le meurtre a été résolu, pourquoi ne pas avoir pu passer là-haut ? demanda Chris.

— Le salopard qui m'a ôté la vie court toujours aujourd'hui..., expliqua-t-il, le regard fuyant.

— Que s'est-il passé ?

— Je suis mort à peu près au moment où j'allais m'unir à Lyudmyla. Je devais me marier avec elle. C'était une ex-frangine, une Ukrainienne qui avait ramené son cul en France pour arpenter les trottoirs parisiens. Son souteneur de l'époque s'était rendu compte qu'elle le doublait, il l'a alors refroidie le soir où elle m'offrait la saveur de sa peau. La seconde balle a été pour moi... Voilà, je suis ici depuis cette période, dans la plus parfaite verticalité, suspendu dans l'espace et le temps, peut-être pour l'éternité si le salaud qui m'a assassiné achève son existence sans avoir jamais payé son crime... Quant à vous, cher ami, vous allez bientôt entrer dans la lumière et découvrir toute la vérité, croyez-moi, soyez confiant, vous guérirez de ce mal qui vous ronge...

Mouvement 22

L'Échoppe du Papillon Noir

Juste après la chute du bloc soviétique, la même année qui avait marqué la fin de la guerre froide, Isaak Kavarov s'était installé en France, accueilli par deux de ses frères qui avaient rejoint l'Hexagone quelques années plus tôt. Isaak avait toujours eu du chagrin pour celui qui n'avait pu grandir au sein de cette fratrie, ce frère dont les chairs avaient nourri une poignée de dégénérés ukrainiens du temps de la grande famine. Yablochnoye, ce typique petit village d'Ukraine dans lequel il était né, avait abrité les pires horreurs qu'un être humain puisse concevoir.

Peu à peu, la fratrie Kavarov avait réussi à s'introduire dans le milieu très fermé des nuits parisiennes et à décrocher des petits boulots. Une fois établis, jouant les seconds couteaux à la solde de grands caïds du milieu, les Kavarov s'enrichirent rapidement et s'installèrent finalement à leur compte. Ils montèrent un vaste réseau de trafic de cocaïne qui s'étendit jusque dans le Sud de la France, approvisionnant Lyon, Marseille, Toulon et une partie du nord de l'Italie. Dans le même mouvement, ils récupérèrent certaines filles de l'Est passées illégalement sur le territoire et qui, malgré elles, tombaient bien souvent dans le piège du rêve occidental. Le gîte et le couvert leur étaient offerts, ainsi que la poudre et la protection. Le travail à la chaîne qu'elles devaient ensuite abattre en contrepartie était loin, bien loin du fameux rêve.

L'empire Kavarov était né. Voué à son existence éphémère. Voué à son irrévocable et fatale extinction...

Isaak fut en partie responsable de la chute de l'entreprise familiale. Une fois immigré en France, Isaak travailla pour ses frères qui avaient monté un réseau d'escort-girls. Mais il fauta lourdement, il dérapa en oubliant les codes, et les conséquences entraînèrent le démantèlement de toute l'organisation.

À cette époque, le travail d'Isaak consistait à faire payer des petits patrons de clubs ou de cercles de jeu clandestins rackettés par le clan. Les réfractaires au système Kavarov n'avaient pas vraiment le choix : ils devaient se plier aux exigences des expatriés russes ou alors disparaître, d'eux-mêmes, bien avant qu'Isaak ne prenne en charge l'affaire de façon plus sérieuse. Il s'occupait également des filles, en veillant à leur sécurité, en veillant à ce que leur labeur soit bien rémunéré par le client. Parfois, il s'abandonnait au plaisir de la chair, sans jamais laisser paraître l'attirance qu'il avait pourtant pour Lyudmyla, cette jeune Ukrainienne débarquée quelques mois auparavant dans le cercle Kavarov.

Un soir, forcé d'intervenir sur un collaborateur récalcitrant qui, selon lui, se permettait trop de familiarité avec Lyudmyla, Isaak péta les plombs. Il entra dans une colère noire, puis frappa la jeune prostituée qui le menaçait de tout balancer aux flics. Il ne put alors résister à ses pulsions meurtrières d'ex-tueur à gages soviétique. La bête, l'ogre de Rostov, émergea soudain de son long sommeil... Après avoir tué Lyudmyla qui l'avait menacé d'un couteau, il abattit le type d'une balle dans le crâne à bout portant, le démembra et le crucifia sur le mur de la chambre d'hôtel.

Il avait dévisagé Lyudmyla lorsqu'il lui avait planté la longue lame de la dague dans le bas-ventre, la mâchoire serrée, les yeux emplis de rage. Isaak n'avait rien perdu de son instinct de prédateur au service de la *Bratva*. Il était resté froid. Impénétrable. Les voix lui avaient parlé. Les voix l'avaient guidé. Il avait clairement entendu le rugissement qui avait résonné sous ses pieds, le grondement du torrent des enfers, ce fleuve-poubelle qui charriait toutes les âmes damnées et les suppôts du maître des abysses. Il avait vu la verticale du gouffre et les profondeurs. Cette dernière vision, celle des corps découpés et crucifiés de Lyudmyla et du type, lui avait effleuré l'esprit d'une presque indicible sensibilité. Quelque chose l'avait touché, peut-être une espèce de beauté artistique, l'esthétisme de son acte.

À son sens, les enfers s'étaient révélés telle la matrice de son second statut embryonnaire, sa nourriture fœtale, le vagin de sa seconde naissance...

Plusieurs semaines s'étaient écoulées et, malgré la surveillance renforcée du réseau par les forces de police, deux autres filles furent retrouvées atrocement mutilées. Méconnaissables. Les empreintes dentaires furent indispensables pour le service d'identification de la criminelle. Au terme d'une longue et fastidieuse investigation, les flics de la BRP levèrent les frères

Kavarov lors d'une transaction de produits stupéfiants, à Lyon. On parlait à l'époque d'une saisie d'une demi-tonne de cocaïne. Mais les policiers découvrirent également une douzaine d'Ukrainiennes sans papiers, cachées dans des caisses de marchandises au fond d'un semi-remorque.

Isaak, quant à lui, s'était volatilisé. Personne à la BRP ne connaissait son existence, sa véritable identité.

Lyudmyla avait été la première victime d'une sanglante série de meurtres.

Ce ne fut qu'un an plus tard qu'Isaak refit surface. Il se réintroduisit discrètement dans le milieu de la nuit, celui des caïds de la pègre parisienne, pour s'offrir enfin sa propre affaire : une discothèque, comme façade, pour abriter un réseau de prostitution international. Après un rodage sans encombre, il renoua les liens avec sa sœur Petra et lui suggéra de venir le rejoindre. Cette dernière, restée en Russie, se trouvait à ce moment-là dans une délicate situation financière, et Isaak lui avait alors proposé de la sortir de l'embarras.

Peu à peu, la jeune fille, qui tenait le vestiaire de l'établissement, s'adapta à sa nouvelle vie. Elle fit alors la connaissance de Chris Lanzmann qui, pour les besoins d'une enquête de routine, se présenta pour questionner le propriétaire du club. Au bout de quelques semaines, et après quelques brèves escapades, ils tombèrent follement amoureux et se marièrent très rapidement. Le flic passa outre les liens qui auraient alors pu, d'une certaine manière, le lier à la famille du grand banditisme et surtout à Isaak Kavarov. Il s'avéra qu'au bout de six mois de mariage, Petra évoqua le parcours douteux de son frère, le parcours d'un passé de tueur à gages en ex-URSS à la solde d'hommes influents et véreux. Au fil du temps, Lanzmann découvrit que son beau-frère trempait dans d'obscures affaires de mœurs. Sa relation avec Petra se dégrada très vite lorsque celle-ci soupçonna son mari de lui avoir demandé sa main pour infiltrer le milieu de la pègre. Naturellement, afin de privilégier l'enquête qu'il menait alors, Chris s'éloigna peu à peu de Petra. Parfois, à l'occasion de diverses soirées d'anniversaire, lors du réveillon de Noël ou du Nouvel An russe, Chris invitait son ami d'enfance, William Donatelli, ainsi que son épouse, Clarisse. Ils se retrouvaient tous au Red Kiss, le club privé de Kavarov. Jamais Chris Lanzmann n'avait ressenti autant de désir pour une femme. Jamais il n'avait pénétré avec autant d'insistance un regard aussi mystérieux. Indéniablement, Clarisse l'avait envoûté.

Ce que Chris avait ignoré et ignora jusqu'à sa mort, c'était qu'Isaak Kavarov avait eu une relation enflammée avec Clarisse. Une longue relation de chair, quelque temps auparavant...

*

Ordell coupa la communication téléphonique tout en envoyant une tape amicale sur l'épaule du médium.

— C'est fou ce que ça peut être bavard, ces cartes SIM et ces GPS. Il faut vraiment être con ! Se faire serrer à cause d'un portable égaré...

Tout en conduisant l'énorme Hyundai Tucson, Melvin ricana, puis il se concentra de nouveau sur la route que le monstre avalait en ronronnant.

— C'était le labo ? Il a déjà localisé le lieu de résidence du suspect grâce au portable ? C'est ça ? demanda le médium.

— Exact. Mais à mon avis, c'est juste une adresse bidon. Je ne pense pas que Kavarov soit du style à vivre dans ces sales quartiers pourris. Il doit se servir de cet endroit comme d'une planque...

— Je suppose que Kavarov ne s'y trouvera pas... On fait quoi dans ce cas ?

— Au pire, on visite l'appartement sans commission rogatoire signée par le juge... Au mieux, on interroge son pote.

— Son pote ? C'est qui ?

Ordell garda le silence.

À l'extérieur de l'habitacle, la nuit enduisait d'une teinte d'encre le paysage désertique qui séparait les deux agglomérations de quelques kilomètres. Dans le puissant rayon halogène des phares, l'asphalte gris défilait comme un long serpent. La monotonie hypnotique du mouvement et l'ensemble du décor extérieur reflétaient une lourde ambiance anxiogène. Noire. Étouffante.

Le véhicule fonçait à travers la campagne, furtif, la carrosserie criblée par les reflets que renvoyaient les frêles et rares sources lumineuses de la nuit.

Melvin connecta une clé USB sur le port de l'autoradio et, aussitôt qu'il eut mis sous tension l'appareil, la merveilleuse voix de Youn Sun Nah se mit à envahir l'espace chaud et feutré de l'habitacle. Les paroles de *Uncertain Weather* papillonnèrent alors.

Melvin chantonna les paroles du premier couplet, espérant briser la longue monotonie du trajet :

« Uncertain weather comes
The cold wind blows
Sudden hail storm on falls
All the stars fade away. »

Melvin s'interrompit alors puis reprit sa question laissée en suspens :

— Je vais paraître insistant, mais c'est qui son pote ? Qu'est-ce que tu veux dire par là ?

Sohan Ordell tourna mollement la tête dans sa direction, épuisé, comme immergé dans une délicieuse léthargie.

— Bah oui..., souffla le flic, j'aurais dû y penser plus tôt...

— Tu m'expliques, là ? On dirait que ça t'amuse... C'est qui le pote de Kavarov ?

— Tu te souviens du tatouage sur la cheville d'Angela Donatelli ?

— Le papillon noir et la tête de bouc. Oui...

— Clarisse portait le même tatouage sur la nuque. Chris Lanzmann avait à l'époque mené sa petite enquête concernant ce truc, l'époux de Clarisse lui avait parlé d'un délire qui avait pris sa femme et sa sœur. Elles avaient toutes les deux décidé de se faire tatouer... aussi bêtement que cela puisse paraître.

— Ouais... bon, et alors ? Donne-moi ce putain de lien qui nous amène au collègue de Kavarov !

— Le tatoueur est un ami de Kavarov. Ivan Rakovsky. Un émigré russe, débarqué en France à l'époque de la chute du bloc. Il aurait plus ou moins vécu aux crochets des frères

Kavarov, lorsqu'ils étaient encore en activité. La boutique servait à stocker les livraisons de cocaïne...

Le Tucson bourdonnait. Youn Sun Nah poursuivait sa litanie obsédante, pénétrante.

— La boutique se trouve dans la rue de l'Albanne, où nous nous rendons... L'Échoppe du Papillon Noir. Sur la façade de l'immeuble, il y a une grosse enseigne métallique rouillée qui représente l'*Homme de Vitruve*, on peut pas la louper...

— Mais je croyais...

— Oui, Melvin, nous allons bien au bon endroit, l'appartement de Kavarov se trouve au-dessus de la boutique...

L'agrégat vaporeux et anthracite qui s'était accumulé au cœur du manteau nocturne explosa soudain, libérant un déluge torrentiel qui se dilua dans la nuit...

Mouvement 23

Prémonitoire

La source de lumière qui s'épanchait depuis la faille céleste le brûlait presque. Il sentait qu'il n'était plus très loin du dénouement, de sa libération ectoplasmique.

Après avoir quitté son enveloppe charnelle sur le trottoir, en bas de son immeuble, Chris s'apprêtait à abandonner son enveloppe spectrale, pour enfin découvrir où le conduirait la fissure de lumière.

Il sentait que son apparence éthérée se délitait lentement, qu'elle se sublimait pour enfin venir se vaporiser dans la moite atmosphère qui la cerclait. Au creux des collines enflammées, le visage de l'enfant se répétait à l'infini. Comme démultiplié par un kaléidoscope, il dansait, léché par les feux géants qui, à mesure que ceux-ci progressaient, laissaient une strate de cendre grise qui se pétrifiait aussitôt. L'enfant pénétrait de son regard froid celui de Chris. Noirs, vénéneux, ses yeux suivaient ses moindres gestes. Les grondements qui déchiraient le ciel s'étaient atténués. Une mélodie sirupeuse berçait à présent la scène, semblant illustrer le tableau de braise qui se déployait sous les yeux de Chris. Le fameux fœtus, quant à lui, avait doublé de volume et paraissait palpiter sur la toile géante, dessinant la fresque d'une oeuvre démentielle.

Chris se sentit de nouveau aspiré, *extrait* par le sommet du crâne, par le haut de sa matière, comme si se réalisait la mue imaginale d'une chrysalide, pour enfin aboutir à son imago sublime.

*

L'averse martelait avec force le trottoir qui se déroulait jusqu'au bout de la rue. Tout au fond, confiné dans une épaisse pénombre, l'immeuble haussmannien qui semblait engourdi par un sommeil de plusieurs siècles se dressait derrière le rideau de pluie. Le bruit de l'eau, partout, sur le sol, les toits, les tôles, rendait l'environnement un peu plus hostile pour l'opération de police officieuse que s'apprêtait à conduire Sohan Ordell.

Après avoir désembué le pare-brise avec sa manche, Melvin tenta de distinguer une source de lumière aux fenêtres de l'édifice. Ils descendirent alors du véhicule puis, rasant les murs, ils se pressèrent jusqu'à une porte cochère pour s'engouffrer sous le porche afin de s'abriter des rafales de vent. Ombres furtives sous l'averse. Silhouettes dans la nuit. Depuis la colossale entrée, malgré la pluie, ils entrevirent au loin l'enseigne de L'Échoppe du Papillon Noir qui battait au vent.

Du bout du doigt, Ordell indiqua à Melvin le premier et le second étage de l'immeuble décrépit, juste au-dessus de la boutique du tatoueur.

— C'est un duplex..., chuchota-t-il, les deux étages communiquent, et l'appartement du premier donne également dans le magasin. Si le tatoueur est présent, il faudra qu'on soit prudents. Ce gars n'est pas du tout du genre à se marrer, si tu vois ce que je veux dire. Autre problème, cette ordure de russkof doit être lourdement outillée, alors ouvrons les yeux...

Melvin parut tomber des nues. Il fixa Ordell d'un œil noir, la bouche entrouverte.

— Quoi ? Tu serais pas en train de me la faire à l'envers en me disant qu'on part en *opé* tous les deux, là ? On est juste venus pour inspecter les lieux, je te rappelle...

— J'ai appelé le central, il nous envoie une équipe... pas de panique, on va juste interroger ce brave homme, c'est tout...

— Ce genre de gars n'est pas du style à coopérer, Sohan, tu le sais aussi bien que moi... S'il sait qu'il est logé, il va nous rentrer dedans... Putain, tu aurais au moins pu me prévenir !

Un véhicule de couleur sombre passa dans la rue, à quelques mètres seulement de leur planque de fortune. Les deux feux arrière finirent par s'évanouir à l'horizon, s'enfonçant dans le rideau condensé de l'averse qui noyait la cité.

Une lueur. Une forme mouvante à la fenêtre du bâtiment se découpait nettement dans la pénombre. L'extrémité incandescente d'une cigarette venait de s'embraser.

Ordell désigna du menton le premier étage qui s'inonda de lumière et, dans le même mouvement, la silhouette qui se détacha dans l'embrasure de la fenêtre ouverte.

— Où est ton arme, Melvin ? s'inquiéta Ordell.

— Quoi ? Je l'ai sur moi, qu'est-ce que tu crois ? Je le sens pas ton plan... Tu fais chier !

— On va marcher sur des œufs, OK ? Si on sent que ça vrille, on décroche, ça te va ?

Melvin hésita avant de répondre. Il scruta le fond de la rue, tout au bout de laquelle se dressait l'immeuble de Kavarov. La lueur avait disparu.

C'est alors qu'un flash éblouissant éclaira brusquement le quartier, suivi presque simultanément d'un effroyable craquement. L'orage redoublait. Nerveux, le jeune médium planta son regard dans celui du flic en hochant la tête. Ordell fit alors claquer la culasse de son Beretta M92. Il tapota l'épaule de son coéquipier et se jeta sous le déluge en courant, imaginant peut-être pouvoir éviter les épaisses gouttes de pluie qui s'écrasaient sur son crâne.

Le cœur cognant, Melvin consulta le cadran de sa montre en plongeant son regard au plus profond de l'objet, comme s'il cherchait à pénétrer la matière. Curieusement, l'écran digital lui renvoya un vague reflet de chiffres diffus dans un halo rouge fluorescent, comme si ceux-ci se désagrégeaient en s'échappant par le verre minéral de la montre. *Quelque chose ne colle pas... Bordel ! Quelque chose ne colle pas du tout !* pensa-t-il à l'instant même où s'arracha de sa gorge un hurlement, suppliant Ordell de décrocher et de revenir se mettre à l'abri...

*

Plus que quelques mètres. Il ne restait plus que lui, unique corps suspendu dans le temps, dans le vide, dans sa plus parfaite verticalité.

Le visage de l'enfant et le ciel ne formaient plus qu'une seule et unique matière, dense, oscillante entre les tons de nacre et de feu, rougeoyante comme le cœur d'une braise.

Chris sentit son enveloppe vaporeuse se figer, se cristalliser, pour enfin exploser en une multitude de fines paillettes qui papillonnèrent un instant, scintillantes telle de la poudre de diamant.

Un bruit de succion gigantesque. Un craquement. La faille s'étira et Chris pénétra enfin dans le sanctuaire blanc, inconnu…

*

— *Il ne s'agit pas de Rakovsky… reviens ! Reviens te mettre à l'abri, Sohan ! Kavarov l'a buté…*, hurla soudain Melvin, en sueur, les yeux exorbités d'effroi.

Le médium se tenait assis dans son lit, glacé par la suée qui coulait le long de sa colonne vertébrale, figé, le regard perdu dans le vague. Sur le petit meuble, à côté du lit, le radio-réveil indiquait 5 h 30. Le halo luminescent attira son attention et il crut encore apercevoir les chiffres se désagréger, danser, semblant vouloir s'extraire du boîtier tout comme dans le songe révélateur que son mécanisme cérébral venait de produire.

Melvin se redressa. Torse nu, absorbé par le brouillard de sa vision, il s'empara de son téléphone d'une main tremblante et composa le numéro de Sohan Ordell.

Ligne opérationnelle. Timbre synthétique, ponctué de silences lapidaires. Une voix. Rêche, encore pleine d'un sommeil lourd avorté quelques instants plus tôt :

— ... Ouais ? Lieutenant Ordell, j'écoute...

Le médium hésita, puis il bredouilla en chuchotant, essoufflé :

— Où tu es, là ? Qu'est-ce que tu fous ? T'es encore chez toi ?

— Melvin ? Ouais, je suis devant chez moi... Qu'est-ce qui te prend ?

— Attends, ne me dis rien... Tu es face à ton gros Tucson et tu t'apprêtes à grimper dedans, j'ai juste ?

— Mais... qu'est-ce que ça veut dire ? Ouais... je monte dans la bagnole, là...

— Nom de Dieu ! Ne fais pas cette connerie, Sohan !

— Mais de quoi tu parles à la fin ? grogna Ordell, irrité.

— Je viens de me réveiller, là, il y a quelques secondes. J'ai eu un de ces putains de *flashes dreams*, je nous voyais grimper dans le Tucson et prendre la route. On était partis pour serrer Kavarov et un de ses lieutenants, un certain Rakovsky... ce fameux *Soviet* qui tenait la boutique du Papillon-Noir... J'ai eu une drôle de sensation qui est venue me pénétrer au cœur du songe. Il m'a semblé que si on intervenait là-bas, on allait y laisser notre peau... et une voix dansait dans mon esprit, je l'entendais me répéter les mêmes mots sans discontinuer : « La mort est au bout, et c'est tout ce que vous y gagnerez ! »

— Merde, alors ! J'ai souvent douté de ton pseudo-talent, mais là... c'est exactement ça, Melvin. J'ai trouvé ce que je cherchais cette nuit. Rakovsky est un homme de paille, il tient le cabinet de tatouage qui appartient à Kavarov et qui lui sert de dépôt lors de grosses livraisons de came. Le Russe gère la boutique pour Kavarov, mais cette taule n'est qu'une couverture. Écoute, arrête de paniquer, j'ai prévenu...

— Oui ! Je sais ! Tu as prévenu le central et il t'envoie une patrouille... sauf que la patrouille arrivera trop tard et ne fera que ramasser ton cadavre déjà froid, ainsi que l'ignoble boucherie qui sera répandue autour. De plus, il va pleuvoir très fort dans quelques instants...

— Mais merde ! C'est quoi ce délire, Melvin ? aboya Ordell en levant les yeux au ciel.

— Lorsque tu seras sur place, tu observeras les lieux, tu seras planqué à environ deux cents mètres de la cible, à l'abri d'une porte cochère. Dehors, l'orage se déversera comme jamais, étouffant le moindre bruit, brisant le silence nocturne. Tu apercevras un homme à la fenêtre de l'appartement, celui qui se trouve au-dessus de la boutique, un type en train de fumer une cigarette. Une voiture passera par la rue dans laquelle tu planqueras, il s'agira d'un véhicule sombre, de grosse cylindrée. À l'intérieur, quatre hommes armés attendront les ordres de Kavarov. Il passera devant ta porte cochère et tu le verras s'éloigner. Tu penseras que c'est le bon moment... seulement, le gars à la fenêtre n'avait fait que donner un signal au véhicule garé en amont de la ruelle. Tu t'engageras à découvert, sous le déluge, pendant que la bagnole fera demi-tour et foncera sur toi, pleins phares, avec un homme à la fenêtre armé d'un MP5 qui te hachera sur place sans que tu n'aies le temps de ressentir la moindre douleur...

Sohan Ordell sentit soudain les premières gouttes de pluie s'abattre sur son crâne lisse. Pétrifié par le récit du médium, il observa la clé de contact du Tucson dans le creux de sa main.

Melvin continua :

— Sohan, écoute-moi, Rakovsky ne gère plus la boutique du Papillon-Noir...

— C'est impossible ! J'ai vérifié, j'ai retourné des documents toute la nuit. Les factures, les domiciliations bancaires...

— Sohan ! Écoute-moi, bordel ! J'ai passé ma nuit avec des morts ! Je me trouvais dans une espèce de faille temporelle et je suis entré en connexion avec Chris Lanzmann. Celui-ci apprenait des tas de choses concernant son passé et son entourage... Rakovsky se trouvait également là-bas et informait Lanzmann comment il avait été assassiné. Tout ce que tu as pu vérifier est bidonné par Kavarov. Rakovsky est mort depuis sept ans ! Il s'est fait descendre en 2005, il a été exécuté par Kavarov pour une misérable histoire de cul avec une traînée...

— Mort ? Mais si ton histoire tient la route, qui m'a balancé, alors ? Qui est la donneuse ? Qui pouvait savoir que je comptais me rendre à la boutique du Papillon-Noir ?

— Bonne question... Peut-être la personne qui savait que tu t'intéressais à ce cabinet de tatoueur depuis déjà un bon moment...

Le regard d'Ordell se planta soudain sur le véhicule noir qui venait de s'engager sur l'artère principale de la ville. Son sang se figea dans ses veines lorsqu'il repensa au songe de Melvin.

La pluie se déversa alors. Froide. Bruyante.

— Melvin ? souffla Ordell, d'une voix blanche.

— Je sais… tu vas me dire qu'il pleut ! répondit le médium en ricanant.

— … Et le véhicule qui transporte les types censés me buter vient de passer devant moi… Exactement comme dans ta prédiction.

— William Donatelli…, marmonna Melvin.

— Quoi ?

— C'est William Donatelli, l'ex-mari de Clarisse, le frère d'Angela, cette nana qu'on a retrouvée hier dans la benne à ordures. C'est lui qui tient cette putain de boutique depuis la mort de Rakovsky. Il est associé avec Kavarov depuis toujours. Donatelli veut la peau de Kavarov. Il sait que le Russe a buté sa sœur…

— Merde… j'ai parlé à Donatelli dans la soirée, je voulais des détails concernant les tatouages que portaient les victimes. Je lui ai dit que j'irai interroger ce fameux Rakovsky dès l'heure légale. Il a compris qu'on avait soulevé l'affaire… et il veut descendre tout le monde ; Kavarov, ses hommes de main, et le misérable fonctionnaire que je suis…

— Bon, alors, qu'est-ce que tu comptes faire ?

— Je passe te prendre. Au risque de se retrouver au milieu d'un règlement de comptes, on va tout de même serrer Kavarov et Donatelli…

Ce fut exactement sur cette phrase-là que la foudre s'écrasa quelque part derrière les collines, éclairant d'une lumière du jour les profondeurs champêtres encore endormies.

Mouvement 24

Guet-apens

Blanc. Chaud. Froid.

Tristesse, mélancolie, nostalgie.

Gigantesque, agréable et indéfinissable à la fois. Étrangement, les sensations qu'éprouvait Chris étaient similaires à celles de sa vie, celle qui venait de s'achever. Les vertiges de l'amour qu'il avait ressenti pour Clarisse lui revinrent, l'ultime instant de sexe qu'elle lui avait donné aussi. Il revit le bleu saphirin de ses yeux, ses lèvres, son sourire. Il perçut les effluves chauds et parfumés de son corps, le goût sucré de sa langue, le sel de sa peau. Il réentendit les mots qu'elle lui avait tendrement soufflés au creux de l'oreille. Il fit défiler ses années passées à la criminelle. Il revit sa toute première rencontre avec Petra, la sœur d'Isaak Kavarov, celle qui fut son épouse. Il se revit, hébété, terrifié face au cadavre ensanglanté de Clarisse qui reposait sur l'asphalte de cette sombre route du fond des Alpes. De nouveau, il entendit le bruit de l'impact du corps sur la tôle du véhicule. Il se revit dans ce profond sous-bois, devant le corps nu de Clarisse, figé face à Rose Delgado qui lui affirmait que celle-ci n'avait pas été tuée sur les lieux. Chris savait que le poids de ces étranges évènements se déliterait, se décomposerait, s'arracherait de sa conscience fantôme dès lors que sa matière spectrale traverserait la faille incandescente.

Il y était. Mais pourquoi ne traversait-il pas ? Pourquoi cette pseudo-conscience restait encore agrippée à... rien ?

Il n'attendait qu'une chose : que le néant le prenne, que le gouffre du vide l'absorbe afin qu'il puisse s'y diluer, pour qu'il puisse enfin en finir avec cette existence, pour qu'il puisse enfin guérir de ce mal qui le rongeait...

*

— William ? C'est Isaak. Nous sommes positionnés dans la rue. T'es certain de ton coup ? Tu crois vraiment que le flic va rappliquer ?

À l'autre bout de la ligne, l'homme déclara d'une voix calme :

— Ça sent le roussi, je crois que les flics t'ont logé, ils savent tout.

Isaak Kavarov garda le silence. Donatelli poursuivit :

— Pour moi aussi, ils sont au courant... Ils ont fait le lien avec Chris Lanzmann, Clarisse, et tout ce bazar merdique. Ils savent que je bosse pour toi depuis l'époque où ce poulet a baisé ta sœur Petra et s'est marié avec... tu commences à comprendre ? Ta frangine, la chair de ta chair, ton sang..., lança-t-il d'une voix rageuse, pleine de trémolos.

William Donatelli s'empara de son paquet de Dunhill, en retira une cigarette et la coinça sur son oreille. Il reprit ensuite le fil de la conversation :

— Parce que ta putain de sœur, elle... elle est toujours en vie, hein ? Ben oui, tu t'es empressé de la mettre en sécurité, de la renvoyer au pays, blindée, pleine aux as...

— Je vais te faire la peau, Donatelli, je vais m'occuper du flic et ensuite je te ferais la peau, tu as ma parole... Ma sœur est au pays, oui, mais sais-tu seulement ce qui est arrivé à la tienne ? murmura Kavarov avec cet accent slave qui ne l'avait jamais quitté.

Donatelli termina la dernière gorgée de bière puis souligna :

— Arrête tes conneries, tes menaces ne font plus trembler que les gamins qui croient encore au croque-mitaine... Une ordure comme toi, ça me fait gerber ! C'est toi qui as dérapé, ordure ! Tous ces gamins, ces pauvres filles, ces traînées que tu as découpés n'intéressaient personne, hein ? Qui se soucierait de la disparition d'une pute ou d'une camée ? Personne... C'est comme ton trafic d'organes avec les gitans auxquels t'avais fait porter le chapeau...

— Quand tu es venu bosser pour moi, tu savais à qui tu t'adressais, petit enculé ! hurla Kavarov.

Donatelli rugit à son tour dans le combiné, enragé :

— J'ignorais qu'un jour tu démolirais ma vie, ordure ! J'ignorais que tu baiserais Clarisse ! Je ne savais pas que tu étais si détraqué au point de découper ma sœur, espèce de dégénéré d'enfoiré de merde !

Donatelli alluma sa Dunhill d'une main tremblotante, le souffle court, puis il avala plusieurs comprimés qu'il fit glisser avec une lampée de whisky. Il ouvrit ensuite la fenêtre et lâcha une épaisse bouffée bleue. Il inspecta l'horizon sur lequel se dressait la vulnérable lueur du jour naissant. Dans la pénombre de la ruelle encore déserte, il essaya de déceler du mouvement sous le déluge qui inondait la ville.

C'est alors que tout au bout de la rue, un véhicule apparut, transperçant de ses puissants phares le rideau de pluie. Le bruit du moteur gonfla à mesure que la voiture avançait dans le quartier. Surpris, Donatelli se pencha un peu plus sur le garde-corps de la fenêtre.

Le téléphone toujours rivé à l'oreille, il entendit de nouveau la voix de Kavarov :

— J'ai tué ta sœur, oui, je l'ai découpée et je lui ai bouffé les yeux... et maintenant je viens te crever !

L'une des vitres du véhicule s'abaissa. Le canon d'un pistolet-mitrailleur pointa à l'extérieur et une rafale de feu crépita dans le bourdonnement de l'orage, illuminant le décor nocturne de ses flashes incandescents. Des hurlements résonnèrent. Des sirènes. Des cris. Des bruits de verre brisé, du sang sur l'asphalte détrempé. Encore des coups de feu. Une bourrasque de flammes et de lumières s'abattit alors dans la rue soudain envahie par les forces de l'ordre...

*

Chris encaissa une violente onde de choc. La collision eut pour effet de faire ressurgir, avec une nette rémanence, l'ensemble de ses souvenirs. Il vit défiler son existence comme si des millions de données stockées sur une carte mémoire étaient soudain compulsées sur un écran d'ordinateur. Des lettres, des chiffres, des images, des sons défilaient et se vrillaient à une vitesse ahurissante dans la confusion d'un magma exponentiel.

Chris ignorait comment cela pouvait être possible, mais une chose était certaine : il pleurait. Il pleurait devant les séquences de sa vie qui palpitaient par-delà les remparts de son esprit enfin libéré...

*

La simple patrouille de surveillance censée se rendre sur les lieux s'était muée en sorte de gigantesque araignée, un arachnide tactique qui avait déployé sa toile de fonctionnaires partout dans la rue.

Le RAID, accoutumé aux situations les plus périlleuses, avait dispersé l'ensemble de ses forces sur un immense quadrillage qui enveloppait entièrement le quartier.

À l'instant même où Kavarov avait ouvert le feu sur Donatelli, un impressionnant dispositif s'était actionné comme un piège mécanique et s'était refermé sur lui. Le verre avait volé en éclats. Le feu s'était répandu. Tel un essaim de guêpes tueuses, les projectiles avaient criblé la carrosserie du coupé Mercedes de Kavarov en martelant la tôle dans un bruit mat.

William Donatelli s'était soudainement affaissé sur le garde-fou de la fenêtre. Il était resté suspendu dans le vide, le ventre troué par des impacts de balles. Kavarov, quant à lui, avait été touché mais ne paraissait pas disposé à se rendre. Après s'être éjecté du véhicule, il s'était réfugié dans la pénombre de la porte cochère.

Ordell apparut alors dans la rue.

— Kavarov ! Arrête tes conneries ! Tu lèves les mains et tu sors de ta planque... Ça se passera correctement, on peut discuter, comme des bonhommes. Les gars du RAID ne sont pas ici pour faire dans la dentelle, si tu vois ce que je veux dire...

Le rideau de pluie s'était rétréci, réduisant du même coup le chuintement que produisait l'averse.

Ordell s'approcha alors un peu plus du véhicule ravagé par les impacts. Ses pas crissèrent sur le tapis de verre pilé qui recouvrait le bitume.

— ... Tes victimes réclament justice, Kavarov, il faut payer l'addition. T'as fait couler suffisamment de sang... alors déconne pas. Tu t'es fait lever, laisse-nous te passer les pinces et ça ira, t'as perdu, il faut te rendre, c'est le jeu...

Depuis la pénombre du couloir qui menait à l'entrée de l'immeuble, un rire gras monta. La culasse d'une arme automatique claqua. La pluie cessa définitivement et la voix de Kavarov explosa enfin :

— Hey ! Tu veux bien la fermer un instant et essayer de m'écouter ?

Ordell observa attentivement la silhouette qui s'enfonçait dans la pénombre, sous la porte cochère.

— Je n'ai pas tué ces putes et ces gamins pour leur faire du mal, précisa-t-il en ricanant, tu vois ? Tu saisis ? Certaines parties de leur corps ont même servi à sauver des vies. Aujourd'hui, leurs organes sont toujours au chaud, à l'abri d'un corps inconnu...

Rien ni personne ne bougeait dans la rue. Seule la voix de Kavarov résonnait avec cet accent incroyable.

— Je vois très bien, Kavarov… Je sais que tu as tué ces enfants et ces prostituées pour leurs organes… Je sais tout de toi. Je connais toutes les monstruosités que tu as commises depuis ton abominable enfance, ton engagement dans les milices privées en ex-URSS, ton statut de tueur à gages, tout ça… Tu aurais dû abandonner ton passé à la frontière de nos deux pays, mon ami. Là-bas tu étais peut-être une redoutable machine à tuer en liberté, ici, tu seras un tueur enfermé pour le restant de ta vie…

De l'autre côté de la rue, Melvin Meideiros assistait à la scène, à l'abri dans un véhicule banalisé. La vitre abaissée, il écoutait la conversation et observait avec intérêt la stratégie d'Ordell.

Au-dessus de leurs têtes, quelques riverains curieux s'étaient risqués aux fenêtres, inquiétés par le vacarme.

Ordell continua d'une voix sereine :

— … Je sais que tu as eu une vie de merde, un père absent, une mère fêlée qui te faisait gober que tu étais le fruit de l'union entre un alien et elle-même, je suis conscient que ça a mal démarré pour toi. C'est autant d'éléments qui joueront en ta faveur, malheureusement pour nous, lors de ton procès…

— Tu ne sais pas de quoi tu parles, tu ignores qui je suis ! hurla alors la voix depuis les ténèbres. Je pourrai baiser ta femme et la découper qu'elle en redemanderait… D'ailleurs, es-tu bien certain qu'elle a toujours toute sa tête, ta femme ? Où est-elle en ce moment ? Chez vous, bien au chaud sous la couette ? lança-t-il froidement, en partant d'un rire rauque qui résonna sous la voûte de pierre.

Il y eut un flottement. Des secondes interminables. Un désagréable frisson traversa les entrailles de Sohan Ordell et une fenêtre grinça quelque part sur la façade du bâtiment.

Le flic demanda alors d'une voix étranglée :

— Kavarov... qu'est-ce que tu veux dire en parlant de ma femme ?

L'autre rétorqua aussitôt, comme si la réponse lui brûlait les lèvres :

— Je ne sais pas. Peut-être que quelque part quelqu'un se meurt, et que cette personne a besoin d'une greffe d'organe... ou peut-être va-t-il falloir que tu prennes la bonne décision, très cher ami...

Mouvement 25

Le suspect X

Les minutes paraissaient s'étirer comme les ombres de la ruelle sous la lueur des gyrophares.

Kavarov poursuivit :

— J'ai toujours su qu'un jour ou l'autre, tout finirait ainsi : des morts partout, du sang comme s'il en pleuvait et la folie des hommes qui se mesurent les uns aux autres. Tu crois que tu te trouves dans cette rue grâce à tes talents d'enquêteur ? Grâce à la perspicacité de tes flics minables ? Si je t'ai conduit dans ce guet-apens, ce n'est pas pour rien, cher Ordell. Lanzmann était sur ma piste, il me talonnait, il a même cru qu'il allait pouvoir me baiser et me faire tomber... Je ne sais pas de quelle façon il s'y est pris mais, à un moment donné, j'ai eu droit à une perquisition chez moi, pendant mon absence. Il a mis la main sur un carnet de symboles très particuliers, des modèles destinés à devenir des tatouages pour une clientèle spécifique...

Les tatouages que portaient Clarisse et Angela..., pensa Ordell.

— ... Il s'agissait de personnages de la mythologie gothique, nus, des démons qui forniquaient, une sorte de représentation orgiaque des enfers. Pourquoi est-ce que ce connard de poulet est allé fouiner dans mes affaires, hein ?

Ordell songea aussitôt au logement de Chris Lanzmann. La porte de la chambre. Les murs. La gigantesque fresque qui s'étoilait dans l'appartement. Les similitudes avec l'orgie dantesque contenue dans le carnet le frappaient à présent. Il pensa à Judith, sa femme, qu'il imagina baignant dans une mare de sang, ses quatre membres éparpillés tout autour de son corps.

— ... Ce carnet, c'était un livre d'or dans lequel les clients de l'époque y laissaient des remerciements ou des suggestions. Le tatoueur qui officiait au Papillon-Noir était une véritable star ! Chris Lanzmann a découvert les noms de Clarisse et d'Angela Donatelli dans le livre d'or. Il s'est alors penché sur cette piste-là... celle qui l'a conduit jusqu'à L'Échoppe du Papillon Noir. Ç'a été un choc pour lui ! Lorsqu'il a pris conscience que c'était son ami, William Donatelli, qui gérait mes affaires, il a voulu fouiner un peu plus profond dans le merdier. C'est là que les évènements se sont accélérés. Il a fallu que l'on s'occupe du flic gênant, il en savait beaucoup trop, il aurait pu compromettre beaucoup de mes affaires...

— Et tu as descendu Chris Lanzmann ?

— Disons que des psychotropes habilement dosés ont suffi à lui faire péter les plombs, à convertir sa perception, ses sensations, le plaçant en état de conscience modifiée. Avant de se suicider, Chris Lanzmann est passé par différents stades hallucinatoires : extases, rêves lucides, sentiments océaniques, orgasmes, somnambulisme, voyage astral... Il aurait pu se faire violer par une meute de gorilles en rut qu'il n'aurait rien senti...

Kavarov laissa passer quelques secondes, puis il enchaîna :

— Nous, on savait qu'il avait tué accidentellement Clarisse... Donatelli le savait aussi, je l'avais informé. Dans un désir de venger son épouse, Donatelli n'a pas hésité à faire le sale boulot pour moi. Il a intoxiqué son pote au Zolpidem, pendant plus d'une semaine, en lui rendant visite tous les soirs autour d'un verre. À la fin de la semaine, Donatelli aurait pu sucer son pote qu'il n'aurait rien compris de ce qu'il faisait, et s'en serait encore moins souvenu. Il a juste fallu que Donatelli lui suggère de sauter par la fenêtre, d'en finir avec la vie pour pouvoir enfin rejoindre Clarisse et implorer son pardon...

— Quel genre de monstre es-tu, Kavarov ? Tu es...

— Je manipulerais le diable s'il le fallait. Je n'ai peur de personne, ni d'un flic dans ton genre, ni même de tous ceux qui nous entourent dans cette rue. J'aime le sang, la violence, la brutalité des images qui me renvoient l'éclat d'un corps ouvert et déchiré, j'aime ce choc qui me rappelle combien nous sommes infiniment délicats et fragiles, j'aime la chair qui a nourri les miens lors de la grande famine, lors du terrible Holodomor... la voilà la vraie vérité !

— Où est ma femme, Kavarov ? Réponds-moi ! hurla Ordell, à bout de patience.

Narquois, Kavarov ricana, continuant de se livrer, imperturbable :

— À l'époque du trafic d'organes, je ne ressentais pas encore cet extrême plaisir, ce ravissement, cette jouissance au moment où je caresse du fil de mon rasoir la chair mise à nu, ou bien lorsque je renifle les effluves cuivrés du sang humain. Je me sens comme un animal traquant sa proie dans son biotope… c'est comme un retour à la vie sauvage, aux origines de l'homme… c'est comme un cri que l'on a envie d'expulser du fond de ses entrailles. Pour le reste, les organes offrent la vie à ceux qui ont les moyens de se l'offrir, et la chair m'offre de bien intenses plaisirs culinaires…

Ordell dégrafa le fermoir de son holster et en retira son arme de service. Il pointa le canon en direction des ténèbres, juste à quelques mètres sous la porte cochère.

— Réponds-moi, Kavarov, maintenant ! Qu'as-tu fait de ma femme ?

— Ta femme ? Attends un peu que ton téléphone se mette à sonner… et là, tu sauras.

Le portable d'Ordell se mit alors à vibrer au fond de sa poche, produisant un bruit d'insecte, itératif et obsédant.

*

Voilà. Il savait tout. Les images avaient défilé comme dans un film muet. La voix, féminine et douce, lui avait dépeint les sphères maléfiques qui avaient intoxiqué les derniers jours de sa vie. La lâcheté. La trahison. La vengeance. Le mal…

William. Son ami William Donatelli était responsable de sa mort, de son propre suicide. Chris revoyait les derniers moments de son existence et en saisissait le sens. Il savait pourquoi et de quelle façon il était mort…

Sa conscience fantôme s'éteignait. *C'est amusant !* pensa-t-il. Il sentait qu'il *se vidait* cérébralement, que les phrases, les mots, les lettres, les chiffres s'échappaient peu à peu de sa matière spectrale. Un peu comme si sa carte mémoire se formatait, comme si un virus était venu dévorer la partition de son disque dur, comme s'il faisait le chemin à l'envers, comme s'il redevenait l'enfant qu'il fut, le bébé, le fœtus. Il sentait son ensemble se dissoudre. La lumière blanche, éblouissante, brûlante même, persista et chercha à s'insinuer, à percer la peau de ses paupières closes…

*

Ordell décrocha. Sa main tremblait. Sa gorge se serra et son cœur cogna fort. L'image de sa femme baignant dans ses propres fluides corporels revint lui secouer l'épine dorsale.

— Allô ? fit-il simplement d'une voix étranglée en observant le ciel, comme si celui-ci allait s'écrouler sur son crâne.

À l'autre bout de la ligne, il y eut des murmures et des bruissements. Un souffle. Une respiration profonde et contrôlée.

— Qui est à l'appareil ?

— Vous êtes Sohan Ordell ? demanda une voix rocailleuse et très grave.

Le flic répondit par un borborygme. La voix poursuivit :

— Vous ne me connaissez pas. Je ne vous connais pas vraiment. Vous pouvez m'appeler « Monsieur X ». Le capitaine Carcassonne, qui couvre cette opération et qui est présent en ce moment même sur les lieux de l'interpellation, vient de réceptionner un appel très important. Il va très certainement vous faire savoir que d'ici quelques minutes, les troupes d'intervention devront se retirer. Le RAID devra décrocher et tout le monde devra rentrer chez lui bien sagement...

— Qu'est-ce que c'est que cette connerie, vous êtes qui, vous ?

— Je vous conseille de m'écouter très attentivement et de ne pas m'interrompre. Si je suis forcé de couper cette communication, votre femme subira une fin tragique et très douloureuse...

Ordell eut envie de hurler. Des questions lui brûlaient les lèvres. La rage incendia ses tripes et son rythme cardiaque s'accéléra.

— À présent, vous avez les réponses aux questions que vous vous posiez, lieutenant Ordell. L'officier de police Chris Lanzmann ne s'est pas suicidé. Il a été assassiné, et l'auteur de ce crime gît sur le trottoir en face de vous, à environ une centaine de mètres, touché par une balle perdue dans la confusion d'un feu nourri. William Donatelli est seul responsable de la mort de cet officier de police, et il a été puni de son crime. Vous trouverez une enveloppe dans la boutique du Papillon-Noir. Dans celle-ci : des photos, des copies de courriers électroniques qui viendront vous apporter la preuve que Donatelli était peut-être l'auteur de tous ces meurtres de jeunes filles et jeunes garçons, qu'il était lié à un trafic international d'organes humains. Tout ce qui a pu vous paraître évident concernant la culpabilité de Kavarov n'est pas fondé et ne le sera jamais. Ce qui a pu vous mener à prétendre qu'Isaak Kavarov est le *découpeur de jeunes filles*, les preuves, les témoignages, les recoupements ; tout ça c'est du flan, tout ça n'existe pas, n'a jamais existé et n'existera jamais ! Dans quelques mois, votre supérieur sera à la retraite et, bien qu'il soit un homme honnête, il m'a laissé sous-entendre que le million que je lui propose est tout aussi intéressant que la vie de votre femme...

Ordell écoutait la voix. Sombre. Hypnotique. Figé, il lui sembla émerger d'un long sommeil ankylosant.

— ... Je pense que vous devez vous dire que ce n'est pas si compliqué de laisser les évènements se dérouler comme ils se doivent, à moins que vous ne soyez un individu absolument inconscient. Cela serait une sage décision de se laisser glisser. Lorsque votre supérieur vous en donnera l'ordre, vous vous écarterez de la zone et irez rejoindre les tireurs d'élite de la police embusqués de l'autre côté de la rue. Vous exigerez des troupes qu'elles se retirent immédiatement, qu'elles dégagent les lieux. Vous monterez à l'intérieur du véhicule dans lequel vous attend le capitaine Carcassonne et vous quitterez également la zone d'intervention. Le moindre coup fourré, et votre femme aura le temps de connaître les enfers mieux que le diable lui-même. La moindre tentative d'intervention de la part de l'un de vos hommes, et le dispositif de mise à feu fera sauter la charge explosive qui se trouve dans le véhicule officiel. Réfléchissez bien et vite. On dit des gens intelligents qu'ils ont la faculté d'agir de manière adaptée à n'importe quelle situation, j'espère que cela est votre cas. Évacuez les lieux au moment précis où l'on vous en donnera l'ordre. Votre épouse vivra. Je dois à présent mettre un terme à cette communication...

Il y eut alors un craquement, et enfin le bip incessant sur la ligne qui sinua jusqu'aux abords de son esprit. Le mystérieux *suspect X* avait raccroché, laissant l'officier de police pétrifié, encore médusé par l'aplomb de cet inconnu. Sohan Ordell se retourna mollement, scrutant le véhicule qui abritait le capitaine Carcassonne, ainsi que celui dans lequel se trouvait Melvin Meideiros, à quelques mètres derrière. Il embrassa également du regard les hommes en combinaison, déployés sur l'ensemble de la rue, leurs canons pointés sur l'entrée de l'immeuble comme si une bête hideuse allait soudain apparaître devant la porte cochère. Ordell paraissait rêver. Son téléphone lui échappa alors des mains et vint se briser sur le sol encore humide. La tête lui tournait. Un frisson le secoua au moment où ses yeux se posèrent sur le cadavre de Donatelli.

Une portière de voiture claqua.

Une voix. Celle d'un supérieur impatient, bouillonnant à l'idée d'en finir.

— Lieutenant Ordell ! Approchez-vous ! hurla Carcassonne depuis sa vitre à demi ouverte.

La voix avait retenti et était partie se briser en échos sur les façades des immeubles alentour. Telle une musique silencieuse, les gyrophares teintaient le ciment gris des murs et le bitume de la route d'une lueur céruléenne, insistante, pénétrante, comme si plus jamais aucune autre lumière ne pénétrerait la noirceur et la profondeur de cette nuit-là...

*

Chris entendait un flot musical serpenter à l'orée de sa conscience. La lumière continuait à traverser la peau de ses paupières pour frapper ses globes oculaires. Une lumière puissante. Brûlante.

Peu à peu, la brume opaque qui lui masquait la vue se dissipa. Alors, de ses yeux à peine entrouverts, un mince filet d'images pénétra sa conscience, et Chris Lanzmann saisit enfin le mécanisme et la symbolique de tous ces corps suspendus…

Mouvement 26

Les ultimes lueurs de l'acte final

Ordell s'approcha du véhicule officiel en marchant au ralenti, comme dans un rêve angoissant, un rêve dans lequel chaque pas en avant nous tire en arrière…

Il rengaina son arme en l'enfonçant tout au fond de son holster, puis il s'immobilisa enfin devant la vitre à demi baissée. Le visage pâle de Carcassonne émergeait, baigné par les éclats luminescents des gyrophares et des réverbères. Ordell le dévisagea longuement. L'expression froide. L'œil noir.

Le capitaine de police le sonda lui aussi, hocha la tête lentement et lui dit alors :

— Quoi ? Putain, Ordell ! Je savais que ça devait arriver un jour, on n'est pas infaillibles. Je sais qu'il s'agit de l'homme derrière lequel on court depuis presque deux ans mais… tout comme moi, vous avez très bien saisi l'importance de ce que nous a fait comprendre ce mystérieux « Monsieur X ». Alors voilà, comme je suis votre supérieur direct, je vais être forcé de vous demander de mettre fin à cette opération. Rappelez l'unité et dégagez les lieux très vite, c'est un ordre, Ordell… Il a également menacé de tuer ma femme et ma fille Émilie si je n'acceptais pas son offre.

— Nom de Dieu ! De quoi on parle, là ? Il s'agit de Kavarov... *le découpeur de jeunes filles* !

— Justement... vous imaginez la scène en rentrant chez vous ? Hein ? Vous imaginez ce putain d'*Homme de Vitruve* symbolisé sur le mur de votre salon ? Le tronc de votre femme crucifié ? Moi, je ne peux me résoudre à imaginer Émilie entre les mains de ce fils de pute...

Ordell baissa les yeux et resta silencieux. Les images hideuses de sa femme, l'abdomen ouvert, ses membres répandus partout dans l'appartement, vinrent percuter sa conscience et le firent frissonner. Il s'empara fébrilement de l'émetteur radio et le porta à ses lèvres :

— À toute l'unité... vous décrochez, les gars ! Fin de l'opération ! C'est fini !

*

Chris n'en revenait pas ! Tout ce qu'il avait pu voir ou entendre jusqu'à cet instant-là n'avait pas existé physiquement. Tout venait de se dérouler en une poignée de secondes, juste au moment de l'impact de son corps sur le trottoir. Ses yeux mi-clos lui avaient renvoyé l'image des badauds qui étaient venus s'agglutiner autour de l'horrible scène. La joue contre le béton, sa vision lui avait permis de percevoir uniquement les jambes des curieux, jusqu'à la taille, le tout dilué dans une espèce de soupe brumeuse qui s'était densifiée. L'amalgame de ces éléments lui avait laissé croire que tous ces corps flottaient, qu'ils étaient suspendus et qu'ils *pleuvaient* sur la ville comme ceux que René Magritte avait représentés sur la toile de la *Golconde* en 1953. Quelle étrange symbolique que son immeuble en arrière-plan, celui depuis lequel il avait plongé du dernier étage, cet immeuble blanc au toit rouge, tout comme dans l'œuvre du maestro belge...

Une poignée de secondes avait suffi.

Une seconde pour revoir les évènements qui l'avaient conduit à ce geste stupide, pour comprendre que son meilleur ami l'avait en quelque sorte assassiné.

Une seconde pour repenser à Clarisse, à leurs moments d'amour, de sexe. Une seconde pour déchiffrer aussi la complexité de ce qu'avaient été sa vie, son entourage malsain, sa souffrance, sa mort.

Une seconde pour que sa rétine imprime le visage d'un enfant inconnu. Un enfant mystérieux, les yeux emplis de tristesse.

Une seconde pour distinguer, depuis les portes de la mort, les ultimes lueurs de l'acte final, le terminus de son existence...

Chris sentit brusquement un choc, un froid intense, et les corps suspendus se noyèrent alors dans un voile épais. Les voix, les sons de l'effervescence urbaine, les images se diluèrent avec les silhouettes dans un fondu au noir.

Extinction du discernement cérébral.

Tracé plat_______________________________________

*

La rue se vida peu à peu. Les éclats bleus cessèrent. Les rangées de réverbères s'éteignirent progressivement dans un long ballet, les uns après les autres.

Les hommes du RAID rejoignirent les véhicules et l'unité quitta les lieux. Carcassonne ordonna ensuite à Ordell de venir le rejoindre dans la voiture.

Au bout de la rue, face à la devanture de la boutique du Papillon-Noir, une équipe médicale prit en charge le corps de William Donatelli qui gisait toujours sur le bitume. Le jour se levait lentement. Sur l'horizon gris, les dernières masses nuageuses emportaient avec elles les résidus de l'orage qui s'était abattu sur la cité.

Quelques instants plus tard, la voiture avançait dans l'aube naissante. Le moteur ronronnait doucement en avalant les kilomètres, berçant mollement les passagers brisés par leur nuit d'échec. Le fiasco allait s'inscrire longuement dans leur mémoire, comme une amère défaite, comme un sentiment d'impuissance qui leur collerait aux entrailles pour le restant de leur existence.

Silencieux, Carcassonne observait l'horizon par-delà le pare-brise, le regard perdu dans le vague. Le chauffeur ne bronchait pas et semblait programmé pour conduire sans poser de questions.

Après quelques kilomètres, une fois la ville loin derrière eux, le véhicule emprunta alors une route perpendiculaire à la nationale, puis il réduisit sa vitesse. Il s'engagea sur la route d'un col, puis bifurqua sur un chemin qui conduisait au cœur d'une propriété, un immense corps de ferme. Préoccupé, la fatigue et le manque de sommeil embrumant encore son esprit, Ordell tendit le cou en avant pour tenter d'apercevoir où menait la petite route.

— C'est quoi ce délire ? lança-t-il en faisant tonner sa voix près de l'oreille du chauffeur.

Ordell se retourna et jeta un œil inquiet à Carcassonne.

— Qu'est-ce qu'il fout, putain ? On va où, là ?

Son supérieur resta silencieux, un sourire figé sur les lèvres.

Le véhicule roula dans une flaque de boue, absorba quelques secousses, puis stoppa devant un gigantesque silo à grains, à deux pas de la ferme désaffectée. Le chauffeur descendit et mit sa main en visière, feignant de scruter le ciel et les environs.

— C'est quoi ce cirque, Carcassonne ? Qu'est-ce qu'on branle ici, vous allez me répondre, oui ou merde ? grinça Ordell.

Le capitaine alluma un cigarillo. Il recracha une bouffée âcre et dit d'une voix très calme :

— Mon cher Ordell, vous ne vous êtes toujours pas posé la bonne question. Celle qui pourrait vous apporter la réponse à vos tracasseries. Par exemple : pourquoi sommes-nous ici ? Pourquoi un tel fiasco avec une opération de police d'une telle envergure ? Qui était ce mystérieux suspect X ?

— J'ai décroché, là, j'arrive plus à vous suivre...

— La bonne question c'est : « Pourquoi le suspect X s'est-il adressé à vous plutôt qu'à moi directement ? »

Ordell écarquilla les yeux.

Carcassonne continua, orchestrant lui-même les questions et les réponses :

— Tout simplement parce que le suspect X, c'était moi... enfin, la voix au téléphone c'était celle de Bruce, fit-il en désignant d'un mouvement de tête le chauffeur qui se tenait à l'extérieur.

Ordell sentit un vertige, un séisme qui remontait le long de son épine dorsale. Les mâchoires soudées par la rage, ne pouvant exprimer un mot, il fronça les sourcils, hébété.

— Cela fait plusieurs mois que nous travaillons de concert avec Kavarov. Je fermais les yeux sur certaines de ses affaires et j'avais droit à mes enveloppes. Mais, pour le coup de Chris Lanzmann, j'ai dû remettre en question notre collaboration, il a fallu que je prenne en main la situation...

— Putain ! Espèce d'enculé..., lâcha Ordell dans un long cri qui tonna dans l'habitacle.

Apathique, le vieux flic continua d'une voix froide :

— Lanzmann avait découvert l'existence de mon trafic avec Isaak Kavarov. Il s'apprêtait à tout dévoiler. J'ai suggéré à Kavarov de faire un choix : soit il s'arrangeait pour buter Lanzmann, soit je faisais en sorte de retourner la situation à mon avantage afin de le serrer et de le faire écrouer rapidement. Si le Russe tombait, cela aurait totalement décrédibilisé les accusations de Lanzmann à mon sujet.

Ordell vacillait doucement sur la banquette de cuir, se refusant d'accepter ce qu'il venait d'entendre. Une douleur lui tenaillait l'estomac. Il ravala sa salive et se fit plus attentif encore.

— Kavarov a payé. Kavarov a buté Lanzmann. Alors, comme je ne veux courir aucun danger, ne prendre aucun risque, je vais vous demander de me remettre votre arme, lieutenant Ordell, dit-il en tendant la main.

Ordell s'exécuta en hochant la tête.

— Ah, pour Judith, elle est saine et sauve… Vous avez une bonne petite épouse. Vous allez lui manquer. Allez, descendez, maintenant… il faut en finir, soyez un bon flic…

Il obtempéra, le regard plongé dans celui de Carcassonne. Un spasme le saisit, un frémissement, de ceux qui vous passent sous la peau et vous hérissent les poils. Le frisson de la terreur, celui de la peur sourde…

Un petit vent frais soufflait, baladant l'empreinte humide qu'avait laissée l'orage de la veille au soir. Calfeutré à l'intérieur du véhicule, Carcassonne ne bougeait pas, le regard à nouveau perdu sur la ligne d'horizon.

Dans son dos, Ordell entendit le claquement sec de la culasse d'une arme automatique. Il scruta une dernière fois les ultimes lueurs du jour, l'aurore blafarde de l'acte final. Car il savait que tout était perdu, que le rideau allait tomber.

Il ne se retourna pas. Il imagina simplement le bras tendu de Bruce, derrière lui, son Glock expulsant un projectile brûlant dans un halo de feu. Il se représenta les mâchoires de la mort qui se refermeraient définitivement sur sa vie.

Ordell contempla le trafic routier, au loin, sur le périphérique embrumé de pollution. Sa montre connectée bipa 7 heures du matin. Le clocher du village voisin commença alors à égrener les sept coups. Ordell ne put en compter que trois…

Mouvement 27

Quatre secondes d'agonie

Des mois s'étaient écoulés depuis la tentative d'arrestation foireuse de la rue de l'Albanne. L'IGS avait pris le relais et, après avoir longuement investigué sur les raisons qui avaient poussé les responsables de l'opération à retirer le dispositif policier, les enquêteurs avaient rédigé un rapport neutre. L'inspection des services parlait d'un vague réseau de vente d'armes et de trafic d'organes humains intelligemment structuré, dont le seul pivot central semblait être Isaak Kavarov. Les enquêteurs avaient admis que la séquestration de la femme de Sohan Ordell, ainsi que les menaces de mort qui pesaient sur la famille de Carcassonne avaient été à l'origine de l'abandon de l'opération, et que c'était là l'unique raison qui avait décidé le capitaine Carcassonne à jeter l'éponge. L'otage avait été découverte en état de choc, déshydratée, dans le fond d'un silo à grains d'une ferme qui se trouvait au nord de la ville. Un appel anonyme avait fourni les indications nécessaires pour retrouver l'épouse du flic. Celle-ci n'a jamais pu identifier ou fournir de renseignements concernant ses ravisseurs. Elle avait précisé qu'elle se rappelait seulement avoir été enlevée par deux hommes cagoulés, à la sortie du cabinet notarial dans lequel elle travaillait. « Ensuite – avait-elle expliqué aux policiers chargés de l'enquête –, je n'ai eu que de brèves phases de conscience lorsque j'émergeais de mon sommeil chimique... » Judith Ordell ne s'était pas tout à fait remise de la disparition de son mari. Son séjour en hôpital psychiatrique n'avait pas amélioré son état de santé mentale, bien au contraire. Plus tard, Sohan Ordell fut définitivement porté disparu. On ne retrouva jamais sa trace, ni même le moindre élément qui aurait pu aider la police afin d'engager une investigation sérieuse. Au sein de l'IGPN, on parlait de corruption. Certains enquêteurs avaient évoqué l'idée que le lieutenant Ordell aurait été soudoyé par Kavarov lui-même et, dans le feu de l'action de cette fameuse nuit, aurait mis les voiles pour une destination inconnue. Selon les témoignages du capitaine Carcassonne et son chauffeur, ceux-ci auraient déposé Ordell à quelques pas de son domicile. Il leur avait paru serein, fatigué et déçu par cette opération de police éprouvante, mais n'avait pas présenté de signes suspects laissant présager le pire...

L'enquête avait suivi son cours. Les mois avaient passé. Peu à peu, les piles de documents et les enquêtes à élucider s'étaient accumulées et avaient escamoté le dossier « Ordell/Kavarov ». Le nom du lieutenant de police s'était alors évaporé. Les murmures de couloirs évoquant cette sombre affaire s'étaient progressivement éteints, jusqu'à faire oublier l'existence même du flic disparu.

La disparition d'Ordell avait affecté Melvin Meideiros. Peu de temps après ce tragique incident, il avait mis un terme à sa collaboration d'auxiliaire judiciaire et avait quitté la criminelle. Pendant très longtemps, il avait été submergé de cauchemars sordides dans lesquels lui apparaissaient des prostituées. Toutes étaient violées et démembrées par le capitaine Carcassonne, pendant que Kavarov se contentait de sourire à ses côtés et de photographier ce décor tragique. Une pluie de braises et de cendres croulait sur eux, figée par le flash crépitant de l'appareil photo. Sohan Ordell apparaissait au cœur de la scène. Son corps, en état de décomposition, reposait adossé contre le tronc d'un chêne énorme, vissé sur le bord d'un sentier qui menait aux abords d'une ferme abandonnée. Melvin se réveillait chaque fois au même moment, précisément à l'instant où la scène s'embrasait et se transformait en un écran de feu, au moment où apparaissait un gigantesque tableau sur lequel palpitait un fœtus démesuré. Encore et encore...

Melvin avait soutenu la thèse du meurtre. Pour lui, Carcassonne était impliqué et avait collaboré avec Kavarov. Ils avaient ensuite décidé d'éliminer Ordell afin que leur marché ne soit pas compromis, quel qu'il soit.

Le médium avait discrètement fouillé le passé de Carcassonne, collecté quelques témoignages, secoué du monde mais, malheureusement, il lui avait fallu se rendre à l'évidence : il n'avait pu rassembler aucune preuve valable de la culpabilité de Carcassonne dans cette histoire de disparition. Après l'échec de l'affaire Kavarov, quelques mois plus tard, le capitaine Carcassonne avait pris sa retraite, et plus personne n'en entendit parler. Ni collègues de la brigade, ni entourage proche. Carcassonne s'était volatilisé.

Le dossier Lanzmann fut classé. Il fut établi formellement que le flic avait été assassiné par son propre ami, William Donatelli. Celui-ci, Italien possessif et extrêmement jaloux, n'avait pu supporter la liaison de Lanzmann et de Clarisse. Vengeance. Simple assassinat passionnel.

Affaire classée.

Chris Lanzmann s'en était allé, emportant avec lui de lourds secrets qui auraient bien pu faire imploser le nid de vipère dans lequel il avait officié de nombreuses années.

L'ensemble de toutes ces informations allait probablement être détruit lorsque son frère nettoierait et vendrait l'appartement dans lequel il avait vécu, dans lequel il avait crypté toutes les preuves de la culpabilité d'un bon nombre de fonctionnaires de police. Les preuves de l'implication de flics dans des trafics d'armes internationaux, des trafics de stupéfiants, des collaborations sur des réseaux de proxénétisme et de trafic d'organes humains, avaient été cryptées sur les murs de son appartement lors de sa fameuse semaine de dérive psychotique. Les fresques diaboliques, les représentations orgiaques de l'enfer qu'il avait dessinées sur ses murs, renfermaient des révélations désastreuses pour l'ensemble du système judiciaire. Les noms des fonctionnaires corrompus, les numéros de leurs comptes off-shore et toutes les opérations bancaires depuis des années, les noms de leurs contacts dans l'entourage de Kavarov...

Toutes ces informations allaient rejoindre le néant.

Pendant une seule seconde, sur le fil de cette interface qui liait encore la vie et la mort, Chris Lanzmann, hébété par la rudesse du choc qui avait explosé ses chairs, s'était posé une seule et unique question substantielle : *Qui est cet enfant ?* Cet enfant dont le visage lui était apparu lors des quatre secondes de son agonie humaine...

TROISIÈME PARTIE

Dans la danse du diable

Mouvement 28

Dale Tylon

Mai 2022, Los Angeles/Californie.

Los Angeles.

La cité des anges.

Quatre millions d'habitants dispersés sur le sol municipal de ses limites administratives, 4 millions d'individus noyés dans un magma urbain de béton, de verre et d'acier déployés sur 1 300 km².

Cette seconde grande ville américaine après New York, bordée par l'océan Pacifique, offrait un climat méditerranéen qui pulsait ses trois cent soixante jours de soleil et ses 25 °C de moyenne chaque année. Le *presque* paradis des cartes postales, hypnotique, vénéneux. Los Angeles, c'étaient aussi sa pollution excessive, sa criminalité et ses homicides violents, ses gangs, ses réseaux tentaculaires de narcotrafiquants et de proxénétisme. Les autorités recommandaient aux touristes de ne pas s'enfoncer dans les quartiers sud et à l'est du centre-ville : Inglewood, Florence, Compton... Le *downtown* lui-même restait fortement déconseillé dès la tombée de la nuit. À l'inverse, les zones sûres se situaient au nord, nord-ouest et à l'ouest du centre-ville : Santa Monica, Beverly Hills, Venice, Cheviot Hills, West Hollywood… le berceau de toute la crème d'une *High Society* qui engendrait de la graine à fric : du *Baby Star*, de la matière cérébrale de haute qualité, néocarburant de futurs magnats du pétrole, des télécommunications ou de l'aéronautique…

C'était dans cette vaste et trépidante cité que Dale Tylon avait posé ses valises voilà deux ans. C'était dans cet immense réservoir à stars et à fils à papa que ce jeune Français, issu de l'assistance publique, avait vu son rêve s'idéaliser, prendre forme et rejoindre la réalité.

Dale avait à peine 25 ans et, déjà, ses toiles s'arrachaient à des prix qui frôlaient l'indécence. Ses œuvres faisaient le bonheur de la jet-set californienne, de l'élite hollywoodienne, des starlettes du moment et de tout le gratin de la haute société.

Tout avait commencé lorsque Dale avait fui, lorsqu'il avait quitté sa famille d'accueil pour ne jamais la revoir. Peintre autodidacte, il avait traîné une mauvaise vie pendant quelque temps au cœur de Paris, vendant ses croûtes sur un bout de trottoir. Une nuit, alors qu'il touchait le fond, il s'était retrouvé aux portes de la mort après l'injection d'une dose massive d'héroïne. De passage à Paris, une jeune galeriste californienne avait découvert son corps gisant sur le bitume crasseux d'une ruelle et lui avait sauvé la vie. Cette dernière avait retardé son retour pour Los Angeles, espérant jour après jour que son protégé s'en remettrait. Elle avait rendu visite au jeune peintre français hospitalisé, tous les jours, pendant une semaine. Dale avait découvert en Monika une femme sensible et merveilleuse, attentionnée. Quant à Monika, elle put découvrir l'indéniable talent de Dale Tylon et avait décidé de présenter ses œuvres à Karl Landon, le directeur de la prestigieuse galerie d'art située en plein cœur de Los Angeles : The Blue Butterfly, pour laquelle elle travaillait depuis cinq ans.

Harold Greenfish, un critique d'art réputé pour ses diatribes agressives dans l'illustre magazine *Artforum* de San Francisco, s'était lui-même laissé éblouir. En témoignaient ces quelques lignes qui résumaient son intérêt pour le travail de Tylon :

« Les œuvres du peintre français ont quelque chose d'étonnamment "inhumain", d'hypnotique. Elles révèlent à la fois de bien vertigineuses sensations, des impressions dérangeantes, comme si les toiles avaient été griffées, lacérées jusqu'au sang. Tylon use de palettes aux tons sombres, rouges, carmin, bordeaux, parfois même marron ou noirs. Il introduit au cœur de sa peinture une étrange matière granuleuse et tout un amalgame complexe de pigments ; une recette dont il garde jalousement le secret, tel un chef de cuisine étoilé. Son style graphique est vif, tourmenté, elliptique. Ce chirurgien de l'abstrait au service de l'art contemporain nous embarque dans un enfer bouillonnant, dans les profondeurs d'un cœur révélateur. Tout comme dans la nouvelle de Poe, Tylon tente de nous faire prendre conscience de la réalité de notre quotidien, en laissant supposer qu'une porte donnant sur un monde parallèle existe bel et bien... »

À la suite d'une première exposition mise en lumière par la presse locale, le succès avait déferlé sur le jeune Français. Les commandes avaient afflué, la cote du mystérieux peintre qui refusait toute interview n'avait alors cessé de grimper, d'exploser. On parlait d'une toile à 19 millions de dollars qu'un nabab saoudien s'était offerte à l'issue d'une expo *outdoor*, dans les prestigieux salons d'un palace hollywoodien.

Dale Tylon avait épousé Monika.

Ce fut la période faste. Un indéniable succès. Ce fut la première interview pour *Time Magazine* sous la pression de son agent.

Ce fut l'année « Dale Tylon ».

Mais ce fut aussi l'année de la disparition de Monika. L'année d'une descente aux enfers pour le jeune peintre. La dépression. Le trou.

L'homme, face à ses réalités, loin du strass hollywoodien qui l'avait aveuglé, avait subitement sombré dans l'interminable et désastreuse spirale de sa décomposition existentielle...

Mouvement 29

Les caveaux de famille

Juillet 2023, Los Angeles/Silver Lake.

Le corps avait séjourné dans un environnement sec, clos, et avait donc été épargné par les divers prédateurs et charognards. Il avait bénéficié d'une conservation optimale.

La peau parcheminée qui recouvrait la totalité du squelette retenait les os des membres supérieurs, le tout encore enveloppé par la tenue vestimentaire que portait la victime au moment de sa mort. Un pantalon en daim, un minuscule boléro d'hermine. Étrange amalgame que celui du cuir animal et humain. Le cadavre était positionné au sol, sur la dalle métallique du box de stockage.

Le capitaine Jeffrey alluma un cigarillo et grogna dans sa barbe :

— Putain de merdier ! Hein, Johnson ? On cuit là-dedans…

L'inspecteur fit mine de ne pas l'entendre et se pencha sur la momie.

Les experts de la police scientifique grouillaient dans le périmètre de la zone sécurisée et se déplaçaient avec lenteur, comme si tous les pas qu'ils effectuaient allaient être passés au spectromètre de masse, comme si chaque geste qu'ils accomplissaient était ralenti par la chaleur écrasante.

Jeffrey se frotta le ventre du plat de la main, éructa, puis éjecta sa cigarette à l'extérieur du container d'acier dans lequel avait été découvert le corps par le loueur de box.

— Bon, je vous laisse vous occuper de... de ce machin, là, fit-il en désignant le cadavre desséché, mettez-vous au turbin immédiatement. Vous passerez à mon bureau en fin de journée... Je dois récupérer la petite à la sortie de l'école et la ramener à sa mère, jusqu'à Mulholland Drive...

Mark Johnson acquiesça d'un signe de tête en regardant s'éloigner le ventripotent capitaine. Il se tourna face à l'un des types de la scientifique et lui demanda :

— Vous avez trouvé quelque chose d'intéressant, vous ?

L'enquêteur l'observa sans dire un mot, puis il s'accroupit devant la dépouille en ordonnant au jeune inspecteur de l'imiter. Leurs combinaisons Tyvek se mirent à gémir dans un bruit de papier froissé.

— Vous m'aidez à le retourner, inspecteur Johnson ? Nous pourrons peut-être déterminer certaines choses, les éléments se conservent mieux sous le corps...

Ils firent rouler la dépouille sur elle-même qui produisit de petits craquements secs. Les premières constatations permirent d'évaluer les circonstances qui pourraient bien avoir conduit la victime à la mort. Le lobe frontal avait été fracassé à l'aide d'un objet lourd, absent lui-même de la scène de crime. Mais, ce qui attirait le regard des deux flics n'était pas les mains liées du macchabée, ce n'était pas tant le fait que la victime soit une femme, ni qu'elle porte autour du cou une étrange amulette, mais plutôt le fait que sa cage thoracique ait été ouverte du pubis jusqu'au point supérieur du thorax. Enfin, le dernier élément pour le moins étrange était que la victime avait été entièrement vidée de ses organes.

— Waouh ! C'est quoi ça ? lança Johnson.

Silence.

Ils pouvaient entendre le bruissement de la cité des anges qui palpitait à l'extérieur, L.A. prise dans la folie de son quotidien urbain, dans la toile d'araignée de son trafic routier. Los Angeles s'éveillait à peine, émergeant de sa gangue nocturne.

— Elle a été vidée ! On l'a tuée, puis on l'a vidée comme un poisson..., affirma le jeune expert en grimaçant.

— Vous avez une idée de ce que ça représente ? Vous pensez à un meurtre rituel ? Un trafic d'organes ? D'après vous, c'est quoi ce merdier ?

— Je sais pas, marmonna le scientifique en désignant l'intérieur de la cavité béante, regardez-moi ce travail ! Même un boucher découpe mieux ses pièces de viande...

Johnson se pencha, puis il approcha son visage près du trou noir qui renfermait autrefois les entrailles du cadavre.

Le technicien pointa de l'index un segment organique, tubulaire, sec et dur.

— Regardez, voilà comment le cœur a été retiré... il a presque été arraché... On croirait que le type a travaillé avec des outils de mécanicien ! Ce que vous voyez, c'est l'aorte thoracique... C'est insensé !

— Merde ! On lui a retiré les organes...

Le technicien haussa les épaules. Johnson allongea le trait de sa logique :

— Mais si le tueur ne s'est pas préoccupé de faire ça proprement, c'est donc qu'il ne comptait pas les exploiter, ces organes... Il ne s'agit donc pas d'un meurtre lié au trafic d'organes.

Le scientifique garda le silence.

Une rafale de vent vint soudain s'écraser sur la surface métallique du container. Bientôt, les rayons du soleil allaient venir lécher les parois et surchauffer l'intérieur du box. Processus élémentaire qui avait amené le corps à sa totale dessiccation.

— Il s'agit d'une femme... il suffit d'observer la taille du bassin qui se trouve être assez large... À mon avis, vu l'environnement, vu la période, le climat, l'étanchéité parfaite du box, pour moi, le corps est enfermé depuis au moins douze mois, peut-être plus...

— Et pour la blessure ?

— C'est ce qui a provoqué la mort. Un traumatisme crânien sévère apparemment, vu la lésion osseuse. En tout cas, le choc a provoqué une commotion cérébrale très grave et irréversible...

— Avec quel outil selon vous ?

— Un objet lourd, contondant, classique, quoi... peut-être une barre de fer, un outil du genre marteau arrache-clou, ou une grosse clé anglaise... j'en sais pas plus.

À l'extérieur, L.A. venait de s'éveiller dans le bruit et le tumulte, palpitant au rythme des concerts de klaxons et du chuintement mécanique de son flot de véhicules.

— Est-ce que... Est-ce qu'elle a été tuée ici, dans ce box ?

Un second enquêteur de la cellule scientifique s'approcha alors des deux hommes et précisa :

— Ça ne s'est pas déroulé ici, il n'y a aucune trace, rien ! On a tout passé au luminol. Pas de sang. Pas de traces de détergeant, donc aucune chance pour que le meurtrier ait aseptisé la scène de crime… On va tout de même balayer les lieux avec le Polilight.

Une lueur fendit la conscience de Johnson.

— Le meurtrier s'est donc servi de cet endroit uniquement pour stocker le corps… Il voulait le faire disparaître, mais pas complètement… C'est comme s'il avait voulu le cacher juste pour quelque temps.

— On pourrait avoir affaire à un fétichiste… On se rapproche effectivement du scénario d'un meurtre rituel, le schéma peut tenir la route. Il pourrait s'agir d'un rite funéraire amérindien, un truc dans ce genre… vu l'amulette autour du cou, il me semble qu'il s'agit d'un bijou tongva…

Johnson se planta à l'entrée du box, avala une énorme bouffée d'air frais et scruta la mégapole qui s'étendait à perte de vue, engloutie sous son épais manteau de pollution grisonnante. Le parc de containers se déployait sous ses yeux. Interminable. Gigantesque. Les couleurs de leurs parois luisaient comme un tapis de champignons vénéneux. Vert. Bleu. Rouge. Rouille. L'énorme numéro, inscrit à la peinture blanche sur leurs flancs, permettait d'identifier les monstres de métal tels les caveaux dans l'allée d'un cimetière. Fantomatiques, les box catapultaient les reflets mordorés du soleil dans le matin naissant, immobiles, colossaux, comme les tombeaux fragiles qui renfermaient encore les secrets ancestraux des pharaons de l'ancienne Égypte.

— D'après vous, Miguel, combien peut-il y avoir de box semblables à celui-ci dans ce parc ? demanda Johnson, toujours en scrutant la colonie métallique.

— J'en sais rien, inspecteur Johnson, cent, cent vingt, peut-être même cent cinquante...

Le scientifique vint alors le rejoindre à l'entrée du container, avalant lui aussi une bouffée d'air. Leurs combinaisons immaculées absorbèrent alors à cet instant-là toute l'incandescence de l'astre qui se levait sur l'horizon enflammé, se teintant d'une couleur miel. Le jour était levé. Lumineux. Un matin comme tous les matins américains. Un jour de plus dans le gigantisme de l'existence humaine.

Johnson scruta longuement les numéros peints sur les containers, acquiesça alors de la tête, comme si l'aube naissante venait de lui apporter une réponse fondamentale, puis il s'empara de son téléphone portable.

À l'autre bout de la ligne, une voix fatiguée lui répondit et Johnson prit le ton d'un type affolé :

— Scott ? Rassemble très vite une équipe et rejoins-moi sur le parc de location de containers, celui qui se trouve près de Silver Lake, pas très loin du grand réservoir... c'est très urgent !

— *Quoi ? On nous a signalé un seul homicide, Johnson, pas douze !*

— Fais ce que je te dis ! Envoie-moi tous les hommes disponibles... et trouve-moi le propriétaire de ce putain de parc !

Lorsqu'il raccrocha, Johnson ôta le capuchon de sa combinaison et passa sa main sur son crâne ras. À ses côtés, Miguel l'observait, intrigué.

— Vous faites bouger l'équipe entière, inspecteur ? Vous voulez vraiment que le capitaine Jeffrey vous arrache la tête ? Qu'est-ce qui vous prend, on est six sur les lieux, c'est amplement suffisant pour un homicide, non ?

— Je vous le concède bien volontiers...

L'autre ôta à son tour son capuchon.

— Alors pourquoi faire déplacer la cavalerie ?

— Parce que j'ai décidé de faire ouvrir toutes ces saloperies de tombes en acier ! J'ai comme l'impression qu'on vient de tomber sur des caveaux de famille...

Mouvement 30

Quarante minutes de pur calvaire

Juillet 2023, Lyon (France).

Le goût du sang dans sa bouche ? Était-ce là la seule saveur qu'il avait aimée toute sa vie durant ? Pas uniquement. Il y avait aussi eu le goût des chairs gagnées dans la souffrance...

Isaak se demandait toujours ce qui avait bien pu se produire à ce moment-là ? À ce moment précis où il avait enfin compris quel était le sens profond de son existence, le pourquoi de sa mission sur Terre. Qu'est-ce qui l'avait conduit jusqu'ici ? Était-ce son frère Grisha, ce frère qu'il n'avait jamais connu ? Isaak Kavarov gardait constamment l'esprit torturé sur cette dernière question à laquelle, malheureusement, il n'avait aucune réponse...

Dans la frêle lueur du jour naissant qu'il regardait enfler, il devina le crépuscule de sa vie. Les yeux dans le vague, submergé par un sentiment de regret, par le remords, la culpabilité même, il frissonna et se questionna. Était-ce un crime que d'avoir dû vivre avec ce besoin de tuer ? Aujourd'hui, ce goût de la chair n'était plus le même. Du haut de ses soixante-cinq années d'existence, il contemplait ce qu'avait été sa vie.

Il songea à son père, à sa mère, au court passage de son frère Grisha sur cette Terre, et il réalisa enfin que tout était éphémère, absolument tout... la vie, les hommes, et même l'amour. Surtout l'amour...

*

La pupille se dilata et il se mit à suffoquer. Il faisait chaud. Il ne savait même pas où il se trouvait. Il reprenait lentement conscience à mesure que sa rétine imprimait la puissante source de lumière diffusée par le plafonnier.

De l'eau coulait d'un robinet. Son corps était entièrement nu. Sa conscience s'étageait peu à peu en fonction des derniers évènements dont il se souvenait, bien avant qu'il ne se retrouve dans cette étrange posture. Quelque chose d'effroyable s'insinuait peu à peu au cœur de son esprit, une sensation bien plus horrible que celle de ne pas savoir dans quel piège on avait bien pu le faire tomber... un pressentiment bien plus infernal.

Arno Van Weddingen constata qu'un bâillon fortement serré l'empêchait de hurler, que ses mains, solidement attachées dans son dos, étaient liées par un énorme collier Rilsan qui s'enfonçait douloureusement dans la peau de ses poignets.

L'odeur. Forte. Des effluves insistants flottaient dans la pièce. Quelle était cette étrange sensation prémonitoire ?

La baignoire qui se trouvait devant lui répondit à son ultime interrogation, juste à l'instant où l'individu aux longs couteaux pénétra dans la pièce, au moment même où l'eau du bain se mit à frémir...

Kavarov s'avança.

Les bras dans le dos, Arno Van Weddingen était immobile sur le lit, pétrifié par la terreur. Kavarov l'observa et il vit alors défiler les visages de celles et ceux qui lui avaient offert leurs chairs, les délices de leurs corps. Il se délecta de ces instants de réminiscences gustatives qui avaient, voilà quelques années plus tôt, emporté son palais dans une extrême jouissance que même le sexe ne lui avait jamais procurée. À ses yeux, le corps humain restait la plus belle œuvre d'art ; selon lui, le corps humain était l'ébauche inachevée d'un chef-d'œuvre délaissé par Dieu...

*

— Alors, ça y est... tu es réveillé ? Tu pisses un peu le sang, mais rien de grave... nous n'en avons pas pour longtemps.

La voix, rauque, avait cisaillé son cerveau encore embrumé par le neurotoxique. Elle était venue ébranler sa conscience vacillante, juste au sortir de son étrange cauchemar.

Les images percutèrent son esprit et le remirent en phase avec le présent. Onze années ! Onze années à répéter les mêmes gestes, soumis, confiné dans une cellule de béton, froide et sombre.

Les images se bousculaient sous son crâne.

Il revit les molosses du bloc 10, ceux du bâtiment A : les « DPS ». Les vieilles douleurs de sa première raclée, de son premier coup de couteau et de sa première sodomie s'éveillèrent soudain. Il se souvint de l'embuscade, du piège dans lequel il était lourdement tombé, ce piège que lui avaient tendu les quatre gars qui bossaient à la menuiserie avec lui, ce guet-apens que bon nombre de détenus réservent aux violeurs et pédophiles enfermés avec eux.

Il se remémora ce jour : ce moment où il descendait le grand escalier qui menait à la buanderie. Il allait prendre son service à la blanchisserie ce jour-là, lorsque Max et Dany le Fou, qui le précédaient, se retournèrent et le ceinturèrent. Cyclope et Gomez déboulèrent de sa gauche, sortant tous deux d'un réduit de stockage. Ils le bousculèrent violemment et le firent chuter face contre sol, puis ils le traînèrent jusque dans le local à linge. La voix du borgne résonnait encore aujourd'hui sous son crâne : *« Allez, viens ma petite pute, on va te protéger... tu vas voir, tu vas nous aimer toute ta vie ! Il faut qu'on en profite, des pointeurs comme toi, y en a pas souvent... »*

Sa dernière pensée – avant que ne se déversent sur lui et *en lui* un feu immonde et un bombardement atroce de douleurs indescriptibles – fut de remercier la Providence d'avoir avalé une énorme quantité de comprimés quelques instants plus tôt. Une demi-douzaine de puissants analgésiques lui avaient permis d'encaisser les coups. Les comprimés lui avaient permis d'absorber la douleur du viol, de supporter l'incessant cyclone qui l'avait ravagé et lui avait fait perdre la dignité humaine.

Quarante minutes de pur calvaire étaient alors venues arracher le peu d'humanité qu'il restait à Weddingen.

La voix de l'homme aux longs couteaux vint définitivement l'extraire de son cauchemar. Il refit surface, et les mots, teintés d'un incroyable accent slave, vinrent s'enrouler autour de sa cervelle comme pour mieux l'essorer, en extraire tous ses souvenirs, même les plus hideux :

— Alors, ordure... quel effet ça te fait de savoir que je vais me servir tes couilles et ta queue au repas de ce soir ?

Mouvement 31

Box 337

Juillet 2023, Los Angeles/Silver Lake.

— Johnson... je suis l'inspecteur Mark Johnson, de la police criminelle du comté. Puis-je ? demanda le flic en désignant un siège devant le bureau.

Le loueur l'observa en acquiesçant d'un signe de tête. Il jeta sa veste en peau de boa sur le dossier du fauteuil et s'installa au creux de celui-ci. Son bureau avait été aménagé dans un container situé à l'entrée du parc de location. Il y régnait une odeur de synthèse, un désodorisant à la cannelle. Il faisait bon. Frais. La climatisation tournait dans un discret ronronnement.

— Bordel de merde ! Si on m'avait dit qu'on retrouverait un jour un macchabée dans mes box... Et vous, vous pouvez m'expliquer pourquoi vous avez fini par faire fermer entièrement le parc ? Vous pouvez me dire aussi pourquoi il y a autant de flics sur ce fichu terrain ?

Johnson scruta le patron du parc qui se tenait devant lui : un Latino-Américain, mi-golden boy, mi-rasta. Il arborait une barbiche grisonnante et une longue chevelure agrémentée de dreadlocks. Il avait la peau cuivrée, très mate. Un regard gris. Des pupilles d'acier. Il portait une élégante chemise, blanche, ouverte jusqu'au plexus et un gilet de coton noir.

— Monsieur Lopez... c'est un peu compliqué, là. Il va nous falloir tous vos registres de facturations, ainsi que tous les noms de vos clients, tous les locataires qui sont venus chez vous pour louer ces espaces...

— Quoi ? Vous rigolez, j'espère ? Vous savez depuis quand je suis ici ?

— Monsieur Lopez... si vous avez loué des box sans factures, il va aussi falloir m'en parler, vous comprenez ?

— Comment ça ? Vous êtes sérieux, là ? Des locations *au black*, c'est ce que vous voulez dire ? dit-il en pouffant de rire comme un gosse, surpris lui-même de son jeu de mots...

— Je vois que vous ne manquez pas d'humour, monsieur Lopez. J'espère que de votre côté tout est en ordre sur le plan de l'état civil... J'apprécie le fait que ma couleur de peau puisse vous inspirer mais là, je n'ai pas très envie de rire. Un cadavre a été retrouvé sur votre propriété et, apparemment, le box dans lequel il a été découvert a été loué voilà plus d'un an...

— Bah ouais... j'ai des clients qui louent sur une période d'un an, parfois deux, voire plus...

— C'est justement ce qui m'intéresse... ces locataires-là, ceux qui ont réservé pour de longues durées. Il faut me retrouver le locataire du box 337, vous pouvez faire ça ? Vous disposez des registres ?

L'autre se tortilla sur son siège, une grimace sur le visage en guise de réponse.

Le flic fronça un sourcil.

— Quoi ? Qu'est-ce qu'il y a ? Ne me dites pas que vous l'avez loué sans facture, celui-ci ? Dites-moi que vous avez un nom...

Pendant quelques secondes, Johnson n'eut pour réponse que le bourdonnement de la climatisation.

— En fait... pour tout dire, voilà à peu près dix-huit mois, j'ai été contacté par un mystérieux client qui voulait louer des box...

— Un mystérieux client ? Dites-m'en plus... c'est-à-dire ?

Lopez haussa les épaules en ricanant.

— Qu'est-ce que vous voulez que je vous dise de plus ? J'ai été contacté par téléphone, j'ai reçu des instructions et voilà. Le client, une espèce de société d'import-export, je crois, a voulu réserver pour une période minimum de deux ans, réglée d'avance et...

— Et ?

— ... payée en cash, par enveloppe déposée anonymement dans ma boîte...

Il y eut un long flottement. Johnson resta silencieux. Il scrutait le rasta d'un œil torve et mourait d'envie de l'étrangler. L'autre haussa les épaules en tendant les mains devant lui, les paumes en l'air.

— Quoi ? C'est pas un crime, que je sache, à partir du moment où on me paye rubis sur l'ongle, et si je peux de temps en temps éviter la paperasse...

— Vous avez tout de même eu un contact physique, non ? Ne serait-ce que pour remettre les clés et les codes des containers, pour donner des instructions...

— Oh ! Vous savez, ici ça va et ça vient... une fois les locations payées, je ne m'occupe plus de celui qui m'a remis le chèque ou l'oseille, les box deviennent des numéros que je pointe ici, sur le tableau que vous voyez au mur, fit-il en indiquant la paroi d'acier derrière le flic sur laquelle trônait un tableau Velleda, puis quand le temps de location est imparti, je change le code du box… mais ensuite tout est archivé sur le disque dur de l'ordinateur. Et puis, certains clients louent leur box en passant par le site internet.

— Expliquez-moi un peu ça…

— Que je vous explique quoi ?

— Ce truc, là… de modifier les codes.

Lopez se leva en fermant un bouton de sa chemise. Il tapota contre l'écran du programmateur de la climatisation, puis se dirigea droit vers le tableau Velleda sur lequel s'étalait une grille encombrée de dates et de numéros.

— Vous voyez ce tableau ?

Johnson hocha la tête, agacé.

— Bon, par exemple… le box 337, vous voyez, il est pointé « occupé » jusqu'en janvier 2024, ainsi que le 330, le 334, le 335 et le 336… lorsqu'on sera en janvier 2024, je changerai les codes de verrouillage pour m'assurer que le locataire ne se sert plus de mon box, et aussi pour qu'il prenne contact avec moi pour prolonger son contrat ou récupérer ses biens… mais ça, c'est juste pour moi, la même chose est archivée sur le serveur qui héberge mon site internet.

Une lueur s'était éclairée dans les yeux du flic.

— Toute cette suite de box a-t-elle été louée par le même…

— Par le même locataire ? Oui… par cette mystérieuse société d'import-export…

Johnson leva son index au moment où Lopez allait ouvrir la bouche, composa un numéro sur son portable et patienta.

Tonalité. Puis une voix essoufflée répondit :

— Allô, Rick Carter à l'appareil... j'écoute...

— Ici Johnson... Vous en êtes où ?

— On n'a rien ! Il nous reste encore à ouvrir toute la série de box qui longe l'avenue...

— Laissez tomber ! lâcha froidement Johnson.

Il y eut un silence. Puis la voix de Carter revint :

— C'est une blague, inspecteur Johnson ? C'est tout de même ridicule d'avoir fait ouvrir la moitié des containers du parc, pour ne pas s'occuper de la partie restante...

— Je vais juste vous faciliter la tâche. Vous avez de quoi noter ?

— Oui, allez-y...

— Box 330, 334, 335, 336... Vérifiez-moi cette suite de containers immédiatement !

— OK, on se charge de ça...

— Prévenez aussi la scientifique et prenez toutes les précautions nécessaires... je vous rejoins.

Lopez fit mine d'applaudir, un sourire niais collé aux lèvres. Johnson le dévisagea puis ouvrit enfin la porte du conteneur-bureau, laissant pénétrer à l'intérieur une lumière irradiante.

Un soleil nucléaire grillait la ville. Johnson contempla la braise céleste suspendue à la verticale de son crâne et imagina le pire.

Sous le feu du ciel californien, quelqu'un avait fait de ces containers la sépulture de ses victimes.

Mouvement 32

La genèse du mal

Juillet 2023, Alpes françaises.

Il avait fallu onze ans.

Onze longues années s'étaient écoulées depuis le début des négociations, une décennie entière pour que décède le propriétaire de l'exploitation agricole sur laquelle allait s'étendre la colossale architecture d'un complexe hôtelier ; une oasis pour touristes opulents, bâtie par un tentaculaire et puissant groupe financier qatari. Les héritiers avaient cédé. Les médias évoquaient la plus grosse transaction immobilière jamais réalisée en France. On parlait de plusieurs centaines de millions d'euros.

Les investisseurs avaient reniflé les opportunités financières, jaugé les éventuelles transformations que pouvait subir une partie du terrain alentour : une vaste propriété qui s'étendait sur des hectares, à perte de vue. Ils avaient également calculé l'aménagement des versants en pistes skiables, ainsi que la possibilité de procéder à des connexions de remontées mécaniques avec les installations déjà existantes. Toute la presse européenne en avait parlé. Le brassage médiatique de l'affaire avait occupé les esprits pendant de longues semaines. Les principales émissions télévisées qui chroniquaient l'actualité économique du pays n'avaient eu de cesse de mettre le sujet en lumière.

Constamment.

La photographie de la propriété avait fait le tour de l'Europe, à la une de tous les journaux spécialisés et les quotidiens locaux.

Ce fut ce jour-là qu'un spasme parcourut l'échine de Melvin Meideiros. Le médium vit, pour la première fois, la représentation physique du rêve qui le hantait depuis onze ans. Ce rêve qui le torturait depuis la disparition de Sohan Ordell.

L'affaire Kavarov refit surface dans son esprit, l'ogre de Rostov, celui qui avait laissé derrière lui un sillage de sang.

La photo du lieu, tant de fois diffusée dans les médias, l'avait interpellé. Le cliché de ce corps de ferme gigantesque, ce sentier de cailloux, ce silo à grains dans lequel avait été retrouvée la femme du flic, ce chêne robuste et imposant ; la photo était là, sur l'écran de sa télévision, révélant l'empreinte d'une vérité qu'il allait falloir régurgiter comme un mauvais repas...

*

Le sol était froid et boueux.

Les restes du corps furent lentement retirés de terre, fragment après fragment.

Les ossements de Sohan Ordell s'étalaient au grand jour, reconstituant un squelette à peu près complet.

L'escadron de techniciens rattachés à la cellule de l'identification criminelle semblait vrombir autour de la découverte, comme une nuée de mouches nécrophages arrivées sur les lieux onze ans trop tard.

Attristé, Melvin observait l'équipe qui s'affairait. Derrière le volant de cuir de son Range Rover, il se remémora cette étrange soirée, ce fatal soir où Sohan Ordell était monté à bord du véhicule de Carcassonne à l'issue du fiasco de l'opération. Les coups de feu claquaient encore dans sa mémoire, se diluant dans cette nuit d'encre, froide et humide. Les gyrophares tournoyants qui se mêlaient aux éclairs de foudre, l'orage qui s'abattait dans la ruelle, le sang sur le bitume mêlé aux débris de verre semblable à des millions de rubis éparpillés. Il revit Sohan Ordell, son flingue braqué sur Isaak Kavarov. Et le capitaine Carcassonne, de cette voix grave et nasillarde, qui ordonnait à Ordell de faire évacuer le RAID et de mettre un terme à l'opération. Il revit Sohan Ordell grimper à bord du véhicule de Carcassonne, puis il se souvint du chauffeur qui avait aussitôt démarré pour disparaître dans cette nuit d'onyx.

Après ça, il n'entendit plus jamais parler de Sohan Ordell.

À la suite de cette désastreuse intervention de police, Melvin abandonna sa collaboration avec la cellule criminelle et tous liens avec le ministère de l'Intérieur. Quelques années après, il entreprit de diriger des travaux dans le secteur scientifique ; un département spécial qui étudiait le comportement humain lors du sommeil en phase paradoxale. Il collabora avec un centre d'étude en onirologie, encadrant plusieurs jeunes étudiants, futurs neurologues, qui établissaient leurs thèses sur l'activité cérébrale et la production du rêve prémonitoire chez certains sujets. Malgré tout, il oublia peu à peu la tragédie de l'affaire Kavarov. Outre la rémanence de ce songe qui l'avait hanté, ce rêve qui avait marqué l'emplacement du cadavre de Sohan Ordell, malgré l'insistance de ses flashes qui l'avaient forcé à croire que le capitaine Carcassonne était le seul coupable, Melvin ne put jamais faire rouvrir le dossier. L'intrigue subsista, inviolable, hermétique.

Et ce jour, onze ans plus tard, on remontait Sohan Ordell de terre, exhumant peut-être avec lui toutes les ordures et la merde avec lesquelles il avait été enterré.

La photo dans le journal avait sorti Melvin Meideiros de son questionnement. La réponse avait surgi, limpide, comme illuminée par l'évidence. Il avait enfin eu la confirmation que la torture du rêve qui l'avait habité, que cet épais chêne sur le bord du sentier, proche de ce silo à grains, n'était pas le fruit d'un traumatisme qui avait imprimé son cerveau. Il s'agissait bel et bien de l'emplacement où se situait le corps de Sohan Ordell. Il avait fallu cette transaction immobilière, cette photo, ce battage médiatique, pour que la vérité éclate enfin...

Sohan Ordell. Enterré sous un chêne.

Le tombeau venait de libérer les fantômes et les monstres du passé. Mais il était évident qu'Isaak Kavarov était toujours en liberté, impuni de ses crimes. Quant à Carcassonne, le doute demeurait. Était-il le meurtrier de Sohan Ordell ? Une envie soudaine de brasser toute cette misère noire tenailla le médium. Oui, la photo avait parlé, *lui avait parlé*. C'était aussi la raison pour laquelle il avait contacté les autorités et désigné l'emplacement où reposaient les restes du flic disparu.

Derrière son pare-brise, Melvin se crispa. Ses doigts se resserrèrent autour du volant et il serra les dents très fort. Ce qu'il vit devant lui le bouleversa : à quelques pas d'où il se tenait, un gars de l'équipe scientifique déposa délicatement sur une bâche plastique le crâne et la mandibule qu'il tenait entre ses mains.

Melvin descendit alors de son véhicule en ajustant son badge, puis il se dirigea vers la fosse, cette tombe qui allait le ramener à l'aube de ses 45 ans. Melvin était loin d'imaginer qu'avoir retrouvé Sohan Ordell allait rouvrir des blessures douloureuses et le ramener à la genèse du mal.

Il venait de retrouver Sohan Ordell. Il ne lui restait plus qu'à lui demander *qui* l'avait mis dans ce trou, et *pourquoi*...

Mouvement 33

Dans la danse du diable

Juillet 2023, Lyon (France).

Une désagréable nausée empêcha Arno Van Weddingen de prendre la parole. L'homme à la machette et à l'accent slave ne le laissa pas reprendre son souffle :

— Alors… comment tu te sens, vieille ordure, hein ? Tu dois ressentir tout le poids des années peser sur tes épaules, non ? Et aussi l'odeur, hein ? Tu dois sentir se dégager de toi cette vieille odeur du mitard. Je sais que la taule imprime sur la peau des traces indélébiles, des relents de merde, de sueur, de sexe et de peur…

Weddingen ouvrit grand les yeux. Dans le fond de la chambre, il distingua une grande baignoire, ainsi que des bougies qui se consumaient sur son pourtour.

Nu sur le lit, bâillonné, il n'arrivait pas à saisir le sens de la situation. Il ne se rappelait plus comment il s'était débrouillé pour se faire baiser à la manière d'un jeune débutant. Qu'est-ce qu'il foutait à poil sur le pieu d'un déséquilibré ? À quoi allait servir cet infernal mécanisme qu'avait érigé l'inconnu tout autour et *sous* la baignoire ?

L'autre continua, paisible :

— Ça n'a pas été aisé de mettre la main sur toi... Le plus dur a été d'attendre onze ans, d'attendre que tu sortes de taule...

Weddingen émettait d'étranges grognements derrière son bâillon et se tortillait sur le lit pour tenter de cacher son sexe.

— Finalement, nous sommes presque identiques, toi et moi... Aujourd'hui nous avons les mêmes cheveux gris et des rides au coin des yeux. On a fait couler beaucoup de sang et, à la façon d'Attila, on a répandu la terreur partout où l'on passait en prenant la vie...

Weddingen hurla. Un long cri de rage étouffé par le tissu de sa muselière.

— Quoi ? Qu'est-ce qui te prend, mon pote ? Tu paniques, là, hein ? T'as peur ? Tu trembles à présent que j'évoque le sang, que j'évoque la terreur ?

Weddingen chercha, dans le tréfonds de son crâne, quel avait été le terrible mécanisme qui avait permis à l'inconnu de le faire tomber dans son piège.

Sa sortie de prison ? Trois jours auparavant... la putain qu'il avait dégotée sur la rive droite du quai Gailleton, sur les quais du Rhône, cette traînée qu'il avait tringlée toute la journée durant... L'avait-elle livré ? Qu'y avait-il d'autre ? Les images s'entrechoquaient. Passages rapides de minifilms dans les failles sinueuses de son cerveau ; voix étranglées, sourdes, visages tordus et flous, rires, cris. Il revit le manège décousu de sa fiesta erratique pour célébrer sa liberté retrouvée après onze ans d'enfermement, onze ans de douleur dans un univers de noirceur, un univers dans lequel il avait laissé sa virginité et toute trace d'humanité. Oui, c'était cela, ça lui revenait peu à peu, il avait fait la connaissance d'un homme, alors qu'il était à moitié assommé par les tranquillisants et l'alcool qu'il avait absorbés depuis sa sortie. Il l'avait rencontré dans cette beuverie, dans ce pub lyonnais du quartier des Terreaux...

— Je sais que tu flippes... c'est légitime. Tu te poses des questions : qui est ce connard qui me séquestre ? Qu'est-ce que c'est que cette installation tout autour de la baignoire ? Que me veut ce type ? Et tu as raison de paniquer, mon gars... Lorsque je te disais qu'on était presque identiques, c'est vrai, à part sur un point : moi, je ne suis pas une saloperie de violeur et je ne déflore pas les morts ! termina l'homme en molestant le visage de Weddingen qui marmonnait, les yeux écarquillés.

— C'est vrai aussi que je vais bouffer ta queue..., continua-t-il en ricanant et en caressant le fil tranchant de sa machette.

Hurlements jugulés par le bâillon. Larmes. Weddingen, cramoisi, suppliait son bourreau par un concert de borborygmes étouffés.

— Mais d'abord, nous allons discuter. J'ai deux ou trois questions d'ordre privé à te poser. Alors voilà, je vais te retirer ta muselière... Si jamais tu t'avisais de brailler, je te promets que tu m'imploreras pour que je mette un terme à ta souffrance...

Weddingen visualisa le soir de sa beuverie. Il revit l'homme entrer en contact avec lui, lui parler avec de grands gestes, refaire le monde autour d'une quantité industrielle de vodka qu'il n'arrêtait pas de faire couler dans son verre. Il s'était fait piéger. Saoulé, probablement drogué, il s'était fait baiser comme un bleu.

— N'oublie pas..., continua l'inconnu, au moindre cri, la serpe que tu vois là te sectionnera la tête bien avant que tu n'aies fini de hurler... on est bien d'accord ?

Les doigts ridés et noueux du type se mirent à courir le long de la lame, pendant que Weddingen acquiesçait d'un signe de tête.

La main s'approcha. Une main épaisse. Des doigts à la peau parcheminée arrachèrent le bâillon de celui qui, quelques jours plus tôt, se trouvait encore dans un centre pénitentiaire de haute sécurité depuis huit ans. Les trois premières années, passées dans l'unité psychiatrique d'un hôpital sécurisé, ne lui avaient pas vraiment réussi. Après avoir sauvagement agressé le médecin chef, plusieurs tentatives de suicide, le collège d'experts qui avait été commissionné et avait au préalable enquêté sur Arno Van Weddingen avait finalement jugé que son état psychique ne représentait aucune forme de cas pathologique. Le sujet avait tout simplement simulé son état au cours des divers entretiens avec les enquêteurs et les psychiatres. Arno Van Weddingen fut alors transféré en QHS et enfermé pour purger le restant de sa peine.

À son tour, il se retrouvait nu, présentant son intimité à un type déjanté qui le menaçait d'une lame effilée.

À l'instant même où ses lèvres purent enfin se desceller, il se souvint du conseil que lui avait donné l'homme à la machette. Néanmoins, il ne put s'empêcher de laisser aller sa colère d'une voix grave et nasillarde.

— Putain... Mais t'es qui, toi ? Qu'est-ce que tu m'veux ? Tu veux quoi ? Du blé ?

Assis à genoux sur le lit, les jambes serrées pour dissimuler son sexe flasque, Weddingen s'agitait.

L'autre l'observa attentivement, un frêle sourire au coin des lèvres, une lueur métallique embrasant le fond de ses pupilles. Près d'eux, l'eau dans la baignoire commençait à produire des bulles en dégageant une fine nappe de vapeur. L'homme à la machette s'assit alors calmement sur le bord du lit, toujours en dévisageant Weddingen.

— Je sais que ça peut te paraître fou, tout ça, mais... tu es pourtant bien dans la réalité...

— Putain ! T'es qui ? Détache-moi... tu es le père d'une petite merdeuse, c'est ça ?

— Je suis ton reflet le plus profond... je suis tous tes démons à la fois, je suis même le diable, si tu le désires. Considère-moi comme tel car le voyage que je m'apprête à t'offrir est sans retour. Je me prépare à t'envoyer au cœur du purgatoire, afin que tu aies une idée de ce qu'est la souffrance des autres, que ton châtiment soit à la hauteur de l'acte que tu as commis. Tu vas pouvoir enfin concevoir ce qu'est la douleur...

Weddingen le scrutait, bouche ouverte, les yeux ronds. Une fois sorti de sa surprise, il rétorqua :

— Écoute-moi bien, je me suis cogné onze ans de trou, je me suis fait taper dans l'cul plus d'une fois, on m'a camé avec des drogues qui auraient fait jouir les junkies les plus endurcis, alors viens pas me la faire à l'envers avec tes embrouilles ! Dis-moi ce qui ne va pas chez toi et si on peut, on essaie de s'arranger...

Il y eut quelques secondes de flottement.

Les bulles crevèrent la surface de l'eau, la nappe de vapeur monta du bain comme un spectre tourmenté puis, brusquement, le type au couteau se jeta sur Weddingen et le plaqua sur le lit. Il lui écrasa violemment le visage sur l'un des oreillers, appuya la lame tranchante de la machette sur sa gorge et hurla près de son oreille en libérant une pluie de postillons :

— Ne prends plus jamais ce ton avec moi... jamais plus ! Je suis venu pour prendre ta vie, Weddingen, je suis venu pour laver la souillure que tu as laissée sur un être qui a compté pour moi... Tu vas maintenant pouvoir entrer dans la véritable danse du diable, te mesurer à la véritable justice de l'Homme...

Weddingen resta tétanisé. Un filet de sang s'échappait de l'infime entaille qu'avait laissée la lame sur sa gorge.

— Je suis venu pour faire en sorte que ta mort soit une honte, une humiliation. Tu vas comprendre le sens du mot « maléfique »...

— Alors vas-y, découpe-moi si tu as des couilles... mais fais vite ! rétorqua l'autre.

— Je crois que tu n'as pas bien compris...

Les mains liées dans le dos, Weddingen tentait de faire sauter les colliers Rilsan qui entravaient ses poignets.

L'homme se leva, fit quelques pas, se pencha sur la baignoire et ôta lentement les plaques d'acier qui ceinturaient celle-ci. L'installation fit frémir Weddingen. Pour la première fois, il ressentit de l'effroi. Il se pissa dessus et inonda le matelas du lit. Il frissonna au moment où tout bascula, au moment où son cerveau imbriqua les éléments nécessaires à la compréhension de ce que ses rétines imprimaient…

Sous la baignoire, deux grosses plaques de cuisson à gaz équipées de quatre feux chacune, de style professionnel, avaient été installées l'une à côté de l'autre. Celles-ci étaient reliées par deux tuyaux souples à deux bouteilles de gaz butane placées dans un petit placard tout proche. Les flammes bleues léchaient doucement le fond de la baignoire et, depuis plusieurs heures, la fonte surchauffée avait fini par faire bouillir l'eau du bain.

— C'est bien… je vois que tu viens de comprendre, que tu viens de réaliser que je possède bien une paire de couilles mais que je ne veux pas te crever rapidement. Tu vas d'abord sentir l'aiguille qui va pénétrer sous ta peau et le liquide que je vais t'injecter, ensuite, le fluide va se mêler à ton organisme et réduire à néant l'activité électrique de ton système nerveux. Tu ne pourras plus bouger, en quelques minutes tu seras devenu une masse de viande inerte. Tu ne sentiras *quasiment* rien, l'efficacité de tes capteurs sensoriels sera amoindrie, tes effecteurs ne percevront *presque* plus le message de douleur. Tu seras… comme une énorme pièce de viande prête à cuire.

C'est à cet instant que Weddingen se mit à gémir, pleurnichant, se vautrant dans son urine en regardant avec effroi la maudite baignoire où l'eau du bain, bouillonnante, n'en finissait pas de dégager cette vapeur qui emplissait la chambre. L'homme lui apposa de nouveau sa muselière de tissu en serrant très fort. Il tapota ensuite le creux de son bras et lui enfonça une fine aiguille. La seringue se vida et, aussitôt, Arno Van Weddingen sentit monter un flux très chaud, une onde qui déferla au creux de ses entrailles pour enfin venir s'écraser à l'intérieur de son crâne. Étourdissement. Nausée. Vue trouble. Il se sentit alors partir, s'enfoncer au cœur du matelas, sombrer *dans les profondeurs du lit* qui lui semblaient s'ouvrir comme une gueule effroyable. Il vit que son tortionnaire lui souriait. Il eut presque envie de devenir son ami. Béat, il avait l'impression de voler, de voir tournoyer le plafond de la pièce.

Weddingen n'eut pas conscience que les puissants bras de l'inconnu venaient de le soulever et de le porter jusque devant l'immense baignoire.

Avant que l'homme ne le dépose dans l'eau frémissante, Weddingen balbutia lentement, avec peine, comme si ses lèvres pesaient des tonnes :

— Tu es qui, toi, putain ? Dis-moi qui tu es au moins... je veux... je veux savoir avant de crever.

L'homme déposa Weddingen sur un fauteuil de cuir.

— Je te l'ai dit, je suis ton cauchemar... Il y a onze ans, tu as découvert un corps qui venait d'être percuté par un véhicule, sur une route isolée de montagne, tu remets l'histoire ?...

Weddingen plissait les yeux, la tête ballante.

— Ah, oui... peut-être... t'es qui ? Le père ? marmonna-t-il en ricanant.

L'homme à la machette déglutit et serra les mâchoires. Il se précipita sur Weddingen, l'écume aux lèvres, s'arc-boutant sur lui en serrant sa gorge entre ses mains épaisses et encore agiles.

— Espèce de fumier..., hurla-t-il en lui assénant un coup de genou en plein plexus.

La rage fit enfler de grosses veines bleues sur son cou. Surpris par la violence du choc, Weddingen eut une quinte de toux et cracha du sang. Le manque d'oxygène qui empourprait son visage le fit suffoquer.

— Sais-tu au moins qui je suis ? lança l'inconnu d'une voix déformée par la rage. Sais-tu qui est le type qui va te bouillir, qui va te cuire, te découper et se délecter de tes couilles ? Hein ? Non, tu ne le sais pas... mais je vais t'accorder une dernière danse...

Encore sous le choc du coup de genou et à moitié dans les vapes, Weddingen dévisageait son agresseur d'un œil éteint. Le neuroleptique qui lui avait été administré l'aidait à surmonter le pire sur l'échelle de la douleur. Un long filet de sang et de bave s'échappa d'entre ses lèvres tremblantes, puis il balbutia un chapelet de syllabes hachées :

— Pitié... arrête... crève-moi, j'veux pas...

— Tu sais qui je suis ?

— Arrête, j'te dis !

L'inconnu relâcha le cou de Weddingen.

— Sais-tu quel genre d'homme je suis ?

Arno Van Weddingen pleurait, offert, nu, fragile. Sa carapace s'était fendillée à l'instant même où sa mémoire lui avait renvoyé l'image de ce corps inerte, menu, ce corps étendu sur l'asphalte de cette route de montagne, onze ans auparavant.

Alors, la voix de l'homme à la machette, puissante et pénétrante, vint lui asséner le coup de grâce.

— Mon nom est Kavarov... Isaak Kavarov ! Et Clarisse était ma petite amie...

Mouvement 34

La ruche noire

Juillet 2023, Los Angeles/Silver Lake.

La braise céleste qui rôtissait lentement Los Angeles avait décliné un peu. Un petit air tiède s'était mis à souffler, éloignant dans son sillage les exhalaisons fétides qui s'échappaient des gigantesques containers.

Les hommes avaient ouvert les quatre box qu'avait désignés l'inspecteur Johnson. Ils en avaient retiré quatre cadavres desséchés. Mode opératoire identique au premier. Crânes fracassés, abdomens ou parois thoraciques ouvertes, absence d'organes. Corps vides. Creux. Les dépouilles présentaient toutes le même aspect tanné, parcheminé, grillées par l'extrême température qu'avaient dégagée les cercueils de métal. Grâce à l'hygrométrie quasi nulle et à la chaleur, les corps s'étaient déshydratés, les matières organiques avaient ainsi pu être conservées, se rétractant tout autour de l'os en momifiant la victime. Quatre cadavres supplémentaires venaient s'ajouter à celui du box 337. Cinq victimes au total pour ce qui s'apparentait a priori à des meurtres rituels. Quel genre de dégénéré pouvait bien entreposer des macchabées dans un container ? Un fétichiste ? Un collectionneur ? Un chasseur qui conservait tous ses trophées de chasse, ou s'agissait-il peut-être d'un rituel indien ? Ou alors était-il question de quelque chose de beaucoup plus infernal, de beaucoup plus noir ? Cinq momies sans identité, enfouies au fond de leurs sarcophages d'acier. Qui étaient-elles ? Pourquoi ici, dans ces boîtes de ferraille ?

Les fesses posées sur la Dodge du loueur de box, Mark Johnson scrutait la scène qui se déroulait devant lui. Téléphone à l'oreille, il attendait que veuille bien lui répondre le capitaine Jeffrey afin de l'informer de cette curieuse scène de crime.

À quelques pas, les gars du labo, toute la cavalerie scientifique, ainsi que des agents en civil et en uniforme déambulaient mollement, rompus par la chaleur que le soleil de Los Angeles continuait de bombarder.

À mesure que la tonalité du téléphone résonnait dans le vide, Johnson crut percevoir un chuintement, une sorte de bruissement qui provenait des containers et enflait de plus en plus. L'espace de quelques secondes, il compara les hommes qui s'activaient et ce magma de chuchotements à un essaim d'abeilles, une colonie d'insectes bourdonnants cherchant à accomplir son travail au sein de la ruche. Il compara l'obscurité des box aux alvéoles d'un nid d'abeilles, et les cadavres desséchés qu'ils contenaient aux couvains éclos, à la carcasse vide de l'imago qui avait pris son envol. Le flic se persuada que le monde des hyménoptères avait un sens, lui, un but précis, qu'il avait sa place dans l'univers, qu'il apportait sa contribution au bon fonctionnement de l'écosystème et de notre évolution en tant qu'espèce. Ce qu'il ne comprenait pas, c'était pourquoi un être humain avait tué et gardé les corps de ses victimes. Dans quel but ? Quel sens cela prenait-il ?

Le capitaine Jeffrey répondit enfin d'une voix rêche.

Johnson lui fit part de la situation avec aplomb, comme si désormais la direction de l'enquête lui appartenait. Puis, peu à peu, il oublia la voix du capitaine qui s'étranglait à l'autre bout de la ligne. Il observa le défilé des sacs de polyuréthane qui passait devant lui, chacun porté par deux agents en uniforme. Les cinq linceuls de vinyle noirs disparurent ensuite dans les fourgons des services scientifiques, incrustant une étrange rémanence visuelle sur les rétines du flic.

Les abeilles. La ruche, mouvante et noire. Vrombissante. Les insectes, tout ce peuple grouillant avec un but précis pour leur survie. Ce bouillon de faune rampante et volante percuta les neurones de Johnson. Il rangea alors son téléphone, abandonnant le capitaine Jeffrey qui, à l'autre bout de la ligne, fulminait en maudissant son subordonné. Il venait de se souvenir de ce documentaire télévisé qu'il avait visionné très tard dans la nuit, la semaine précédente. Celui-ci narrait l'organisation militaire et très hiérarchisée des fourmis, leur façon de former leurs colonies qui contenaient jusqu'à plusieurs millions de têtes. Très synthétique, le narrateur avait expliqué comment les fourmis, afin de bénéficier d'une ressource de nourriture en abondance, colonisaient des rangs de pucerons et les réduisaient à l'état d'esclaves pour leur propre élevage. Elles prélevaient ainsi sur le parasite le fameux miellat du puceron, permettant également à l'insecte de bénéficier d'une protection contre divers prédateurs. À l'instar de l'être humain, les fourmis apprivoisaient leur environnement afin de mieux l'exploiter. Un genre de racket en somme, une traite négrière. Les fourmis étaient les seuls insectes connus à posséder des *insectes domestiques*. Elles disposaient ainsi à volonté de leurs ressources alimentaires...

C'est ça ! pensa Johnson. *Disposer à volonté de nos ressources... quand on veut, lorsqu'on en ressent le besoin... c'est ça !*

*

Juillet 2023, institut médico-légal de Lyon.

— Alors ?

— Quoi, « alors » ? Tu veux savoir quoi ? Avec quel calibre il a été abattu ? demanda le légiste en prenant des notes sur un carnet.

Luka Kassabian attaquait sa deuxième année au sein de la brigade criminelle. C'était sa première affaire. Sa *vraie* première enquête criminelle. Il venait d'avoir 26 ans et pensait que sa vie avait pris un nouveau virage, un nouvel envol depuis que Laetitia, lasse des heures qu'il consacrait à la brigade, l'avait quitté récemment.

Il avait pleuré, lui, fils d'un colonel des armées à la retraite. Le chagrin s'était ensuite estompé. Vite. Sans laisser de traces. *« C'est tout ce qui fait de toi un bon flic...*, avait grincé son vieux père. *Pas d'attaches, capable d'oublier très rapidement tout ce qui peut te faire chavirer... tout ce qui peut te conduire à ta perte... »*

Il se tourna vers le médecin en désignant les ossements rassemblés sur la table.

— Le calibre… Ben oui, quoi d'autre ? On a bien la trace d'une blessure par balle, non ?

L'autre haussa les épaules en hochant la tête.

— Oui, à l'arrière du crâne. C'était une arme chambrée en .357… J'ai retrouvé le projectile dans la boîte crânienne. Il s'est fait fumer par-derrière, soit par un type plus grand que lui, soit il était à genoux. L'angle de pénétration le confirme…

— Donc, c'est une exécution… il a été abattu comme un chien ! Une idée précise du flingue ?

— Peut-être un Glock, un Sig Sauer, la balistique nous donnera plus de précisions…

— Selon toi, ce gus était enterré depuis combien d'années ? Tu peux dater ? Parce que le gars que tu vois là-bas, il aimerait savoir…

Luka Kassabian s'était mis à chuchoter en désignant d'un regard torve Melvin Meideiros qui se tenait adossé contre le mur, de l'autre côté de la grande paroi vitrée.

— Quoi ? C'est qui ce type ? pesta le médecin. Il est accrédité au moins ?

— C'est… c'est ce fameux scientifique dont je t'ai parlé ce matin, tu sais ce gars qui étudie les rêves, les cauchemars, ces trucs à la con… Tu as déjà dû le voir à la télé. C'est lui qui a eu la révélation, lorsqu'il a vu dans la presse la photo de cette grosse propriété agricole qui s'est vendue aux émirs. Il prétend que pendant près de dix ans il a rêvé de cet endroit, et il y voyait son pote au fond du trou… C'est une sorte de médium, paraît que c'est une pointure, le type. Il aurait collaboré avec la police, voilà plus de dix ans. Il retrouvait des gens disparus et avait même des flashes sur les scènes de crime...

— Une pointure, tu dis ? Tu ne vas tout de même pas croire à ces conneries, Luka ?

— Il prétend que le macchabée qui se trouvait sous la terre était un ancien de la maison ; un flic du nom de Sohan Ordell. Sa femme avait été enlevée et séquestrée dans le silo à grains qui se trouve juste à côté de l'endroit où a été retrouvé le corps... Une vraie merde cette histoire ! Selon lui, il s'agirait d'un ex-lieutenant de police qui se serait fait abattre par son propre supérieur. Toujours d'après lui, il était question d'une sombre affaire dans laquelle ils avaient trempé. À l'époque, ils filaient le train à un détraqué qui découpait ses victimes, un ex-exécuteur qui œuvrait dans les rangs de la milice russe au temps du bloc soviétique. Ce dernier dirigeait un vaste réseau criminel et chapeautait tout : prostitution, drogue, trafic d'organes, trafic d'enfants, armes de guerre... Il était considéré comme le parrain, le patron des patrons. Tout le monde lui mangeait dans la main : du plus petit lascar de banlieue aux plus grandes familles de gitans qui tenaient le haut du pavé, les politiques, les organisations terroristes, les groupes armés, les flics, tout le monde ! À l'époque, soi-disant, un certain Carcassonne qui dirigeait un groupe à la criminelle, aurait pactisé avec le démon russe. Toujours est-il que, selon les indications que nous avons à notre disposition, après ce fameux fiasco, cette opération de police qui a mal tourné, Isaak Kavarov s'est volatilisé et on n'a plus jamais entendu parler de lui. Idem concernant le lieutenant de police Sohan Ordell, ainsi que pour le capitaine Carcassonne...

Le légiste se retourna et, d'un signe de la main, il demanda à Melvin de venir les retrouver.

Lorsque le médium les eut rejoints, le médecin s'approcha de lui, un sourire crispé au coin des lèvres. Ses yeux plongèrent dans les siens, comme une mise au défi, espérant percevoir la puissance divinatoire du médium aux creux de ses pupilles. Il parcourut son visage et détailla les sillons de sa peau, les ridules que le temps avait fini par creuser, les pattes-d'oie autour de ses yeux, ses sourcils et sa barbe naissante qui grisonnaient puis, avec une infinie condescendance, il lui dit alors à voix basse :

— Monsieur Maderos, sachez bien que...

— Meideiros, Melvin Meideiros, rectifia le médium en lui tendant la main.

— Oh ! Pardonnez-moi... monsieur Meideiros. Avec un test ADN nous saurons très bientôt s'il s'agit effectivement de votre ami. Mais pour moi, le corps a séjourné en terre au moins une bonne dizaine d'années. Une foutue procédure s'est mise en branle, alors il faut qu'on attende les autorisations pour continuer les examens... mais je ne vous apprends rien, vous avez collaboré en tant qu'expert...

— Oui, en tant qu'auxiliaire de justice, en qualité d'expert pour la criminelle...

Luka Kassabian se rapprocha silencieusement du duo.

— Voilà... donc vous savez tout ! Il y aura des comparaisons dentaires dès que les dossiers médicaux de votre gars seront à notre disposition, dès que la veuve sera prête à nous fournir le nécessaire. Savez-vous s'il y a toujours une Mme Ordell ?

Melvin soupira en haussant les épaules.

— Je ne sais pas... Après la disparition de Sohan, j'ai changé de cap. J'ai quitté la région en jurant de ne plus y remettre les pieds et surtout, surtout ne plus avoir à faire avec la police, mais là...

Melvin resta silencieux. Ses yeux clairs semblèrent scintiller.

— « Mais là », quoi ? insista Luka Kassabian, qui était resté muet jusqu'alors.

— Bah... je suis ému de voir ça..., fit-il en désignant sur la table en acier chirurgical le sac qui contenait tout ce qui restait de Sohan Ordell.

— D'après vous, c'est son supérieur de l'époque qui aurait pu le buter, voire commanditer l'assassinat ?

— Selon moi, il n'y a aucun doute. Sohan avait mis au jour la machination qui liait Kavarov et le capitaine Carcassonne. Ce dernier fermait les yeux sur la merde que pouvait brasser le Russe et, en contrepartie, il percevait des pots-de-vin énormes et croquait sur certaines affaires de came et de trafics d'organes. Kavarov lui offrait des filles, il lui ouvrait grand les portes de ses bordels et du club privé qu'il possédait à l'époque... Pour moi, Carcassonne a fait descendre Sohan Ordell et a mis les voiles. Il a pris sa retraite et il s'est évaporé. Depuis ce jour, l'administration française n'a plus rien, plus aucune trace, il s'est volatilisé, il a disparu, comme un mort...

Kassabian se mordilla la lèvre inférieure. Il sonda intensément les pupilles du médium et déclara :

— Bon… je sais que ça ne va pas vous faire spécialement plaisir, mais je tente quand même le coup… Disons que si vous et moi, on se mettait tranquillement à faire un tour du côté de l'endroit où l'on a découvert les restes de votre ami, à poser des questions à certaines personnes ; seriez-vous disposé à… disons, travailler un peu avec moi ?

Melvin se mit à rire.

— Il y a bien longtemps que les flashes m'ont quitté… je ne perçois plus grand-chose aujourd'hui.

— Ça ne vous dirait pas d'essayer ?

— J'en ai fini avec toutes ces conneries, lieutenant…

— Même pour votre ami ?

Melvin Meideiros tourna la tête et contempla le grand sac noir. Dans la pénombre, tout ce qui restait du flic se tenait là. Il observa le médecin légiste qui raccrocha sa blouse à la patère, se lava les mains et éteignit les rampes de lumière du long couloir de l'entrée principale.

Melvin balbutia à voix basse :

— Je… je veux bien retourner voir ce putain de trou mais… mais si rien ne me vient, promettez-moi de faire en sorte de ne plus me demander quoi que ce soit et de boucler cette affaire assez vite. J'aimerais beaucoup que l'on rende à mon ami une sépulture décente…

— Je vous promets que ce sera fait, monsieur Meideiros, je le ferai… vous avez ma parole.

— Alors dans ce cas-là, nous allons essayer de remonter le temps…

Mouvement 35

Bloody Sunrise

Juillet 2023, Los Angeles.

— Il va falloir t'y remettre, Dale ! Nous exposons à Paris en septembre, et à part le restant de ta série *Carmina*, qui cela dit en passant s'est très bien vendue, eh bien, il ne reste pas grand-chose... Ta nouvelle série, là, celle que tu as commencé à peindre l'an dernier, tu en es où ? Ça avance ? Comment elle s'appelle déjà ?

— *Bloody Sunrise*..., marmonna Dale Tylon dans un long bâillement. Je me demande ce que tu fous encore dans mes affaires et pourquoi tu es encore mon agent. Un gars qui ne se rappelle plus le nom de mes collections et qui pourtant brasse le catalogue de mes œuvres tous les jours, ça craint ! Ça laisse bien subodorer le genre de parasite qui traîne à mes côtés, le genre d'individu qui ne se rappelle que du nom de Benjamin Franklin sur ces putains de billets de 100 dollars ! Je dois bien t'aimer, connard...

Alexander Montgomery haussa les épaules. Il se courba vers la petite table de salon en cristal qui trônait devant eux, se servit une longue rasade de Brora 38 ans d'âge et se laissa couler au creux du fauteuil de cuir blanc. Il fit tourner le produit dans son verre en l'examinant, puis le huma avec délicatesse. Enfin, il avala une gorgée et ferma les paupières.

Dale Tylon attendit patiemment ce moment précis pour venir gâcher le plaisir de son agent :

– Et alors ? Que veux-tu que je fasse avec *Bloody Sunrise* ? Hein ? Que je finisse de peindre cette collection avant septembre ? C'est ça ? Tu sais que je n'ai plus le goût depuis Monika...

Alexander Montgomery rouvrit les yeux. Il ramena ses fesses au bord du fauteuil et observa longuement Dale Tylon qui était allongé sur l'interminable canapé, les mains derrière la tête, une paire de lunettes noires sur le nez.

Le peintre était entièrement habillé de noir : chemise de soie, pantalon de cuir. Le contraste avec le canapé était saisissant.

– Je sais, Dale..., souffla-t-il, mais la vie doit reprendre ses droits, tu le sais, ça aussi...

L'agencement sobre, dépouillé, ainsi que les teintes claires du grand salon dégageaient une atmosphère apaisante. Un vaste open space presque vide s'étendait sur de nombreux mètres carrés. Très peu de meubles, beaucoup de lumière, de grands murs blancs et des parquets clairs. Seules, suspendues sur les murs du salon, deux toiles pharaoniques de quatre mètres par trois se faisaient face sur les gigantesques murs qui s'opposaient. Sur les toiles, un style abstrait s'étalait dans un magma polychromique anarchique, un chevauchement de teintes rouges qui se déroulaient sur l'ensemble de la surface ; des carnations rubescentes qui se déclinaient en de multiples nuances, des tonalités plurielles qui s'étageaient jusqu'au noir. Du bordeaux, des tons caramel, tabac, terre d'ombre, havane... tout le feu d'artifice d'un ensemble de pigments explosait là, sur les douze mètres carrés qui surplombaient les deux hommes.

Les médias parlaient de ces tableaux comme les œuvres majeures du peintre français, comme les deux pièces qui, toujours selon la presse, étaient estimées à plusieurs dizaines de millions de dollars. Même sa demeure sur Mulholland Drive, le long des Hollywood Hills, ne valait pas le tiers de la valeur des colossales toiles de son salon.

— Elle est morte et tu en es conscient, Dale... Rien ne fera revenir Monika. Il faut te remettre au travail, c'est le seul moyen pour ne pas sombrer..., osa Montgomery.

Le peintre se redressa et retira ses lunettes. Un étrange point lumineux brillait au centre de ses pupilles.

Il noua ses longs cheveux noirs en une queue-de-cheval, puis il répondit calmement :

— Morte ? Qui te dit qu'elle est morte ? Monika n'a jamais été retrouvée, pauvre con... et tant qu'un institut médico-légal ou un putain d'officier de police ne me demandera pas de venir reconnaître un corps, je ne croirais pas en la mort de Monika...

— Excuse-moi, Dale, je ne voulais pas...

— Laisse tomber... Dis-moi plutôt à combien tu estimes cette expo ? Qu'est-ce qu'on en retirera ?

— Tout dépend de toi. En ce qui me concerne, j'ai déjà des réservations sur le catalogue que j'avais envoyé voilà déjà trois mois...

— Le catalogue ? Mais de quel catalogue tu parles ?

— Le catalogue de ta collection, celle que t'as mise en stand-by depuis...

Dale Tylon fronça les sourcils. Ses lèvres se serrèrent.

— T'as osé envoyer un catalogue alors que la collection est inachevée ?

— Il y a les photos des quatre toiles que tu as déjà peintes, pour le reste, j'ai agrémenté avec les œuvres de l'ancienne collection...

Le peintre se troubla. Il se prit la tête entre les mains et se massa le visage. Il se servit ensuite un verre de Brora qu'il but en deux gorgées, puis il demanda enfin à son agent :

— Combien ?

L'agent plongea dans son regard d'ébène.

— J'estime le montant total de la collection à plus de 150 millions d'euros sur Paris, soit environ 175 millions de dollars... Il faut te remettre à la peinture, mon vieux, même si tu ne trouves plus cette saloperie de matière et ce pigment si particulier cher à ta furie créatrice...

Mouvement 36

Le dernier festin

Juillet 2023, Lyon (France).

On aurait pu croire à une toile de Wassily Kandinsky.

La flaque de pisse sous ses pieds se mêlait au sang qui scintillait sous la lueur de l'ampoule et, peu à peu, s'étirait sur le parquet comme l'œuvre du peintre russe sur le carré de toile encore virginal, juste avant que ne surgisse *Kara Karamis* sous son pinceau de génie.

Arno Van Weddingen savait qu'il vivait là sa dernière heure, qu'il allait mourir comme un chien, bouilli comme une vulgaire volaille devenue trop vieille.

Kavarov se tenait face à lui en serrant les dents, une machette démesurée au creux de sa main noueuse. Il fixait de son regard de charbon celui qui se vidait de ses fluides comme un goret à l'abattoir.

Arno Van Weddingen resta pétrifié. Il imagina son sang qui se diluerait à l'eau du bain, teinterait le bouillon frémissant une fois son corps plongé dans la baignoire. L'image de Clarisse vint alors s'interposer. Fugace. Ce corps mort, froid, livide, dont il avait abusé onze ans auparavant...

Lorsque les puissants bras du géant slave le soulevèrent pour le déposer dans la marmite géante, malgré son esprit embrumé par l'anesthésie, il eut une étincelle de lucidité, comme une lueur fragile de conscience. La sagacité des derniers instants, celle de l'instinct de conservation.

Les mots se diluèrent dans le silence. Rauques, égratignés par sa voix brisée :

— Isaak... Kavarov ? Tu es Isaak Kavarov ? J'ai... je te connais, enfin... on m'a... on m'a déjà parlé de toi...

— Qui ? Qui t'a déjà parlé de moi ? hein ? rugit Kavarov.

Weddingen sortait péniblement de sa torpeur, il s'extirpait avec peine de l'abysse dans lequel il glissait. Sa cervelle spongieuse rassembla alors les éléments.

— Ça va ! T'emballe pas... c'était en prison. Lorsque j'étais incarcéré, je servais de poubelle et de poupée gonflable à quatre types. Le bloc 10 était un véritable enfer et... et je ne pouvais pas faire autrement, j'avais besoin de protection...

— Je me fous de savoir ce qui est arrivé à ton cul de pervers ! Je veux juste le nom de ce type et surtout ce qu'il a pu te dire à mon propos...

— Nous étions tous *résidents* du bâtiment A, dans le bloc 10. Gomez, Dany le Fou, Cyclope et Max m'ont tout de suite mis au diapason. J'y ai été contraint. Une amitié malsaine s'est installée, une saloperie de relation qui me soumettait au système carcéral un peu plus chaque jour. Un soir, Dany le Fou est venu me trouver pour me dire qu'il allait se faire la malle, seul, il n'avait rencardé personne, pas même les trois autres enculés de sa bande d'enfoirés...

Kavarov jeta un œil à la surface de l'eau qui frémissait en produisant un voile de brume. Il revint ensuite sur Weddingen, le regard noir :

— J'espère que tu ne cherches pas à m'entuber, grosse ordure. J'espère que ce que tu as à me dire est valable. Sinon je serai dans l'obligation d'attendre que le neuroleptique se dissipe avant de te bouillir, de manière à ce que tu comprennes bien l'erreur que tu as faite en te foutant de ma gueule... À présent vas-y, continue !

— Il m'a juste proposé de le suivre aux États-Unis. Il me disait que tout était prêt ; les faux papiers, l'argent, le point de chute sur place. Il connaissait un fourgue véreux qui bossait en préfecture et pouvait produire du vrai-faux papier ; identité, permis de conduire, etc.

— Aux États-Unis ? Où ça ? Et pourquoi il voulait t'embarquer dans sa cavale ?

— Il... il voulait que je bosse pour lui, là-bas, à Los Angeles... Il m'avait demandé de tenir le haut du pavé, que je m'occupe des filles. Un ami à lui avait tenu ses affaires pendant son *absence*...

— Je perds patience, là...

— Attends ! Il s'agit d'un ancien flic... son ami c'était un poulet à la retraite. Un ripou, une vraie ordure. Un français qui s'était exilé là-bas... Dany me disait que ce gars était fiable, qu'il avait traité avec les plus grands barons de la pègre française et qu'à l'époque il... il avait négocié une colossale fortune avec un homme du milieu. Celui-ci s'était acheté sa liberté. Le flic avait disparu. Le mystérieux parrain aussi...

— Donne-moi le nom de ce parrain, ordure !

Arno Van Weddingen loucha en direction de la baignoire. Le neuroleptique avait perdu de son efficacité. Il imaginait déjà la morsure de l'eau bouillante qui avoisinait les 100 °C et qui allait lui être fatale.

— En fait... en fait c'était de toi dont il était question !

Un frêle rictus se dessina sur les lèvres du cuisinier cannibale. Il posa lentement sa machette sur le sol ensanglanté puis, sa voix, puissante, comme propulsée depuis les entrailles d'un canon de mortier, résonna enfin, emplissant le crâne d'Arno Van Weddingen :

— Je connais cet homme, ce flic à la retraite, effectivement..., gronda Kavarov en observant son supplicié d'un œil noir. Cette fausse couche s'appelle Carcassonne... Victor Carcassonne.

Tétanisé et recroquevillé dans le creux du fauteuil, Weddingen se demanda soudain pourquoi le parquet était recouvert d'autant de sang. Ce n'est qu'après avoir laissé glisser son regard sur son corps qu'il comprit. À moitié sonné, il réussit néanmoins à poser les yeux sur sa jambe et vit alors, effrayé, qu'il faisait tampon avec une serviette éponge imbibée de sang sur une profonde entaille qui lardait l'intérieur de sa cuisse. La vilaine coupure qui s'étendait lui avait probablement sectionné l'artère fémorale. Il réalisa avec effroi que la serviette éponge était tout ce qui le retenait à la vie. *Bordel ! Comment c'est possible, ça ? J'ai rien vu, j'ai rien senti ! Comment il a fait pour me trancher la guibole ?* songea-t-il, effrayé.

— Pourquoi tu ne t'es pas tiré avec Dany le Fou ?

Respiration discontinue. Weddingen s'accrochait tant bien que mal à la vie.

— Je… je n'avais presque plus rien à… à peine une paire d'années à tirer. Je ne voulais pas foirer ma… ma libération conditionnelle… Mais putain, tu m'as découpé, là ! paniqua Weddingen.

— Ensuite ?

— Avant de partir… Dany m'avait confié que ce Carcassonne était l'homme qui avait retrouvé ma trace… celui qui s'était occupé de l'affaire de… de Clarisse… ce flic avait fait des confidences à Dany…

— Continue, je t'écoute. Si ce que tu vas me dire est intéressant, peut-être te ferai-je une autre injection de sédatif avant de te mettre au bain…

— À force de traîner un peu partout et de côtoyer le gratin Hollywoodien, puisqu'il fournissait un peu de dope à deux ou trois stars sur le déclin… il, enfin… ce Carcassonne, là… il aurait retrouvé à Los Angeles la trace de quelqu'un de très important, quelqu'un de très proche pour toi…

Kavarov se rapprocha. Il s'empara du torchon éponge qui faisait garrot sur la cuisse de Weddingen et l'arracha. Du sang épais s'épancha.

— Qu'est-ce que tu fous, putain ! Tu veux pas savoir ?

— Continue…

— Le flic disait qu'il se préservait, il disait qu'il voulait se préparer une assurance vie au cas où… au cas où tu déciderais un jour de le chercher pour le descendre…

— Une assurance sur sa vie ? Mais comment ? Quel rapport avec moi ? Et qui c'est cette personne très proche pour moi ?

— Mais c'est vrai alors… tu n'es pas au courant ?

— Au courant de quoi ? hurla Kavarov, tout près du visage de Weddingen.

— Pour ton fils, c'est… ce gars que Carcassonne a retrouvé à L.A., c'est… c'est ton gamin !

Kavarov recula, abasourdi. Le Russe se connecta brusquement au passé. Il songea à Clarisse. Il se remémora clairement leurs ébats, le corps de la jeune femme. Il sentait encore l'odeur de sa peau contre la sienne. Il repensa à son époux, celui qui avait travaillé pour lui, inconscient, candide, pendant que lui, lucide, se laissait glisser avec sa femme deux jours par semaine. William Donatelli, pauvre homme aveuglé par l'argent noir et facile de la pègre. Il en avait payé de sa vie. Il repensa également à Chris Lanzmann, son ex-beau-frère, ce flic qui avait failli foutre en l'air tout son réseau bien huilé. Ce type qui avait follement aimé Clarisse. Ce flic *suicidé*, rongé par le chagrin et la rage d'avoir perdu l'amour qu'un terrible accident lui avait arraché.

Weddingen s'agita. Sa peau était pâle, son rythme cardiaque s'emballait.

Kavarov se leva soudain, enveloppa Weddingen en glissant un bras sous ses cuisses et en passant l'autre derrière sa tête, puis le souleva de son siège en scrutant son regard.

— J'te jure… ton gosse se trouve à Los Angeles. C'est un gars important qui connaît des pointures… Épargne-moi, j't'en prie, fais pas ça…

Il s'écoula une poignée de secondes. Il y avait quelque chose d'irréel qui se dégageait de cet instant-là. Semblable à un père portant son enfant dans les bras, Kavarov se montra presque humain devant la baignoire, condescendant, empli de compassion.

Weddingen n'avait plus la force de hurler, ni celle de se débattre. Son sang s'était répandu en trop grande quantité. Le neuroleptique courait encore dans ses veines. Il voulait en finir, mourir.

Son cœur s'arrêta lorsque la morsure de l'eau bouillante happa entièrement son corps. Aussitôt la masse de chair plongée dans le bain, le bouillon se colora d'une teinte rosâtre. La blessure de la cuisse se figea, le sang qui en suintait aussi. Weddingen avait juste ouvert la bouche, probablement pour exprimer un cri de douleur qui ne s'arracha jamais de ses poumons. Sa peau passa par différents stades de coloration, jusqu'au blanc, similaire à celle d'une volaille trop cuite.

Les odeurs qui emplissaient la chambre étaient répugnantes, mais Isaak Kavarov s'en délecta en prenant son temps. Puis il extirpa de sous le lit une mallette en cuir qu'il ouvrit pour en retirer quelques longs couteaux. Il savait qu'il allait savourer là son dernier festin de chair humaine...

Sous son crâne, des images s'étagèrent les unes aux autres, juste au moment où la longue lame en inox du couteau tranche-lard découpa une portion de chair rosée.

L'image de Clarisse le pénétra. Son regard et le reflet de ses yeux. L'image de ce fils qu'il ne connaissait pas le tortura également. Il eut l'impression soudaine que du débouche-chiotte valsait dans son estomac et lui brûlait les boyaux.

À quoi pouvait bien ressembler ce fils ? Avait-il ses traits ?

Pourquoi Clarisse ne lui avait-elle jamais parlé de sa grossesse ?

C'était deux ans avant son mariage avec William Donatelli.

C'était lorsqu'elle était partie s'exiler chez une amie, dans le Sud de la France, pour faire le point sur sa vie, c'était probablement pendant cette absence de presque une année que Clarisse avait dû accoucher sous X, c'était indéniable.

Il ferma alors les yeux et dégusta ce dernier festin, ce ravissement vieux comme le monde ; rituel sacré depuis la nuit des temps. Le cannibalisme, considéré avec dégoût et indignation par nos sociétés contemporaines, servait jadis à sauver le peuple de la famine, tels les Aztèques qui pratiquaient le sacrifice humain par la cardiectomie, afin de sustenter le dieu Tlaloc et ainsi préserver les cultures.

Kavarov, quant à lui, considérait l'acte tel que les Indiens iroquois le considéraient autrefois : sacrifier et consommer les corps de leurs victimes afin de combler leur dieu de la guerre, mais aussi pour absorber l'esprit de leurs ennemis dans leurs propres chairs.

Les yeux clos, il mastiqua longuement ce maillon d'humanité, rêvant d'un visage qui lui ressemblait, un visage enflammé par les reflets d'un soleil de braise...

Mouvement 37

La Vallée des Rois

Les images s'étaient révélées étranges et pénétrantes.

L'inspecteur Johnson venait de poser un pied hors de son lit, le regard vide, planté sur une ligne d'horizon imaginaire. Sa nuit avait été agitée, le sommeil perturbé par un cauchemar insolite. Il avait rêvé d'un vieux péplum réalisé en 1960 par Fernando Cerchio : *La Vallée des pharaons*. La princesse Sheila, épouse du pharaon Nemorat, se voyait accusée de l'assassinat de celui-ci par le frère du souverain et se retrouvait condamnée à être ensevelie auprès de la momie de son défunt mari, claustrée dans une tombe au mécanisme inviolable. Johnson y avait ajouté les cinq momies retrouvées la veille, amalgamé un paysage californien dans les méandres de la Vallée des Rois et, le plus hilarant, avait planté au milieu de son rêve des dizaines et des dizaines de containers aux coloris divers, généreusement éparpillés tout autour de la nécropole séculaire. Bien avant son réveil, les agents Mulder et Scully, de la fameuse série télévisée, étaient entrés en scène et s'étaient emparé des cinq cadavres. Le songe l'avait saisi. Quelle symbolique pouvait bien cacher une telle décoction d'informations et de symboles ?

C'est la sonnerie de son téléphone fixe qui l'avait arraché de son sommeil. Le flic avait sursauté et avait mis un certain temps avant de refaire surface, convaincu que les images forgées par son mécanisme cérébral lui avaient indiqué la solution. Le songe n'était pas anodin. Les personnages de Mulder et Scully évoquaient sans aucun doute le fait que les fédéraux s'accapareraient tôt ou tard de l'affaire.

Juste après avoir décroché, il avait reconnu la voix du médecin qui s'était occupé des momies de Silver Lake. Celui-ci avait pratiqué tous les examens nécessaires, énuméré et listé les détails les plus importants, bu des litres de café et bossé toute la nuit. Le légiste avait promis à Johnson le rapport pour 9 heures, au plus tard. Et il avait tenu sa promesse.

Le flic repensa alors à sa théorie du puceron.

Était-il possible que le tueur déposât les corps de ses victimes dans ces box afin d'en disposer à sa guise ? Si tel était le cas, dans quel but ? À quel infernal dispositif ce petit jeu s'apparentait-il ?

Johnson mit la machine à café en chauffe, puis il se dirigea vers son poste de télévision qu'il mit en marche. Un flash de lumière, une image et, enfin, un journaliste sur la chaîne Fox 11 apparut. Le type, qui paraissait être sous Prozac, débita froidement que le corps retrouvé par le couple de promeneurs était dans un état épouvantable. La victime avait été découverte sur les berges du grand réservoir, exposée sur les flancs du bassin de rétention. Johnson s'approcha de l'écran de télévision et sursauta lorsqu'il aperçut à l'arrière-plan, juste derrière le journaliste léthargique, un duo d'agents fédéraux qui s'affairait sur les lieux. Il ne rêvait pas ! Il s'agissait bien d'un homme et d'une femme qui portaient le célèbre coupe-vent du FBI, un couple de fouille-merde qui, vraisemblablement, ferait le rapprochement avec les momies retrouvées dans les box.

Toujours selon le journaliste de Fox 11, la victime avait été identifiée comme étant Alexander Montgomery, l'agent du célèbre peintre français.

Johnson recula de deux pas et se posa sur son canapé. Il écouta attentivement le résumé de la situation que débitait le reporter, tout en laissant sous son crâne un flot d'éléments s'imbriquer les uns aux autres.

Il avait toujours su que cette ville renfermait une colonie de dépravés sous sa couche de vernis ; une population de cancrelats qui se complaisait à évoluer dans sa merde. Cette fameuse *High Society*, ce gratin de parasites, de comédiens, producteurs, réalisateurs, chanteurs camés, putes de luxe et autres fournisseurs de dope aimait s'amalgamer à l'enfer qu'était L.A. la nuit. Ils aimaient forniquer et nager dans leur propre foutre, ne procréer qu'une seule strate de vérole qui s'autodétruisait lentement, à petit feu et à coups de dollars. Sous ses paillettes, Los Angeles couvait une colonie d'individus étranges aux mœurs nocturnes inquiétantes. Des individus qui se bouffaient entre eux, pratiquaient le cannibalisme médiatique, se tiraient dans les pattes et se descendaient par attachés de presse interposés même s'ils avaient baisé ensemble la veille au soir. Cette vérole-là était capable du pire : de vendre sa mère, de sucer le diable et même de tuer ses propres enfants...

Johnson réalisa que Montgomery était l'agent de Dale Tylon, ce jeune peintre abstrait qui pesait plus de 230 millions de dollars...

Il avait vaguement compulsé le dossier de la disparition de la femme de l'artiste, voilà un an et demi, mais l'affaire avait été confiée à une cellule d'enquête spécialisée et il n'en avait plus jamais entendu parler.

Dale Tylon.

Le flic allait devoir jouer serré. Très serré.

Pris en étau entre un riche peintre mégalo aux tentacules démesurés et le duo Mulder/Scully, il allait devoir rentrer le ventre et ronronner doux...

*

Le ciel s'était chargé d'une masse de nuages menaçants. Le vent, froid et obsédant, cinglait le crâne nu de Melvin Meideiros. Luka Kassabian fit un signe au garde qui supervisait la zone encore sécurisée, puis se tourna vers Melvin en posant sa main sur son épaule.

— Ça va aller ? demanda-t-il d'une voix doucereuse, comme s'il s'adressait à un enfant peiné.

À quelques pas, un sentier caillouteux et une simple bande d'herbes folles les séparaient de la fosse béante.

— Tout va bien... vous allez m'attendre ici, il faut que je sois seul. Je... j'ai besoin de descendre au fond et de toucher la terre..., souligna Melvin en enfilant une paire de gants en latex.

Précisément à l'instant où Luka Kassabian descella ses lèvres pour lui répondre, le clocher du village voisin commença à égrener les heures.

— Quelle heure est-il ? s'inquiéta le médium.

— Dix-neuf heures... pourquoi ?

Melvin lui conseilla de garder le silence et ferma les paupières. Dans le lointain, la cloche résonnait d'un timbre sourd et entêtant. Il rouvrit les yeux et son regard se posa sur le gigantesque panneau publicitaire planté près du chemin, une vague image de synthèse qui représentait un pharaonique complexe hôtelier ainsi qu'une installation de remontées mécaniques. Le tout s'affirmait par une architecture mauresque aux formes étonnantes, ceinturé par un décor de glace et de neige.

Un premier flash submergea Melvin. Un flash visuel. Celui de deux hommes aux traits troubles.

Un second flash, sonore celui-ci, résonna profondément dans son esprit. Le son d'une cloche qui venait se superposer à celui qu'il distinguait dans le lointain, mêlé à une mélodie troublante qui lui rappelait quelques fragments mémoriels.

Luka Kassabian se rapprocha, inquiet.

— Melvin ? Quelque chose ne va pas ?

— Non, ça va... c'est rien, j'ai juste ressenti quelque chose d'étrange...

— C'est quoi ? s'impatienta le flic. Vous avez vu quoi ?

— Cela faisait des années que ça ne m'était pas arrivé...

L'autre, irrité, jeta un œil en direction de la fosse, puis un autre sur l'enseigne publicitaire et se mit à sourire, abdiquant, se refusant à deviner ce que le médium avait perçu.

— J'ai capté quelque chose, mais je crains de ne pas voir suffisamment de ressources... L'atmosphère est électrique et ça provoque des interférences, il va pleuvoir ! lâcha soudain Melvin.

— Super ! Bon, vous savez quoi ? Laissez tomber, c'était pas une bonne idée...

— Non, attendez ! Je vous dis que je viens d'avoir une connexion... Sohan Ordell s'est fait abattre ici, sur ce chemin. Ce qui s'est passé il y a onze ans, au moment de sa mort, vient de se reproduire, maintenant... Le clocher qui sonne 7 heures, la pluie, le silo à grains qui se trouvait à la place de ce panneau gigantesque...

— Qui a tué ce pauvre flic, alors ? Vous avez pu voir le visage des types ?

Melvin inspira profondément en hochant la tête, l'air désolé.

— Il faut que je descende au fond de ce maudit trou, je n'ai pas le choix... je n'ai jamais pu entrer en contact avec l'esprit de Sohan Ordell car il était là-dessous, enseveli sous tous ces mètres cubes de terre. Je voyais très souvent, par flashes, tout cet environnement rural ; l'ancien silo à grains et ce chêne au bord du chemin mais jamais, à aucun moment, je n'ai pu communiquer avec Ordell. Mais maintenant qu'on a ouvert sa sépulture, fit-il en désignant du menton la cavité, je pense pouvoir établir un contact d'ici peu, même si l'orage risque de brouiller la connexion. Il y a une forte empreinte d'énergie résiduelle ici. Bon... est-ce que vous avez le... la relique ? demanda-t-il en hésitant ?

Luka Kassabian affirma d'un signe de tête et enfila à son tour une paire de gants en latex. Il ouvrit ensuite la petite caisse en polystyrène qui se trouvait à ses pieds. Sur celle-ci, une pochette plastique était fixée par un adhésif sur lequel on pouvait lire : « Pièces à conviction ». Le flic ouvrit la boîte et en retira l'objet. Il ôta délicatement le tissu qui l'enveloppait et tendit enfin le crâne à Melvin Meideiros.

— Merci, je... je l'ai, lâchez-le..., balbutia Melvin avec émotion.

Une fois certain que Melvin le tenait fermement, Kassabian lui confia le crâne.

Le médium l'obnubilait, sans vraiment connaître la raison de cette fascination. Il croyait bien volontiers en ses pouvoirs parapsychiques mais, en bon fils de militaire de carrière, il attendait de voir de ses yeux ce que ce prétendu Houdini allait sortir de son chapeau.

Le crâne de Sohan Ordell serré tout contre lui, Melvin se dirigea sans hésitation vers la fosse, passa sous les bandelettes de la zone sécurisée, souleva la bâche de nylon qui recouvrait le trou et sauta. Le ciel se zébra alors d'une longue cicatrice d'un blanc vif et lumineux puis, très exactement trois secondes plus tard, un craquement déchira le silence. De fines gouttes de pluie s'écrasèrent sur le sable du chemin et firent remonter des odeurs de terreau froid et de champignon.

De l'eau dégoulinait sur le visage de Luka Kassabian. Il frissonna, le regard vissé sur la fosse dans laquelle avait reposé Sohan Ordell ces dix dernières années. Il consulta le cadran de sa montre et se dirigea sur la tombe profanée. Il fallait qu'il voie ce prétendu médium à l'œuvre.

Quoi ? Meideiros va entrer dans une sorte de transe diabolique ? pensa-t-il. *Il va trembler de tous ses membres à l'instant où il va avoir ses flashes, s'il en a ? Sa tête va tourner à 360° comme dans* L'Exorciste *?*

Une fois au bord de la fosse, Kassabian fut assommé par ce qu'il vit. Il passa la main sur son visage pour s'essuyer, afin de chasser le ruissellement de flotte qui lui embuait la vue. De longues mèches de cheveux noirs lui mangeaient le front, cernant tels des serpents vénimeux, ses deux grands yeux sombres qui s'écarquillaient sur une ahurissante vision : à environ un mètre de profondeur, Melvin Meideiros était allongé au fond de la tombe détrempée. Il avait les yeux clos. La peau de son visage était devenue très pâle et ses mains, posées bien à plat sur son thorax avec les doigts entrecroisés, semblaient s'être recouvertes d'une couche de porcelaine opalescente.

Le jeune flic ressentit une étrange sensation, un tournis désagréable qui le força à s'asseoir silencieusement sur le rebord du trou. Il observait Melvin, stupéfait.

L'eau dégringolait toujours de plus belle d'un ciel charbon. Un rideau de flotte, une cataracte s'abattait sans discontinuer, emplissant le trou boueux dans lequel reposait le médium.

Kassabian risqua un pied à l'intérieur, faillit glisser et s'écraser sur Melvin, se redressa et se pencha enfin près de l'homme qui lui paraissait froid et... mort. Il hésita puis, délicatement, il approcha sa main de celles de Melvin. Lorsqu'il toucha la peau livide de ses doigts, Kassabian poussa un petit cri qui s'éteignit au fond de sa gorge. Il retira sa main d'un mouvement vif, comme s'il venait de toucher un tison brûlant.

Il ne rêvait pas. Il venait d'effleurer la main rigide et glacée d'un cadavre...

Mouvement 38

Connexions

Dale Tylon était flanqué devant la porte automatique de son sous-sol, observant le lent mouvement d'ouverture d'un regard perdu dans le vague.

Voilà des mois, presque une année, qu'il n'était pas revenu. Il avait délaissé ce sanctuaire, ce lieu de ressource fondamental à sa survie artistique. Il lui sembla que des spectres cherchaient désespérément à s'extraire des murs de béton lorsqu'il s'avança. Il y vit des visages de femmes, d'hommes. Il entendit des voix, des cris, des plaintes. Un énorme seau en plastique dans chaque main, il s'enfonça dans la pénombre du sous-sol. Essoufflé et gêné par le poids des deux récipients de quinze litres, il marcha péniblement sur trois ou quatre mètres puis s'immobilisa. Sur sa droite, en tâtonnant le mur, il trouva l'interrupteur qu'il s'empressa d'actionner. Une lumière crue se libéra soudain d'une barre de néon encore froide, puis elle inonda les entrailles de la maison en palpitant.

Des toiles, des cadres immenses, des chevalets, des boîtes de peinture, du matériel divers s'amoncelaient contre les murs du souterrain. Il y était ! Il y était de nouveau… son atelier, son oasis, son paradis maudit. L'endroit dans lequel il venait se ressourcer chaque fois qu'il en ressentait le besoin.

Il déposa les seaux sur le sol et entreprit de s'asseoir sur l'un d'eux, le regard dans le vague. Il souffla, posa les mains sur ses genoux en souriant, puis son regard se posa sur la double porte de bois au fond du souterrain. Une pensée lui traversa alors l'esprit : *Ce que j'ai fait, je devais le faire, point barre ! Pas besoin de culpabiliser, bordel !*

Il savait que c'était derrière ce passage, précisément à cet endroit.

Il se releva doucement, souleva les deux seaux en plastique et avança droit vers l'obscure ouverture. Une fois devant la porte, il plaça ses mains sur celle-ci, y appuya son front et ferma les yeux en respirant profondément l'odeur du bois imprégné de térébenthine. Malgré les images qui le hantaient, Dale Tylon essaya de chasser les fragments de violence qui s'écrasaient en silence sous son crâne. Mais une seule mémoire persistait, une mémoire olfactive, celle qui pénétrait encore aujourd'hui ses narines : l'odeur tenace et cuivrée du sang...

*

Melvin eut un spasme. Ses paupières palpitaient...

... Il fait frais. La quantité d'eau qui s'est déversée la veille au soir a gorgé le sol d'une soupe froide et dégueulasse. Je me recroqueville encore un peu pour réchauffer ma carcasse transie, protéger mes os que la pluie glaciale transperce à présent. Du fond de mon trou, je frissonne. La boue immonde

qui tapisse la tombe exhale des relents de terreau et de moisissure, une odeur de champignon qui se délite. Au loin, j'entends un bruit de moteur qui enfle, qui se rapproche. Mon cœur a ralenti son rythme, ses pulsations sont presque imperceptibles. Ma température corporelle est très basse et je sens que ma respiration n'est plus qu'un filet d'air qui cherche à s'évanouir définitivement. Je suis au seuil, à la limite de la vie. Je suis à la frontière, aux portes de la mort, là où personne n'oserait jamais poser son pied. J'entends le ronronnement d'un moteur, tout proche, puis il se coupe enfin. Des portières claquent. Je sens que la vue me revient mais sans que j'aie besoin d'ouvrir les paupières. Je continue de frémir mais ce n'est plus à cause du froid. Je me vois au fond de la fosse, apeuré, ruisselant, dégoulinant d'eau et de boue. Je distingue l'environnement, la forêt toute proche, la cime des montagnes qui cerclent le théâtre dans lequel va se jouer une petite scène de l'humanité. Je distingue l'exploitation agricole qui s'étend sur des hectares, le silo à grains, la route, le grand chêne, la tombe, le véhicule et les trois hommes autour. Je suis hors de mon corps, Je me trouve dans une situation que l'on appelle communément un « voyage astral ». Sauf que je suis hors du temps, ce voyage-là se déroule onze ans plus tôt, à l'heure où s'est produit ce qui m'a torturé toutes ces années durant. Je vois le capitaine Carcassonne. Je vois Sohan Ordell les mains bien à plat sur le toit du véhicule et, derrière lui, un homme armé, le bras tendu et prêt à faire feu. Je m'apprête à assister à l'assassinat d'un flic pris au piège, dépassé par les évènements qui ont précédé les derniers instants qu'il est en train de vivre... Tout s'accélère. La lumière change, l'horizon s'assombrit et, toujours, cette pluie qui dégringole d'un ciel anthracite. J'entends le clocher du village voisin qui égrène sa lancinante cadence des heures. J'entends les coups de feu et je vois la flamme qui s'échappe du canon. Je discerne un corps qui s'écroule, qui s'effondre, un corps que l'on soulève, que l'on traîne et que l'on jette au fond de ce trou dans lequel se trouvaient ses restes encore quelques jours auparavant. Partout autour, je contemple les arêtes sublimes et brutes des montagnes qui se vrillent, se dilatent, se rétractent pour finir par s'enrouler sur elles-mêmes, se métamorphoser en une torsade infernale, une circonvolution titanesque qui se projette sur moi et m'avale dans une fusion de matières et de couleurs... La pluie redouble, s'intensifie rageusement. L'orage éclate. Des éclairs balafrent le ciel boursouflé de masses gazeuses. Des flashes de lumière arrosent la terre noire d'une douche incandescente et, soudain, les grondements qui me parviennent me ramènent alors à la réalité. Et je hurle. Je brise la jonction qui me relie au murmure des morts...

Connexion terminée.

*

Juillet 2023, Los Angeles.

Près de cinquante millions de passagers transitaient chaque année dans ces couloirs de métal et de verre.

Isaak Kavarov débarqua à l'aéroport international de Los Angeles sous un soleil incendiaire. En déambulant sous la voûte du terminal 4, il songea à ce fils caché qu'il était venu retrouver dans la cité des anges. Ce fils que Clarisse Donatelli avait mis au monde dans le plus grand secret. Son enfant. Leur enfant...

Il s'arrêta un instant puis huma l'air confiné en connectant ses sens à l'environnement qui palpitait autour de lui.

Un frisson le prit. Il eut une pensée pour son dernier festin, cet ultime repas qu'il avait pris en se délectant des chairs cuites d'Arno Van Weddingen. L'anthropophage avait dévoré le nécrophile, digéré la viande de la bête. Il s'était nourri de l'âme du mal et de ces âmes soustraites à la vie par le monstre, imprégné de l'esprit de Clarisse. Ce festin avait été le dernier et il en était convaincu. Sa venue à L.A. était pour lui un pèlerinage crucial, un voyage rédempteur au bout duquel il devrait livrer sa vie. Son existence devait finir ainsi. Toutes ces années à vivre dans la haine, le sang, l'esprit torturé par l'idée de se libérer de l'obsession de cet amour passager, illusoire, cette infernale possession l'avait plongé dans un coma meurtrier bien plus abyssal que celui qui le tourmentait depuis sa naissance. Il devait se libérer de toutes formes de culpabilité, il devait à présent croire en lui, croire qu'il n'était responsable de rien et que, malgré les apparences, la mort n'était qu'un accident de parcours...

Lorsqu'il fut à l'extérieur, le soleil lui grilla le crâne et lui embrasa le cuir. Derrière ses paupières mi-closes, ses pupilles s'abreuvèrent d'une onde de lumière intense, violente. Il eut l'impression qu'une armée de guêpes lui perforait les globes oculaires. Kavarov tourna mollement la tête et, de ses yeux pleins de larmes, il contempla la tour de contrôle qui se dressait dans le ciel brûlant. Avant de chausser ses lunettes de soleil, il consulta le cadran de sa montre, puis il cala son sac marin sur son épaule. Il avança ensuite en direction du parking, de l'autre côté de la route où l'attendait le taxi qu'il avait réservé.

La chaleur l'écrasait mais il tenait bon. Il était impératif qu'il supporte ce sweat aux manches longues. La peau de ses bras et de ses épaules dévoilait beaucoup trop de détails quant à sa vie de marginal, son passé de meurtrier au sein de la *Bratva*, à l'époque d'un Stalingrad de feu et de sang. Tous les blasons des *Kentovka*, toutes ces familles sanguinaires, ces fratries d'exécuteurs pour le compte de cette organisation criminelle et impitoyable dans laquelle il avait œuvré, se trouvaient tatoués sur sa peau. Son passé gueulait sur son cuir comme l'enseigne d'un drugstore la nuit. Son pedigree s'affichait en arabesques, l'encre verte des *tattoos* vomissait le diagramme entier d'une vie noire au service du crime. Il lui fallait dissimuler sa peau. Son corps ne devait pas parler. Pas tout de suite.

Isaak Kavarov se savait sur la voie de la lumière, sur la voie de sa propre réhabilitation humaine. Il voulait rencontrer cet homme, son fils, ce morceau unique de lui-même, l'héritier de son code génétique.

Toucher sa chair et partir.

Rencontrer Dale Tylon et mourir…

Quatrième partie

Le dernier festin

Mouvement 39

Le néon bleu

Il patientait, assis sur un des sièges du grand hall de l'entrée, lorsqu'il vit un homme s'approcher et lui tendre une poignée de main :

– Bonjour, inspecteur Johnson ! Comme vous avez demandé à nous voir rapidement et que vous avez signalé un caractère d'urgence concernant le meurtre de Montgomery, l'agent Klinger et moi-même sommes disposés à vous recevoir, suivez-moi je vous prie…

Le type lui avait littéralement broyé la main en le saluant.

Alan Kapland, un grand blond au visage carré et très bronzé, guida Johnson dans le bâtiment en sifflotant *Let's Dance* de David Bowie. Lui-même et sa coéquipière, Samantha Klinger, formaient le duo de flics furtivement aperçu par Johnson sur Fox 11, sur les lieux de la découverte du cadavre.

Kapland entraîna Johnson dans un dédale de couloirs et d'escaliers, salua quelques individus en costume sombre et, enfin, il s'immobilisa devant une porte en bois d'acajou. Il frappa brièvement en lançant un clin d'œil complice à Johnson.

Une voix rauque. Une voix féminine qui précisa d'un ton plutôt désagréable que la porte était ouverte.

La pièce était exiguë. Derrière son bureau, la femme aux longs cheveux bruns leva les yeux. Elle scruta les deux hommes par-dessus le verre de ses lunettes et se fendit d'un rictus.

Précédé de l'agent Kapland, Johnson pénétra timidement dans la petite pièce et prit place sur la chaise que lui présenta l'agent fédéral.

— Je suis l'agent Samantha Klinger mais ça, mon coéquipier Kapland a dû vous le dire, dit-elle en désignant le pseudo-flic-surfeur d'un mouvement de tête. Nous travaillons sur le meurtre du réservoir de Silver Lake, mais ça aussi, je suppose que vous le savez...

Une étrange lueur vacillait au cœur de ses pupilles claires comme du cristal. Johnson affirma d'un signe de tête.

— Inspecteur Johnson, je vous reçois aujourd'hui parce que vous avez demandé à nous voir. Et selon nos supérieurs, il était très important que l'on se rencontre. Il paraît que vous enquêtez sur une affaire qui pourrait se recouper à la nôtre, c'est bien ça ? dit-elle en jetant au même instant un regard complice à Kapland.

Le flic au bronzage hawaïen ne bronchait pas. Il se contentait seulement d'afficher ce sourire niais d'adolescent qui ne le quittait pas.

Johnson avait chaud et il ne se sentait pas à l'aise. Klinger provoquait en lui une sorte de fascination. Il éprouvait de l'attirance, une sorte de désir étrange.

— Oui… l'enquête est encore entre les mains de la police du comté, et c'est moi qui la dirige. Nous avons retrouvé cinq victimes, enfin, plutôt… cinq momies. Les corps étaient enfermés dans des containers métalliques, des box individuels qu'un type loue pour diverses utilisations…

— Le loueur est passé à la moulinette ? demanda Kapland.

— Évidemment ! Il avait loué ces box à une supposée société d'import-export inconnue, anonyme, qui avait payé d'avance et en cash pour deux années de location. Et quand le bail est arrivé à terme, le patron du parc a décidé d'ouvrir un des containers appartenant à la société et il a découvert ce truc incroyable…

— Inspecteur Johnson… dites-nous ce qui relie vos momies au cadavre d'Alexander Montgomery. Ce pauvre gars qu'on a retrouvé sur les berges du lac a un lien de parenté avec l'une de vos victimes ?

Elle le fascinait. Avec sa peau très blanche et ses yeux clairs, elle ressemblait à Lilly Rush, l'héroïne de la vieille série télévisée *Cold Case*, mais une Lilly Rush brune, plus ténébreuse et plus inquiétante.

— Non, pas de lien de parenté, mais c'est le mode opératoire, répondit Johnson, il me semble que la dépouille de ce type comporte les mêmes mutilations qui ont été répertoriées sur les momies de…

— Des mutilations de ce genre-là ? le coupa Samantha Klinger en jetant une paire de photos sanglantes sur le bureau.

Alan Kapland émit un grognement en détournant son regard des images obscènes. Johnson ne put les éviter.

Alexander Montgomery apparaissait au centre du cliché, la cage thoracique ouverte, creuse et vide, dépouillée de l'ensemble de ses organes vitaux. Sa peau avait une sorte d'apparence laiteuse, presque translucide, tellement le corps avait été vidangé de son sang jusqu'à la dernière goutte.

— Hum, hum... c'est ça, sauf que nos cadavres à nous sont beaucoup plus anciens, mais ça ressemble en tout point à ce truc. Le légiste du comté m'a fait parvenir son rapport qui se trouve être riche en détails et...

— Quelle est la cause du décès pour vos victimes ? demanda Klinger.

— Selon le légiste, tous les crânes portent une fracture identique à peu près au même endroit, c'est-à-dire dans la zone du lobe pariétale. L'os a été fracassé avec un objet contondant, par un coup porté avec une extrême violence...

— Vous pensez à quoi, vous ? fit-elle, en fixant Johnson dans les yeux.

— Bah... au début, j'imaginais que l'arme pouvait être une batte de base-ball, c'est assez fréquent d'en posséder une chez soi, et puis...

Le flic marqua un temps d'arrêt. Alan Kapland leva la tête et scruta Johnson :

— ... et puis quand j'ai appris que votre victime n'était autre qu'Alexander Montgomery, l'agent de Dale Tylon, j'ai immédiatement pensé à un club de golf. Montgomery était un excellent joueur. Il a même participé à l'US Open, il y a quelques années, et il s'était très bien classé. J'ai fait confirmer ce détail par le légiste qui a laissé sous-entendre que l'arme du crime pourrait être un putter de golf... alors, je crois qu'il faudrait s'intéresser davantage à l'entourage de Montgomery, continua Johnson, et plus précisément au cercle de ses amis golfeurs. Bien évidemment, ce ne sont que des suppositions. Il pourrait également s'agir d'un tueur isolé, loin du milieu élitiste de ce sport, mais qui aurait l'habitude de se servir d'un putter de golf pour refroidir ses victimes...

— Votre théorie me paraît bonne, lança Kapland, mais concernant ce foutu rituel de *vider* les cadavres, de les délester de leurs boyaux et de leurs organes, à quoi vous l'attribuez ?

Mark Johnson resta silencieux. Son regard se perdit dans celui de Samantha Klinger qui, pour la première fois, lui renvoya un sourire humain. La paroi de glace qu'elle portait sur son visage depuis le début de l'entretien venait de se rompre.

Johnson haussa les épaules :

— Je sais pas trop, j'avoue ne pas saisir cet acte mais... je pense que les victimes retrouvées dans les containers métalliques y ont été enfermées pour une bonne raison...

— Laquelle ? firent de concert les deux fédéraux.

— Selon moi, le meurtrier venait prélever sur les corps ce dont il avait besoin et repartait tranquillement. J'ai longuement songé au puceron. Ce petit insecte qui sert de vache à lait aux fourmis est tout d'abord soumis, domestiqué et sert enfin de producteur de miellat pour la colonie. En échange de quoi, les fourmis le protègent d'éventuels prédateurs. Pour les corps, c'est un peu pareil. Le tueur leur rend visite régulièrement pour prélever un morceau de...

— Merde ! Vous pensez à un trafic d'organes, c'est ça ? demanda Klinger.

— Je ne sais pas, peut-être... enfin, non, je ne crois pas, vu la façon dont sont prélevés les organes... et c'est ça qui me chiffonne. À moins que le tueur utilise les organes comme des offrandes, pour des rituels sataniques, ce genre de connerie...

— Dans ce cas, pourquoi Montgomery n'a pas été *stocké* comme les autres ?

— J'en sais foutre rien, les gars, je n'ai pas assez d'éléments pour vous répondre... et puis, c'est quoi cet interrogatoire ? termina Johnson, agacé.

Samantha Klinger contourna son bureau et se rapprocha de Johnson :

— Inspecteur Johnson, vous êtes un bon flic, vous êtes habile et perspicace, je tenais à vous le dire. L'agent Kapland et moi-même allons rendre une visite à ce fameux peintre, *le grand* Dale Tylon. J'ai découvert aujourd'hui que ce gars est membre VIP du Trump National Golf Club de Los Angeles et, même s'il n'a pas les talents de golfeur que possédait Montgomery, il joue tout de même au golf. Nous supposons que lui aussi possède un beau caddie rempli de clubs... Vous nous avez mis sur la piste. Finalement, flirter avec la police locale, c'est pas si mauvais ! termina-t-elle en souriant.

Kapland gloussa. Il émit une espèce de ricanement niais tout en rangeant les photos de Montgomery dans une pochette.

Johnson abandonna son siège et se dirigea vers la grande baie vitrée. Il jeta un œil au dehors, le regard perdu dans le flot de véhicules qui déboulait sur Wilshire Boulevard et San Diego Freeway.

Jamais il n'aurait pensé que le FBI pouvait être aussi séduisant et qu'il le ferait bander avec une telle intensité...

*

Dale Tylon entrouvrit les deux grandes portes de l'alcôve, puis il avança dans l'obscurité. Il trouva rapidement l'interrupteur et une douche de lumière bleue nimba la pièce. Le peintre s'étonna, comme s'il pénétrait en cet endroit pour la première fois...

Les murs sont constellés de sang séché... je ne me souvenais plus de ça.

Il se souvint du cadavre. Le corps. La découpe.

À cette époque, il ne savait pas pour la carotide. Lorsqu'il avait sectionné celle-ci, il était resté stupéfait par le jet de sang qui avait repeint les murs de son atelier maudit. C'était son premier. Il avait pratiqué les incisions au petit bonheur la chance, à l'aveuglette.

Pour la seconde victime, il s'était montré beaucoup plus prudent.

... la lame glisse sur la peau et tranche l'épiderme aussi facilement qu'un couteau dans le beurre. Le sang s'échappe par l'ouverture ; épais, noirâtre, presque avec l'apparence et la consistance d'une liqueur aux fruits rouges...

Dale Tylon posa ses deux seaux en plastique sur le bord de l'évier inox, retira les couvercles et versa chaque contenu dans les bacs séparés. Les fluides se répandirent dans un effroyable bruit de succion. Il tourna ensuite la tête et posa son regard sur la table en acier chirurgical. Outil éblouissant, rutilant, qui dardait ses éclats de métal, embrasé par la lumière artificielle du néon bleu. C'était sur cet étal macabre et froid qu'il préparait avec précision ses palettes de couleurs.

Monika... sa femme. Le box 337.

Le néon se mit alors à trépider, plongeant la tanière dans une obscurité intermittente...

Mouvement 40

Doggy bag

Le type était avachi sur son transat comme un lézard de roche sur un mur.

Le soleil baignait la terrasse d'une lumière aveuglante qui se réfractait sur les dalles de granit clair. L'air, brûlant, enveloppait la ville d'un écrin de feu, d'une chape invisible qui enserrait Los Angeles et se rétractait à mesure que le soleil grimpait au zénith.

Victor Carcassonne avait tout oublié. Il avait zappé les évènements de cette nuit tragique qui s'était déroulée voilà onze ans. Il avait extrait de sa carte mémoire la foirade de la rue de l'Albanne, cette nuit où tout avait basculé, où il avait pactisé avec le diable en laissant filer Isaak Kavarov pour un gros paquet d'argent. Il avait fait table rase de la merde qu'il avait brassée, de la pourriture qu'il avait répandue. Il avait oublié le suicide maquillé de Chris Lanzmann, le meurtre de William Donatelli et l'assassinat de Sohan Ordell.

Il vivait paisiblement, loin de tout. Oublié de sa famille, de sa femme qu'il n'avait jamais vraiment aimée, de sa fille qu'il n'avait jamais vraiment voulue.

Sa casquette, à l'effigie des Dodgers de Los Angeles, lui masquait entièrement le visage, recouvrant sa peau tannée et la barbe blanche qu'il s'était laissé pousser. Carcassonne avait appris à aimer le base-ball, un peu malgré lui, par solidarité pour la traînée qu'il avait sortie du tapin et qui vivait à son côté depuis dix ans. Celle-ci était passionnée par ce sport viril, surtout après les matchs, dans l'obscurité des couloirs et des vestiaires à la sortie des douches.

Ce qui lui parut étrange, c'est qu'à l'instant où claqua la porte d'entrée, Vintage, le vieux doberman édenté qu'il avait accueilli en même temps que sa maîtresse, n'avait pas réagi. En général, lorsque Lucia rentrait, le monstre lui sautait dessus et lui faisait une fête de tous les diables en bavant partout.

Encore engourdi de sa sieste, Carcassonne releva sa casquette, se redressa sur sa chaise longue puis demanda en forçant sur sa voix enrouée :

— ... Lucia ? T'es rentrée ? C'est toi ou quoi ?

Silence. Vintage resta muet. Lucia aussi.

Il se leva, attrapa le tee-shirt qui traînait sur le dossier d'une chaise et l'enfila. Il pénétra dans la maison plongée dans la pénombre. Lucia abaissait les grands stores roulants pour avoir un peu de fraîcheur lorsque la climatisation ne tournait pas. La télévision, branchée sur la chaîne Pasadena 56, diffusait un flux d'images tournées caméra à l'épaule, qu'un journaliste de terrain essoufflé commentait avec peine. Le documentaire évoquait la pauvreté, la précarité et l'insécurité grandissante à Los Angeles, ainsi que la prétendue gangrène que tout le monde redoutait : la formation exponentielle de gangs meurtriers dans les quartiers chics, ainsi que la multiplication d'attaques terroristes.

Carcassonne coupa le poste en tendant l'oreille, inquiet.

— Lucia ? Hey, c'est toi ? Vintage ? Viens, mon gros...

L'ex-flic traversa le salon, tira le rideau qui le séparait du couloir longiligne puis s'arrêta, observant silencieusement la porte d'entrée résolument close.

Une fois digérée l'information, accepté le fait que personne ne s'était introduit chez lui, son œil fut attiré sur le sol. Il frissonna et resta pétrifié par ce qu'il voyait.

Il fit quelques pas, embrassa du regard le couloir illuminé, nimbé par la lumière du jour que déversait la paroi vitrée de la porte d'entrée.

Il y avait du sang partout. Des traînées encore fraîches souillaient le sol du couloir et s'étiraient jusqu'à la cuisine.

Carcassonne s'accroupit alors et palpa le fluide poisseux qui maculait le sol. Son visage se fendit d'une grimace de dégoût. Il réalisa à cet instant que son Beretta automatique se trouvait loin, beaucoup trop loin...

Il essuya sur son bermuda le sang encore chaud qui engluait ses doigts, puis se redressa, se mit d'aplomb et fit tonner sa voix :

— Je ne sais pas à quoi vous jouez, mais... je suis armé, je n'ai pas peur et je suis en situation de défense, chez moi... Je n'hésiterai pas à ouvrir le feu !

Il pensa de nouveau à son flingue. Rangé au fond du tiroir de son bureau qui se trouvait à l'étage, le Beretta 92 qu'il avait acheté à un toxico aux abois ne lui serait pas d'un grand secours.

La voix s'éleva alors, identifiable parmi mille.

Carcassonne tourna la tête et vit l'homme au sommet de l'escalier, près de l'entrée de son bureau.

Sa gorge se noua, son cœur se mit à tambouriner dans sa poitrine et il eut à peine la force d'articuler :

— Alors c'est ça... Le passé m'a rattrapé, les enfers sont venus à moi. Kavarov... toi, ici ?

— Non, ton passé s'est enfui, c'est mon futur qui t'a rattrapé, mon vieux ! D'ailleurs, avant que tu ne sacrifies ton sang et ton âme dans le chaudron du diable, il va falloir que tu me donnes quelques informations...

— Ce sang... qu'est-ce que c'est ? C'est qui ? lança Carcassonne en désignant le sol d'un doigt tremblant.

L'autre ricana en hochant la tête.

— Si tu t'inquiètes pour le vieux tapin qui te sert de compagne, n'aie aucune crainte, elle va bien. Elle est en ville et elle dépense un peu du fric que je t'ai filé voilà onze ans. Par contre, ton chien était trop vieux, Victor, je l'ai soulagé... mais j'ai tout rangé, j'ai fait un *doggy bag*..., dit-il en riant. Mon dernier festin, je l'ai englouti la semaine dernière et me suis juré de ne plus toucher à la chair humaine mais... le cheval, le bœuf, le chien, quelle différence après tout ?

Victor Carcassonne posa un pied sur la première marche de l'escalier en suppliant :

— Je t'en prie, allons... je ne t'ai jamais trahi, je ne t'ai jamais donné, j'ai respecté notre contrat...

— Boucle-la ! Tu étais au courant pour Clarisse, tu as toujours su pour mon fils... Aujourd'hui je ne viens pas te faire une seconde proposition, je suis venu remettre les pendules à l'heure, reprendre le contrôle de ce qui ne m'appartient déjà plus...

Carcassonne entreprit de grimper l'escalier, confiant, abordant un sourire presque décontracté.

— Allons discuter un peu dans mon bureau, mon ami, fit-il en faisant mine de peiner.

— Si c'est ça que tu cherches, grogna l'homme en lui présentant le Beretta, tu n'as plus besoin de t'inquiéter, je l'ai chargé avant que tu ne le fasses...

— Qu'est-ce que tu es venu faire, Isaak, hein ? Tu es venu remuer la merde, c'est ça ?

— Non, pas pour la remuer, mais plutôt pour tirer la chasse des chiottes et l'évacuer. Aujourd'hui, j'ai pour mission de faire disparaître les vilaines traces qui ressurgissent. La vérité semble émerger à mesure que les années s'égrènent et je pense que les flics vont commencer par ton passé. Ils cherchent à savoir pourquoi tu as pactisé avec le diable... et surtout où est-ce que celui-ci se trouve.

Kavarov plongea la main dans sa poche et en ressortit un petit sac en papier ensanglanté. Il le secoua devant lui en ricanant, puis précisa en chuchotant :

— J'ai soudain comme l'impression que mon *doggy bag* ne me suffira pas pour midi...

*

Silencieux et pensif, Melvin contemplait le déclin du soleil. En scrutant les étendues célestes par-delà la baie vitrée de son salon, il avala les dernières gouttes de son irish-coffee. Dans le fond de la pièce, une vieille platine crépitante gémissait le son d'un vieux vinyle : le 45 tours de *The End*, du mythique groupe The Doors.

« This is the end, beautiful friend
This is the end, my only friend, the end
Of our elaborate plans, the end
Of everything that stands, the end. »

Il avait repensé à sa transe cataleptique depuis les profondeurs de la tombe de Sohan Ordell, à cette étrange sensation qui l'avait plongé dans une sorte de coma et l'avait ainsi figé, emporté à travers les failles du temps. Il se souvenait avoir revu très nettement l'assassinat de son coéquipier de l'époque, commandité par leur supérieur d'alors, le capitaine Carcassonne. Il se rappelait avoir été absorbé par une sorte de grand vide, un vaste trou noir.

À son retour du territoire des morts, Melvin avait confié à Luka Kassabian qu'une ultime vision était venue se greffer à son extraconscience, un peu comme une image subliminale. Le visage d'une jeune femme très belle qui dégageait beaucoup de tristesse, une profonde mélancolie. Son regard brun clair lui était apparu plein de chagrin, de haine, de dégoût, d'une aversion totale pour celui qui avait assassiné Sohan Ordell.

Cette image, c'était celle d'Émilie. La fille du capitaine Carcassonne. Celle qu'il avait abandonnée au moment de sa fuite, alors qu'elle n'avait pas 15 ans...

Mouvement 41

Un second souffle

— Je ne veux pas vous blesser ou rouvrir de vieilles cicatrices, mademoiselle, ou même vous mettre mal à l'aise, mais il est très important pour moi que vous répondiez à mes questions. Je sais que c'est vieux tout ça, seulement, retrouver votre père nous permettrait peut-être de mettre la main sur un dangereux criminel…

Émilie Carcassonne dévisagea Luka Kassabian d'un air farouche. Elle était adossée au mur de sa cuisine, la nuque légèrement rejetée en arrière pour recracher un épais nuage de fumée bleue.

La jeune femme portait un jeans assez serré qui suggérait qu'elle n'avait pas été sous-alimentée durant son enfance, un long pull de laine décolleté qui offrait une vue imprenable sur la naissance de ses seins, ainsi que des spartiates en cuir. Des cheveux bruns un peu bouclés, presque noirs, relevés en un chignon hirsute, un visage à la peau très pâle, une bouche aux lèvres menues et des yeux clairs lui conféraient un air de religieuse latino, une sorte de madone des favelas.

Elle écrasa sa cigarette d'un geste nerveux dans l'évier humide, se retourna, croisa les bras et s'adressa au flic en regardant le sol :

— J'ai 26 ans, lieutenant, ça fait maintenant onze piges que mon vieux a glissé, que ce pourri nous a abandonnées maman et moi. Tout ça, c'est du passé, mais c'est lourd à digérer, surtout lorsque votre mère en crève, qu'elle se suicide de désespoir, vous comprenez ?

Kassabian acquiesça religieusement d'un mouvement de tête.

— ... J'avais 15 ans, j'étais une petite conne d'adolescente mais j'avais quand même besoin de mon père. Ce salopard s'est tiré, sans rien laisser, à part les emprunts que l'on n'a pas pu rembourser. On a fini par vendre la maison. Quand ma vieille s'est foutue en l'air, je me suis retrouvée chez mon oncle qui ne pensait qu'à une chose, si vous voyez ce que je veux dire... et puis après, j'ai appris par la presse qu'il y avait des suspicions de corruption chez les flics, que mon père aurait pu être mouillé dans ce fameux fiasco, le soir de l'opération de police de la rue de l'Albanne. Les rumeurs laissaient supposer qu'il aurait pu être un agent double, une taupe, le collaborateur d'un dénommé Isaak Kavarov, un ancien tueur à gages qui avait sévi au temps du bloc soviétique, et que l'on considérait comme un terrifiant tueur en série. À l'époque, l'IGS avait longuement enquêté sur mon père. Des agents venaient sans cesse fouiller la maison et nous posaient des tas de questions sur ses relations ou ses connexions extraprofessionnelles...

Émilie Carcassonne avait évoqué sa jeunesse avec émotion. Sa voix avait tressailli à l'évocation du suicide de sa mère et son regard s'était assombri.

Luka se rapprocha d'Émilie :

— À l'époque, ces enquêteurs de l'inspection des services ont-ils découvert des informations particulières qui auraient pu les mettre sur la piste de votre père ? Vous ont-ils posé des questions relatives à son entourage ?

Elle alluma une autre cigarette. Sa main trembla un peu en approchant la flamme du briquet qui éclaira son visage laiteux. Elle frissonna.

— Je ne me souviens pas trop, mais ils parlaient souvent des États-Unis... des documents que mon père aurait oublié d'emporter. Cela leur a laissé supposé qu'il avait des connexions avec la Californie...

— La Californie ? C'est-à-dire ?

— Je sais pas, moi... Ils ont trouvé des échanges de mails, des correspondances avec un notaire et un agent immobilier de Los Angeles...

— Los Angeles ? Quoi, attendez... des éléments prouvaient que votre père s'était probablement fait la malle aux États-Unis et ils ne sont pas allés plus loin ? Personne n'a vérifié ?

— Au début, avec maman, on a vraiment cru que mon père s'était fait buter. Quand j'y pense, j'ai même failli le pleurer... et puis cette théorie selon laquelle il avait quitté le pays s'est cristallisée tout au fond de moi. J'ai alors demandé qu'ils vérifient, qu'ils envoient des enquêteurs sur place. On nous a répondu que ce n'était pas possible, que le budget du ministère de l'Intérieur était serré, que les demandes et les procédures étaient longues...

— Quoi, c'est une blague ?

— Ils ont bétonné l'affaire en nous expliquant qu'après tout, ils ne pouvaient pas aller plus loin. Parce que rien ne prouvait que mon père s'était tiré à l'étranger ou qu'il ait pu avoir des liens avec Kavarov. Il pouvait aussi bien être mort et enterré qu'avoir été impliqué dans un règlement de comptes avec des malfrats qui auraient fait disparaître son corps...

Luka Kassabian soupira. Il passa la main sur son front en dévisageant Émilie Carcassonne, comme s'il allait lui demander l'impossible.

— Merci, Émilie, fit-il d'une petite voix éplorée, et vous, vous en pensez quoi de tout ça ?

— Laissez tomber... même s'il s'avérait que cette pourriture était encore en vie, à mes yeux, je le considère comme mort et enterré...

Luka Kassabian baissa le regard, saisi d'un sentiment de culpabilité. Il était conscient que la jeune femme souffrait.

— Écoutez, je vais en discuter avec le magistrat qui instruit l'affaire sur laquelle je bosse en ce moment. Nous allons contacter le secrétariat général d'Interpol, faire bouger le ministère, déplacer des montagnes s'il le faut, mais je veux en avoir le cœur net. Je me rendrai sur place, j'irai moi-même à Los Angeles s'il le faut...

Émilie Carcassonne écrasa alors sa cigarette, le regard perdu dans celui de Kassabian.

Elle lui offrit un sourire. Sa vie venait soudainement de prendre un sens nouveau, de lui accorder un second souffle...

Mouvement 42

Alpha Genetic & Beta Generic

14 h 30.

Ça sentait la sueur et le café.

Le visage empourpré et la testostérone en fusion, le capitaine Jeffrey prenait garde à ce que son regard ne croise pas celui de son subordonné. Il grattait le sol de la salle d'interrogatoire du bout de sa chaussure, décrivant des traces elliptiques sur le sol crasseux.

Mark Johnson, d'une froideur absolue, s'installa silencieusement au côté du loueur de box.

Une douche de lumière fade enduisait les visages cireux des trois hommes qui n'avaient encore prononcé aucun mot. Lopez, le propriétaire du parc locatif, était serein, malgré le fait que les flics aient extrait cinq corps desséchés de l'intérieur de ses containers. Il rejeta ses dreadlocks en arrière, croisa les bras et attendit patiemment que l'on vienne à nouveau lui faire cracher ce qu'il avait déjà craché.

Le capitaine Jeffrey sermonna soudain son subordonné :

— On rediscutera de tout ça, Johnson ! Vous savez que j'aime pas trop que vous foutiez les pieds chez les fédéraux ! Qu'est-ce qui vous a pris ?

— Vous aviez validé ma requête, bordel ! Je crois rêver, là !

— Descendez d'un étage, Johnson ! J'aime pas votre ton, là...

Johnson marqua un temps d'arrêt. Il lorgna en direction de la machine à café, puis reprit :

— ... Vous savez bien ce que je pense de la hiérarchie et de tout ce bazar pour frustrés névrosés... alors, laissez tomber. Si vous voulez, je lâche l'enquête et je retourne bosser sur les vols de voitures de Chinatown...

— Vous allez trop loin, lieutenant Johnson, je vous ai demandé de baisser d'un ton...

Le flic se servit un café et se retourna :

— Bon... alors on arrête ! Cette scène de ménage me tape sur les nerfs ! Les fédéraux ont une piste, j'en ai une... des similitudes dans chacune de nos affaires convergent vers un seul et unique point commun, voilà, c'est tout. C'est pour ça que les fédéraux avaient besoin de me voir...

Jeffrey scruta le cadran de sa montre et soupira de lassitude.

— Je dois vous abandonner, Johnson, lança-t-il, nous allons préparer l'arrivée de deux homologues français qui débarquent demain. Apparemment, ils sont sur un coup qui les conduirait jusqu'ici, à Los Angeles. Une vague histoire de meurtre vieille d'une dizaine d'années...

Il lorgna Lopez puis se rapprocha de Johnson en chuchotant :

— Le métèque, là, il est plein de hasch jusqu'aux yeux, essayez de me le cuisiner, hein, vous voyez ? Il doit en savoir plus que ça sur le locataire qui a loué les fameux containers, cette soi-disant société d'import-export doit cacher des trucs louches... Ce Mexicain m'inspire pas confiance.

Johnson soupira, secoua la tête et leva les yeux au ciel.

— Le FBI voulait nous baiser l'affaire des momies, mais... l'assassinat d'Alexander Montgomery est lié à notre merdier, c'est sûr. Le mode opératoire est le même. La saloperie que le tueur a fait subir aux victimes des box est identique aux blessures relevées sur le corps éviscéré de Montgomery et, croyez-moi, car j'ai vu les photos, quand c'est tout frais, ça vous fait chavirer. Une telle barbarie, un acte aussi bestial, ça peut pas vous laisser indifférent. Le bureau fédéral amorce sur la piste de l'agent de Dale Tylon ; il veut établir le lien entre le peintre, Montgomery et nos momies et, bien qu'il en ait le droit, le FBI ne nous retire pas l'affaire. Il espère même une étroite collaboration avec nos services...

Le capitaine Jeffrey sembla s'enorgueillir, sachant qu'indéniablement les caméras des médias locaux allaient se focaliser sur l'enquête des fédéraux et, dans le même mouvement, braquer les projecteurs sur l'affaire des macchabées momifiés. Il se voyait déjà serrer la main du maire de Los Angeles, face aux flashes crépitants.

— Tout à l'heure vous disiez tenir une piste avec le FBI, expliquez-moi ça, geignit-il en consultant nerveusement sa montre.

— Je viens de vous le dire... nos enquêtes sont liées, ces deux affaires n'en font qu'une. Il se pourrait bien qu'il s'agisse du même tueur... le FBI reste formel sur ce point.

— Et vous... vous êtes dans leurs petits papiers ?

— On n'en est pas là, mais... je crois qu'on a des pistes à explorer ensemble. J'ai des connexions sur L.A. qu'ils n'ont pas, une manière de progresser différente de la leur, une faune d'indics en place dans la ville, bref, ils savent où se trouve leur intérêt...

Jeffrey acquiesça d'un signe de tête sans être vraiment convaincu. Il pointa ensuite discrètement de l'index le rasta avachi sur son siège et dit tout bas :

— Lui, vous me le cuisinez ! Vous ne le mettez pas en pièces mais vous me l'essorez, bien sec ! J'ai l'impression qu'il y a quelque chose à gratter là-dessous... Bon, je file, on va préparer l'accueil de ces policiers français...

*

Dale Tylon émergeait d'un long sommeil chimique. La lente chorégraphie psychotrope qui l'avait conduit aux lisières du coma se dissipait peu à peu, la surdose d'alcaloïde se dissolvait. Malgré la quantité de barbituriques qu'il avait ingurgitée et le sommeil abyssal dans lequel il avait plongé, il avait perçu le désagréable tintement du carillon de l'entrée.

Il était très tôt. Trop tôt pour un gars qui, la veille au soir, s'était enfilé des tumblers entiers de Jack Daniel's et avait vidé des magnums de Cristal Roederer au côté du numéro 1 du box-office américain. L'acteur le mieux payé d'Hollywood lui avait présenté le staff du dernier succès des studios Disney dans lequel il avait le premier rôle ; le tout dernier épisode de la saga d'un pirate plein d'audace et d'humour. Le cerveau vrillé par les flashes aveuglants des photographes, les kilowatts de son que le disc-jockey avait libérés tout au long de la nuit, la poudre, l'alcool, le brouhaha intense d'une foule en surchauffe l'avaient lentement conduit aux frontières de l'inconscience...

Le bolide de la star l'avait déposé sur Mulholland Drive, aux portes de son domaine. Alors que le jour se levait sur la cité des anges, Dale était descendu du véhicule en titubant. Après avoir avalé une dernière gorgée de vodka de la bouteille que lui avait tendue Marilyn Manson, le peintre avait salué Johnny avant de s'effondrer...

Quelle ne fut pas sa surprise de découvrir sur l'écran du vidéophone les deux agents fédéraux, la mine froide, plantés sur le seuil de son portail. Il distingua le faciès carré de l'agent Kapland. Peau mate, blond, il ressemblait un peu à ces surfeurs qui pullulent sur les plages californiennes. Près de lui, Klinger semblait s'impatienter.

Tylon nota la sensualité que dégageait la jeune femme malgré la rigueur de son costume. Une sorte d'aura farouche, bestiale. L'humeur érectile sous son peignoir lui laissa supposer que les neuroleptiques et les vapeurs d'alcool s'étaient entièrement dissipés. En ouvrant la porte, gêné, il avait vaguement réajusté le débraillé de son peignoir. Les agents pénétrèrent dans son salon et Tylon leur indiqua le canapé de cuir blanc en leur proposant de prendre place.

— C'est vous ? C'est vous qui avez peint ces tableaux gigantesques ? demanda Klinger en désignant les surprenantes fresques étendues sur les murs immaculés.

— Qui d'autre que moi, hein ? demanda Tylon en haussant les épaules. Vous croyez sincèrement que j'exposerais les toiles d'un autre peintre sur mes murs ? D'après certains spécialistes – des pointures de l'art contemporain –, il s'agirait là de mon *Œuvre* principale. Selon eux, voici les toiles qui représenteraient ma fortune : ces deux gigantesques tableaux que vous voyez là et qui se nomment *Alpha Genetic* pour celle de gauche, et *Beta Generic* pour celle de droite… mais je suppose que vous n'êtes pas venus discuter peinture, n'est-ce pas ?

Il renifla un vestige de coke encore collé sur sa paroi nasale et scruta le regard de la jeune femme. Il reprit aussitôt :

— C'est horrible ce qui est arrivé… j'ai du mal à m'en remettre.

— En dehors du fait qu'Alexander Montgomery était votre agent, en dehors de vos relations professionnelles, vous étiez aussi amis… je ne me trompe pas ? demanda Klinger.

— Non, vous ne vous trompez pas… Montgomery était effectivement un ami. C'est lui qui m'a construit, c'est grâce à lui tout ça… C'est lui qui m'a permis de gravir le sommet.

Le sosie de Lilly Rush arrangea une mèche derrière son oreille, puis continua :

— D'après nos renseignements, vous… vous êtes un enfant de l'assistance publique française, vous n'avez pas connu vos parents, c'est bien ça ?

— Non… j'ai grandi dans une famille d'accueil et…

Dale Tylon hésita avant de poursuivre. Il contempla longuement les arabesques rubescentes qui se déroulaient sur ses toiles fétiches. Il inspira profondément et reprit :

— J'ai subi des attouchements et… je me suis enfui.

— Toujours selon nos sources, votre père adoptif serait décédé suite à un accident du travail, dans son propre atelier de mécanique et… votre mère, elle, se serait suicidée l'année suivante, c'est ça ?

... Mon salopard de père travaillait sous le 4 × 4 dans la fosse du garage, et j'ai actionné le mécanisme du pont élévateur. Je réentends bien le terrifiant craquement des os sous le châssis d'acier... et je revois bien son crâne qui explose, qui s'étale comme une pastèque molle...

— Monsieur Tylon, c'est bien ça ?

— Ma mère *adoptive*, oui, c'est ça, mais... vous êtes venus pour quoi au juste ? Pour me questionner au sujet du meurtre d'Alexander Montgomery ou pour exhumer avec moi les ordures de mon passé ? Peut-être auriez-vous même des soupçons à mon égard ? Non ? termina-t-il, agacé, en se frottant le nez de la paume de sa main.

La voix de Dale Tylon avait changé de ton et Kapland s'était levé du canapé. Samantha Klinger calma aussitôt les ardeurs de l'artiste :

— Allons, personne n'accuse personne. Seulement, suite à l'autopsie pratiquée sur Montgomery, le légiste est formel : il aurait été tué par un coup porté à l'aide d'un objet contondant, et plus précisément par un coup mortel porté sur le pariétal...

— Continuez..., marmonna Tylon, les yeux fermés.

— Nous pensons que vous pouvez nous apporter votre aide...

— Ah oui, c'est intéressant... et de quelle façon ?

— Nous avons de bonnes raisons de croire que le meurtrier pourrait être golfeur, ou tout du moins avoir des liens avec ce milieu et, sachant que vous êtes membre VIP du Trump National Golf Club, on a songé...

— Songé à quoi ? Montgomery passait le plus clair de son temps dans ce putain de club pour vieillards friqués. Il passait son temps libre sur le green, il avait beaucoup plus de connexions sociales que moi au sein du club. Il était classé, c'était un grand joueur, vous savez... Moi, c'est plutôt du pipeau, je suis là pour la remise des prix lors des tournois, j'envoie un swing en présence du maire devant les photographes pour une inauguration quelconque, mais je ne m'attarde jamais...

L'agent Klinger plongea son regard dans celui de Kapland qui souriait niaisement en écoutant Tylon. Le grand costaud comprit aussitôt la manœuvre de sa collègue et reprit l'interrogatoire :

— Monsieur Tylon, connaissiez-vous les individus avec lesquels Montgomery avait l'habitude de sortir, de déjeuner ou de jouer au golf ? Lui connaissiez-vous des ennemis ? Un mari jaloux, par exemple, ou quelqu'un qui lui voulait du mal ?

Samantha Klinger s'était approchée d'une des toiles qui occupait tout le mur. N'osant toucher la matière qui les striait, elle sortit ses lunettes, les chaussa et avança son visage tout près des longues cicatrices de peinture. Un relief étrange semblait prendre forme et vouloir s'extraire de la toile. Un détail lui en rappelait un autre, mais sans savoir lequel ni pourquoi.

Tylon observa Klinger du coin de l'œil, puis il se tourna de nouveau vers le flic à la gueule carrée :

— Non, à ma connaissance Montgomery n'avait pas d'ennemis et ne baisait pas la femme d'un membre du club. Aux dernières nouvelles, on devait bosser sur une expo qui devrait avoir lieu en France, à Paris et à Lyon, dès septembre. Il travaillait avec des collaborateurs français, ici à Los Angeles, des gars que je ne connais pas. Peut-être est-ce de ce côté qu'il va falloir chercher...

Samantha Klinger retira ses lunettes et se retourna puis, désignant le gigantesque tableau, elle s'adressa au peintre :

— Monsieur Tylon, c'est curieux cette matière sur vos toiles... on dirait presque...

— Du sang ? C'est à cela que ça vous fait penser ?

— Exact, mais... on dirait...

— Du sang animal, oui, c'est ça... mais il y a également un subtil mélange de pigments assez rares et des matières que je désire garder secrètes...

— Vous aimez les secrets, vous..., lança-t-elle en caressant la signature au bas du tableau.

— J'aime le mystère, répondit Tylon, un sourire mesquin au coin des lèvres.

Kapland scruta le cadran de sa montre et, se rapprochant de Klinger :

— Nous n'allons pas plus vous déranger. Au fait, dites-moi, vous ne prévoyez pas de quitter les États-Unis avant septembre ?

Tylon parut tomber des nues :

— Quoi, vous m'assignez à résidence, là, ou quoi ? Je rêve !

Klinger secoua la tête et se campa devant Tylon.

— Ne vous emballez pas, monsieur Tylon, nous voulons juste que vous collaboriez avec nous, c'est tout...

— C'est tout ? Alors expliquez-moi pourquoi vous débarquez chez moi, la fleur entre les dents, pour me bassiner avec mon enfance, le fiasco de ma famille adoptive et tout le tremblement, hein ?

— Parce que le psychocriminologue qui travaille avec nos services a déjà établi le profil d'un tueur type, monsieur Tylon...

— J'vois pas le rapport, bordel !

Un très fin filet de sang se mit alors à suinter d'une de ses narines.

— Selon lui, le sujet est dangereux... c'est un individu instable, avec des troubles de la personnalité et du comportement dus à un violent traumatisme absorbé pendant l'enfance. Syndrome d'abandon, caractère *borderline*, passages à l'acte... Ce sont les mots qui figurent sur le rapport de notre profiler...

Tylon ricana doucement. Il se rapprocha des deux agents et les poussa délicatement vers la sortie.

— Donc, si je comprends bien, vous êtes venus me voir parce que vous pensez que je corresponds au type qu'un pseudo-psy bardé de diplômes à la con a décrit en voyant le corps de Montgomery, c'est ça ? conclut-il en reniflant.

Samantha Klinger hocha la tête.

— Non, monsieur Tylon..., fit-elle en faisant pivoter la bague à son annulaire, ce n'est pas seulement en examinant le corps de Montgomery que ce gars a établi ce profil psychologique...

Silence. Les regards s'échangèrent brièvement, puis Klinger poursuivit en brandissant une coupure de presse :

— ... mais aussi en observant votre visage sur cette photo, et en analysant également votre comportement lors de la seule interview télévisée à laquelle vous avez participé.

Klinger posa l'article du *Los Angeles Times* sur la sellette en marbre, près de la porte d'entrée. Elle s'éclipsa ensuite, suivie par Kapland qui salua l'artiste d'un signe de tête.

Dale Tylon eut un haut-le-cœur. Sa tête lui tourna et son rythme cardiaque s'emballa, effaçant les dernières traces d'alcool et de coke qui délièrent définitivement les neurones carbonisés du jeune millionnaire...

Mouvement 43

L'homicide de Cumberland Avenue

Carcassonne s'était vidé de son sang comme un goret. Kavarov l'avait regardé crever, confortablement installé sur une chaise en dégustant un pamplemousse rose de Floride.

Il avait pris soin de lui loger une balle dans la région du foie, pour une mort pas trop rapide mais irréversible. Juste de quoi laisser le temps à la langue de se délier.

Peu avant de rendre son dernier souffle, Carcassonne avait craché le morceau. Il avait expliqué à Kavarov pourquoi son enfant caché s'était retrouvé ici, en Californie. Il lui avait révélé comment il avait découvert l'existence de ce fils, comment il avait retrouvé la trace de sa famille d'accueil. Il lui avait également confié pourquoi les parents adoptifs de son enfant étaient morts. Il lui avait expliqué qu'il avait peu à peu remonté le cours du temps et des évènements, et qu'il avait découvert le nom de sa mère biologique, et surtout... *qui* était son père.

Avant de laisser derrière lui le cadavre de Carcassonne, Kavarov lui avait retiré de l'auriculaire un anneau en or. Il avait aussitôt reconnu la bague qu'il avait offerte à Clarisse. Le vieux flic avait à son doigt le bijou que portait la jeune femme le jour de sa mort, l'anneau que Kavarov lui avait offert le jour du second anniversaire de leur rencontre.

Carcassonne le lui avait-il retiré à la morgue ou sur les lieux de l'accident ? Peut-être était-ce même avant que les évènements ne surviennent, avant cette nuit tragique qui avait coûté la vie à Clarisse Donatelli.

Kavarov se retrouvait sur le front de son propre conflit, au beau milieu des ruines de sa propre guerre. Pour la première fois de sa vie, Kavarov avait pris conscience qu'il pouvait lui aussi être blessé sur le champ de bataille, lui, l'enfant de Stalingrad, l'ombre noire de la *Bratva*, le fils prodigue sans peur et sans pitié des *Kentovka* de l'ex-URSS.

Rien n'était immuable, personne n'était immortel.

Il pressentait qu'il arrivait au bout du chemin. Il allait enfin partir. Disparaître. Peut-être même rejoindrait-il cette femme qu'il avait oubliée, cet amour qui paraissait si loin et qui, pourtant, par la seule vue de ce bijou, venait de lui rouvrir une cicatrice douloureuse.

Avant de repartir, il avait pris soin de refermer la baie vitrée qui donnait sur la terrasse et, les yeux dans le vague, il s'était remémoré la conversation avec le vieux flic, peu avant que celui-ci ne rende son âme au diable :

— *Tu sais, je te l'ai dit ; je ne mange plus de chair humaine... c'est fini tout ça...*

— *Je suis heureux de savoir que tu ne vas pas me digérer et me chier par petites boulettes...*, avait répondu Carcassonne en faisant des bulles de sang avec ses lèvres.

— Je suis venu jusqu'à toi parce que la boîte de Pandore a été rouverte... Le flic que tu as plombé voilà onze ans, bah... il vient de sortir de terre. Et ce putain de médium est venu foutre son nez là-dedans, et ce jeune poulet qui a fait du charme à ta progéniture aussi...

Carcassonne avait serré les mâchoires.

Kavarov avait poursuivi :

— ... Ce médium, c'est le type qui a fait foirer notre plan de la rue de l'Albanne, le soir où on a descendu William Donatelli à la boutique du Papillon-Noir... tu t'en souviens, hein, vieille ordure ? Quand ils ont retrouvé les restes du flic, lors des travaux d'aménagement sur le terrain vendu aux nababs saoudiens, le médium a reconnu la photo des lieux dans la presse. Il s'est alors rappelé au bon souvenir de Sohan Ordell. L'inspecteur chargé de l'enquête a aussitôt brassé des dossiers, croisé des fichiers et s'est soudainement retrouvé face à ton nom. Évidemment, ta mystérieuse *disparition de l'époque n'a laissé personne indifférent, surtout pas ta chère fille Émilie...*

— Melvin Meideiros... ce connard, j'ai toujours douté... j'ai toujours cru que ses facultés extrasensorielles étaient bidons... Et ma fille, je ne vois pas ce qu'elle a pu lui raconter à ce flic. Elle a que dalle, elle n'a pas de biscuits à leur donner aux poulets, elle ne sait rien...

Carcassonne avait alors à cet instant-là été saisi d'une quinte de toux. Le sang, noir et épais, s'était épanché en quantité abondante sur le sol et ne formait plus qu'un miroir aux reflets étranges.

— Pourtant, il faut croire que si. Le flic de la criminelle est accompagné du médium, et ils débarquent à Los Angeles. Ils sont venus pour toi, vieille charogne. Ils sont venus pour te cueillir et par la même occasion remonter jusqu'à moi. Ces poulets-là ne lâchent rien, je les connais bien... et tu le sais aussi. Tu aurais certainement négocié quelque chose d'intéressant une fois de plus. En échange de ma tête que tu aurais vendue aux flics pour une poignée de roupies, tu aurais pu finir de cramer ton vieux cuir sous d'autres latitudes...

Le visage de Carcassonne avait pâli. Recroquevillé dans un coin, il avait simplement pointé un doigt d'honneur à l'égard de l'ex-découpeur et l'avait ensuite sucé d'un air détaché.

Il avait pris conscience qu'il crevait comme une bête, comme un poisson hors de l'eau qu'on laissait agoniser, comme un taureau épuisé au centre de l'arène qui fonçait droit à la mort dans un dernier élan de bravoure.

— ... et ça, ce n'est pas possible, tu comprends ? Je t'ai laissé ta chance il y a onze ans, et tu as merdé. Aujourd'hui, je dois retrouver mon fils avant que les flics me tombent dessus, et ensuite en finir avec tout ça...

— Ton fils ? Fais-moi rire... Il ne sait rien de toi... Il... il ne connaît même pas ton existence...

— Qu'est-ce qui t'a conduit jusqu'à lui ?

— Les rapports... les rapports médicaux, j'ai... j'ai eu accès à certains documents lors du décès de Clarisse... elle a accouché sous X, mais... elle avait laissé des consignes, un nom, celui que l'enfant porterait...

— Crache, ordure ! Donne-moi ce putain de nom !

— *Ça va, t'emballe pas, c'est... Tylon... il s'appelle Dale Tylon.*

— *C'est mon fils ? Ce Dale Tylon, c'est mon fils ? C'est quoi ce nom ?*

Le vieux s'était mis à ricaner tout en sentant qu'il rendait là son dernier souffle. Dans un sifflement qui avait semblé perforer ses poumons, il avait alors lancé :

— *C'est... c'est juste une connerie, c'est son agent qui lui a trouvé un blase qui sonne américain. Ce gamin est un con fini, la célébrité lui est montée à la tête...*

Isaak Kavarov avait chassé d'un battement de cils l'image de Carcassonne qui s'était raidi, puis avait refermé la porte coulissante de la baie vitrée et s'était éloigné.

En scrutant l'horizon, il avait distingué un avion sur le point d'atterrir, un gros-porteur qui accoucherait de son flot de passagers. Parmi eux, deux individus ramenaient dans leurs valises tout un pan de son abominable passé.

La phase fondamentale de son escalade rédemptrice s'était achevée.

Son futur l'attendait.

*

Kassabian et Meideiros avaient fait parvenir leur photo anthropométrique par Internet, afin que les flics américains puissent les reconnaître et les accueillir à l'aéroport.

Derrière un groupe de touristes, Jeffrey distingua un homme chauve, avec des yeux très clairs et un petit bouc poivre et sel. À ses côtés, un jeune gars avec des cheveux un peu gras et un regard sombre.

Une fois devant les deux Français, Jeffrey ne put s'empêcher de plonger ses yeux dans ceux de Melvin Meideiros.

— Bonjour messieurs, je suis le capitaine Jeffrey... vous avez fait bon voyage ?

— Oui, enchanté, je suis Luka Kassabian, cellule criminelle de la police judiciaire française...

Ils échangèrent une vigoureuse poignée de main et se mirent en marche. Jeffrey avait ressenti un malaise lorsque son regard avait croisé celui du médium qui n'avait toujours pas dit un mot.

— Cellule criminelle ? Mais, vous êtes bien ici pour une procédure de recherche dans le cadre d'une disparition inquiétante, comme vous dites chez vous... non ?

Kassabian répondit en scrutant l'horizon, sans même daigner accorder un regard au capitaine Jeffrey :

— Eh non ! Je dois vous avouer qu'on a un peu grugé ! lança-t-il en ricanant. Le type qu'on veut serrer a disparu il y a une dizaine d'années et... et il est à écarter de la procédure des disparitions inquiétantes. Tout cela s'est passé dans un contexte probablement criminel. Sa fille a très récemment fait la demande d'une nouvelle enquête auprès du procureur de la République française et ce, sous notre conseil... On est donc ici de façon officieuse, tant que nous n'avons pas l'aval du procureur...

— Je comprends pas trop, monsieur Kassabian..., grinça Jeffrey.

— Appelez-moi Luka, capitaine Jeffrey... Qu'est-ce que vous ne comprenez pas ?

De son côté, Melvin Meideiros marchait en tirant sa valise à roulettes, muet, cloîtré dans son étrange autisme.

Jeffrey continua :

— Bah... ce type s'est volatilisé il y dix ans, et voilà qu'il vous remet la puce à l'oreille aujourd'hui... je m'interroge.

— C'est pas très compliqué. Ce type en question, c'est Clovis Carcassonne. Il est soupçonné d'avoir commandité le meurtre d'un flic et de s'être enfui à l'étranger. Tout ça pour permettre à un dangereux criminel d'échapper à la justice...

— Un dangereux criminel ?

— Un ex-membre de la mafia russe qui avait élu domicile sur le territoire français et commis des crimes abominables, un mec insaisissable, un genre de Keyser Söze bien flippant...

— Et donc... qu'est-ce qui vous fait penser que votre flic corrompu se trouve ici ?

— Par le truchement de différents documents et témoignages, notamment celui de sa fille, et... et aussi avec l'aide de Melvin Meideiros, fit-il en désignant le médium, nous sommes convaincus que notre homme se trouve à Los Angeles...

Ils passèrent la dernière porte de verre du terminal et le soleil californien embrasa leurs peaux. Kassabian et Meideiros plissèrent les yeux, aveuglés par la lumière, comme douchés par une pluie acide.

Plus loin, sur l'Imperial Highway, un torrent déchaîné d'automobiles glissait jusque sur l'horizon, absorbé par une épaisse nappe de dioxyde de carbone.

Essoufflé, Jeffrey s'épongea le front puis, en posant sa main sur l'épaule de Kassabian, il le força à ralentir le pas :

— Un instant, dites-moi pourquoi sa fille n'a pas cherché à le retrouver avant, et pourquoi est-ce vous qui lui avez conseillé de le faire subitement ?

— Pour rouvrir le dossier de ce merdier, capitaine, afin de justifier notre venue ici. Carcassonne est très malin, sournois, et c'est pour ça qu'on a besoin de vous dans cette enquête. On pense que vous pourriez retrouver la trace de ce ressortissant français qui aurait immigré chez vous, et que vous pourriez remonter jusqu'à lui. Il faut absolument qu'on mette la main sur ce type. Depuis que les restes du flic abattu ont été retrouvés, on pense qu'Isaak Kavarov serait tenté de venir abattre Carcassonne qui pourrait le compromettre...

Ils débouchèrent sur un immense parking. Son bitume surchauffé dégageait des relents d'essence et de plastique brûlé. Ils s'enfoncèrent dans la jungle de véhicules et s'arrêtèrent enfin près d'un 4 × 4 en piteux état, crasseux et cabossé. Jeffrey pointa sa télécommande et appuya sur le minuscule bouton en ronchonnant. Le Chevrolet Tahoe, siglé aux armes du LAPD, émit deux signaux brefs et Jeffrey ouvrit la malle arrière. Il s'empara des bagages qui encombraient ses hôtes et les jeta dans le large coffre. En le refermant, il scruta Melvin Meideiros qui restait toujours silencieux, puis lui demanda avec la voix d'un homme épuisé :

— Et vous, alors, vous êtes le gars qui a des visions, c'est ça ?

Melvin le fixa intensément sans répondre.

— Vous me paraissez troublé, vous n'avez pas dit un mot depuis que vous avez débarqué..., insista le capitaine.

— Pour répondre simplement à votre question, je suis celui qui voit ce que vous ne voyez pas, cher capitaine Jeffrey, et j'entends ce que vous n'entendrez jamais... Je suis le récepteur du murmure des morts, continua Melvin sur un ton aussi froid que du marbre.

— Waouh ! Vous êtes flippant, là, ironisa Jeffrey. Dans ce cas, pourquoi vous n'avez pas déjà résolu cette affaire, hein ?

— C'est justement pour cette raison que je suis ici, c'est ce que je suis venu faire..., rétorqua le médium en vacillant et en se tenant l'abdomen.

— Ça n'a pas l'air d'aller fort... ça va pas ?..., s'inquiéta Jeffrey.

— Si... ça va, ça va aller. Je sais maintenant pourquoi on se trouve ici...

Le flic bedonnant dévisagea Melvin qui répondit d'une voix sombre :

— Écoutez, d'ici quelques secondes, vous allez recevoir un appel d'urgence du central, il va s'agir d'un homicide, dans un lotissement traversé par Cumberland Avenue, à l'ouest de Silver Lake...

Jeffrey interrogea Kassabian d'un long regard. Le médium continua :

— ... Il s'agit d'un meurtre par arme à feu, et la victime a été abattue d'une seule balle.

— Bon, arrêtez vos conneries, maintenant, ça va ! On m'a souvent parlé de l'humour français, mais là... Vous êtes déjà venu dans le quartier ou quoi ?

— Vous devez confondre avec l'humour belge, l'interrompit Kassabian, ce qu'est en train de vous dire Melvin n'est pas à prendre à la légère...

— En attendant, je vous conduis à votre hôtel et ensuite on s'occupe de votre ex-flic disparu…

Les trois hommes grimpèrent dans le véhicule et attachèrent leurs ceintures.

— Ça ne sera pas nécessaire ! précisa Melvin, irrité.

Jeffrey observa le médium dans le reflet du rétroviseur, juste avant d'exploser :

— Mais bordel ! De quoi vous parlez ?

— De l'homicide de Cumberland Avenue. Il est inutile que l'on cherche Carcassonne… le type qui s'est fait descendre, c'est lui.

Le capitaine Jeffrey hocha la tête en ricanant, puis il alluma l'autoradio. Johnny Cash claironna alors *Cocaïne Blues* à l'instant précis où le récepteur radio du véhicule grésilla. Dans un flot incompréhensible de mots hachés sur la fréquence, l'opérateur sollicita du renfort à toutes les patrouilles présentes sur le secteur de Cumberland Avenue…

Mouvement 44

Bloodworks

Les cinq corps momifiés s'étalaient les uns aux côtés des autres en vagues reflets brun noirâtre, en d'improbables formes torturées qui brillaient à la surface des clichés posés sur la table. Les cinq photos présentaient des visages à la peau parcheminée, à jamais figés sur l'horreur de leur propre mort. À droite du chapelet photographique, une sixième photo venait alourdir l'ambiance de cauchemar qui se dégageait du casting infernal, une image qui évoquait la violence avec laquelle le crime avait été perpétré : celle du corps d'Alexander Montgomery, éviscéré comme un animal à l'abattoir.

La lueur du néon douchait la surface du cliché qui brillait comme un miroir.

Cinq corps momifiés, et un macchabée encore frais.

Cinq momies. Quatre hommes, une femme.

L'agent de Dale Tylon aurait dû lui aussi finir dans un des box du loueur, mais le tueur avait abandonné ce projet. Pourquoi ? Avait-il été surpris par un témoin ? Pour quelles raisons avait-il délaissé le corps sur la berge du réservoir de Silver Lake ?

Mark Johnson avait le regard perdu dans le flot de véhicules qui descendait Wilshire Boulevard. À travers la vitre brûlante de la fenêtre, il observait l'incessant trafic qui le berçait et s'imagina au cœur de ce mouvement, transporté, ballotté jusqu'aux confins de la Californie. Il ignorait pourquoi, mais le va-et-vient des voitures sur l'asphalte l'hypnotisait, l'apaisait. Peut-être était-ce parce qu'il était à l'abri, à les observer de loin, réfugié derrière la fenêtre d'un bureau, loin des gaz toxiques, du bruit, des pannes et des accidents mortels. Il ne s'expliquait pas cette obsession pour les véhicules en mouvement...

— C'est évident... c'est exactement le même procédé ! grinça Klinger en posant un doigt sur la photo du cadavre de Montgomery.

Johnson revint à lui et se dit que des congés lui feraient le plus grand bien. Il adressa un large sourire à l'agent Klinger qui se tenait devant lui, elle-même penchée au-dessus des photos en retenant une mèche de cheveux derrière son oreille. Johnson se remémora la terrible érection qui l'avait tant gêné, le jour de leur première rencontre dans ce minuscule bureau du bâtiment fédéral.

Quant à l'agent Kapland, il avait été forcé de s'absenter. On l'avait chargé d'accueillir une nouvelle recrue en provenance de Quantico, en Virginie. Le gars venait d'achever ses classes sur le site de l'Académie du FBI.

— Vous avez parlé d'un procédé... mais où vous voulez en venir ? marmonna le flic.

— Vous n'y êtes pas, là, Johnson, vous rêvez ou quoi ? Je disais que si l'on considérait les mutilations, si on prenait le temps d'examiner les détails, on conclurait très vite que ce cinglé s'y est pris de la même manière avec Montgomery qu'avec les victimes précédentes. Le mode opératoire est le même..., fit Klinger en tapotant les photos du dos de sa main.

Johnson s'approcha d'elle et respira le parfum de ses cheveux, faisant mine d'observer avec attention les clichés sanglants.

— Vous n'avez toujours pas de nouvelles concernant l'identification des corps ?

— C'est en cours, souligna-t-elle sèchement, ce dont nous sommes certains, c'est qu'il y a au moins une femme. Et vous, votre interrogatoire avec le type du parc de location, ça a donné quoi ?

— Avec Lopez ? Oh... pas grand-chose. Ce type n'a rien à voir avec tout ça, ce gars est clean. Il a juste loué ses containers à un criminel, sans le savoir... La seule chose qu'on puisse lui reprocher, c'est de faire un peu de trafic de marijuana, mais ça s'arrête là...

— Je demanderai tout de même à la DEA de vérifier son pedigree...

— Et vous... avec Tylon, où est-ce que ça vous a menée ?

Elle se retourna et s'installa sur le bord du bureau, les mains bien à plat sur le haut de ses cuisses. Johnson nota le vernis presque noir qui brillait sur ses ongles.

— Les relevés effectués sur le crâne des cadavres révèlent des traces suspectes, mais ils nous apprennent surtout que l'arme du crime est identique sur les cinq sujets...

— Et pour Montgomery ?

— Idem...

— Et le rapport avec Tylon ?

— Patience, inspecteur Johnson, j'y viens... Après une multitude de comparaisons et d'essais, les experts de la cellule scientifique ont confirmé que l'arme du crime est bien un club de golf ; et plus précisément un putter en acier de marque Daito Genesis, possédant une forme triangulaire spécifique. Donc, il nous a semblé logique – puisque Montgomery était golfeur et qu'il avait des tas de connexions dans ce milieu – de penser que le tueur gravitait dans son entourage. Et selon vous, qui était le plus proche d'Alexander Montgomery ?

— Tylon... mais, vous êtes en train de me dire que vous soupçonnez Dale Tylon ? J'y comprends rien... c'est quoi le mobile ?

— Nous avons un peu gratté sous le vernis, enfin... c'est surtout l'agent Kapland qui s'est chargé de ça. Malgré son apparence d'ado attardé, Kapland est un excellent enquêteur, mais il n'est pas fait pour le terrain. Les interrogatoires, les filatures, tout ça, ça lui fiche la nausée. C'est un rat de laboratoire, il cherche, il fouine et il finit toujours par trouver !

Johnson acquiesçait de la tête en écoutant Klinger. Un sentiment de jalousie se déversa au fond de son cœur alors qu'elle lui vantait les mérites de son coéquipier.

— Et il a trouvé quoi ? fit-il, sur un ton blasé.

— Dale Tylon a eu une enfance perturbée. Abandonné à la naissance par sa mère, en France, il a grandi dans des foyers de l'assistance publique, puis au sein de familles d'accueil. La dernière à l'avoir accueilli, la famille Kerderrec, avait été accusée d'attouchements sur mineurs. Le père adoptif, un Breton qui tenait un garage de mécanique et carrosserie auto, avait été retrouvé mort dans son atelier, écrasé par le véhicule sous lequel il travaillait. Quant à la mère, c'était une personne très autoritaire et castratrice. Elle s'est défenestrée, peu après la mort de son époux...

L'inspecteur Johnson siffla entre ses dents pour exprimer sa surprise. Klinger ne sut déceler si le flic était ébahi par les recherches de Kapland ou par le fond sordide de l'affaire.

— ... La mort des Kerderrec reste suspecte. Des détails ont certainement dû échapper aux enquêteurs, mais le procureur a rapidement classé l'affaire et ils n'ont pas eu le temps d'y revenir.

— En fait, si je suis votre raisonnement, vous insinuez que Tylon aurait buté ses parents adoptifs, c'est bien ça ?

— On ne peut rien prouver... Les techniciens de l'identification criminelle n'avaient relevé aucun défaut quelconque sur le pont élévateur hydraulique, ni même découvert de pièces cassées qui auraient pu appuyer la thèse de l'accident...

— Et pourquoi ont-ils conclu à l'accident alors ?

— Le système hydraulique avait lâché, c'est tout...

— Et pour la mère ? demanda-t-il en se rapprochant plus près de Klinger.

Elle le scruta de haut en bas.

— Soazig Kerderrec s'est soi-disant suicidée. Elle s'est foutue en l'air en se défenestrant du second étage de leur appartement...

Johnson écarquilla les yeux. Il inspira profondément avec l'espoir de pouvoir inhaler de nouveau les effluves du parfum que l'agent fédéral portait.

— Et c'est tout ? Elle s'est balancée par la fenêtre ? Où est le lézard, qu'est-ce qui vous fait croire que Tylon est responsable de ça ?

— Là, une fois encore, ça reste équivoque... La quantité d'alcool et de barbituriques qu'elle avait dans le sang ne lui aurait jamais permis d'avoir la force d'enjamber le garde-corps qui était trop haut. Sans compter que Soazig Kerderrec n'était pas l'égérie de chez Elite et n'était pas anorexique, si vous voyez ce que je veux dire... et elle avait également de nombreux projets immobiliers en cours. Il est donc difficile de croire qu'elle voulait mettre fin à ses jours. Beaucoup d'éléments importants sont passés à la trappe dans cette enquête. Un couple un peu trouble aux tendances pédophiles, un ancien légionnaire reconverti dans la mécanique auto, joueur de poker à ses heures et trafiquant de haschisch pour les dealers de son village, une névrosée alcoolique, probablement usée par la vie et ses deux fausses couches ; les flics se sont dit qu'il valait mieux passer l'éponge sur cette affaire. Deux épaves en moins, cela n'allait certainement pas venir troubler le bon fonctionnement de la société...

— Je n'en reviens pas que Kapland ait pu recueillir tous ces renseignements, c'est quoi votre gars, là, un ancien de la *SSB* ?

— Non, c'est juste un homme passionné par son travail... et aussi quelqu'un de très intelligent.

Johnson jeta un rapide coup d'œil sur le tas de photos.

À son tour, Klinger se planta devant la fenêtre qui donnait sur Wilshire Boulevard. Flegmatique, elle ajouta :

— Après la… la disparition de sa famille d'accueil, notre cher Donatelli – car c'est son véritable nom –, celui que sa mère avait laissé à la maternité dans une enveloppe scellée, s'est fait la malle. Il a traîné une paire d'années au cœur de Paris, rencontré des marginaux, découvert la drogue dure et vécu dans plusieurs squats. Il avait alors à peine 20 ans. Une passion lui revint soudain, celle du dessin qui l'habite depuis l'enfance. Parmi ses connexions marginales, il y a Trumann, un jeune Anglais, un artiste paumé. Le taggueur, qui traîne Paris la nuit, lui enseigne l'art de la peinture urbaine. Ils vendent leurs croûtes une poignée de cacahuètes à ceux qui en veulent, et ils s'empressent ensuite de cramer le fric chez les dealers du quartier Barbès. Un soir, après l'injection d'une dose massive d'héroïne, Tylon s'effondre, foudroyé par la quantité létale du produit. Trumann, terrorisé, s'enfuit et laisse crever Tylon sur le trottoir. Mais une galeriste californienne, en déplacement d'affaires sur Paris, trouve le jeune homme en train de mourir lentement de son shoot fatal, gisant dans son propre vomi sur le trottoir d'une ruelle déserte… c'est ce que l'on peut appeler de la chance.

Klinger se retourna et fit face à Johnson qui semblait abasourdi par son récit.

— … Dale Tylon se reconstruit très vite et découvre chez la galeriste, qui se nomme Monika, une femme passionnée, aussi bien par sa peinture que par lui-même. Monika décèle le prodigieux talent de Dale Tylon et décide de présenter celui-ci à Karl Landon, le directeur de la prestigieuse galerie d'art The Blue Butterfly, pour laquelle elle travaille depuis cinq ans, à Los Angeles. La suite, vous la connaissez…

— Putain, c'est incroyable ce truc ! balbutia Johnson, ça me... enfin, j'veux dire, l'investigation menée par Kapland est surprenante. Comment il a pu réunir autant d'informations si précises sur ce gars, en si peu de temps ? Surtout que ces évènements-là se sont déroulés en France...

Klinger éluda la question et se pencha une énième fois sur les photos.

— D'après vous, que voulait faire le tueur du corps de Montgomery ? Moi, je mettrais ma main au feu qu'il allait s'en débarrasser en le lestant et en le coulant au fond du réservoir...

— Pourquoi il ne l'aurait pas gardé, pour faire comme avec les autres ? souligna Johnson.

— Je l'ignore. Ce que nous savons, c'est que Montgomery n'a pas été tué et charcuté sur les berges du réservoir. L'absence de traces biologiques sur les lieux le prouve, pas vrai ? Par contre, il a été vidé de son sang et délesté de ses tripes... comme les autres.

— Oui... mais une question me torture depuis qu'on a trouvé ces macchabées.

— Je vous écoute, Johnson...

— Depuis le début de l'enquête, je me demande quelle est la motivation de ce tueur, quel est son mobile, à quoi correspond ce mode opératoire. Pourquoi éviscérer ses victimes ? Garder des corps dans des containers, ça doit bien vouloir dire quelque chose, non ?

— Vous savez, je me suis souvenue de notre première rencontre, et votre théorie sur les pucerons et les fourmis m'est revenue en mémoire...

Le flic acquiesça d'un mouvement de tête en souriant.

— Oui, le fait de pouvoir disposer à volonté d'une ressource alimentaire, ou autre chose, stockée quelque part, en sûreté. Vous souvenez-vous de ce jeune chanteur anglais qui se nommait Pete Doherty, il y a environ quinze ans ?

— Absolument, je me souviens de ce petit con...

— Ce type produisait lui-même la matière dont il avait besoin pour ses œuvres. Il réalisait ce que l'on appelait des *Bloodworks*, il peignait des toiles avec...

— Mais oui ! Avec son propre sang ! termina Johnson en plongeant son regard dans celui de Klinger. Il avait même exposé ses œuvres en 2007, dans une galerie de Londres...

Ils observèrent alors simultanément les sinistres clichés.

Le puzzle prit soudain forme dans le crâne de Johnson et s'invita à prendre place au cœur d'un incroyable mécanisme.

Montgomery, l'agent du peintre... La peinture. Dale Tylon. Les corps exsangues et éviscérés...

Johnson tourna mollement la tête en chassant de son esprit les images sanglantes, mais la mélodie de *A Little Death around the Eyes,* de Doherty, tourna un long moment sous son crâne...

Mouvement 45

Dans les yeux de Clarisse

Oui, il avait tué.

Oui, il tuait encore, et il ignorait quand est-ce que tout cela prendrait fin, si cela devait vraiment cesser un jour.

C'était comme une saloperie de cancer qui le rongeait. Il tuait depuis le jour où son ordure de père avait posé ses mains sur lui, depuis ce jour où ce porc avait laissé l'empreinte indélébile de sa sueur âcre sur sa peau, son odeur qui sentait l'huile de moteur et la vieille graisse. Il tuait depuis que cette connasse avait cru qu'elle pouvait le boxer au gré de ses envies, oui, depuis ce jour il l'avait fait et il continuait de le faire. C'était comme si, soudainement, une étincelle avait mis à feu une charge de poudre stockée sous sa cervelle depuis sa naissance.

Il se rappelait avoir actionné le levier et déverrouillé la sécurité, alors que son père se trouvait sous le véhicule, imbibé d'alcool et d'herbe.

Il songea aussi à la truie, au puissant sédatif qu'il avait dilué dans sa bouteille de gin. Il avait patienté jusqu'à ce qu'elle titube, vacille, perde les pédales. Il avait monté le chauffage au maximum dans l'appartement, il avait attendu qu'elle suffoque, qu'elle vomisse. Prévenant, il avait ouvert la fenêtre du salon. Il avait ensuite rapproché près de celle-ci une chaise afin qu'elle puisse se pencher au dehors pour respirer. Il avait ceinturé ses jambes grasses et flasques et l'avait aidée à basculer pour plonger. Et puis rien. Juste un bruit mat contre le béton de la terrasse six mètres plus bas.

Dale Tylon revint à lui.

Quelle heure pouvait-il bien être ? Était-ce le matin, le soir ? Faisait-il jour ? Se trouvait-il en plein cœur de la nuit ?

Il s'extirpa définitivement de sa torpeur puis se rapprocha de la baie vitrée. Depuis la tour du premier étage de son immense demeure, il scruta le serpent d'asphalte qui sinuait sur les flancs des Hollywood Hills, entre les crêtes des monts Santa Monica. Plus loin, au nord, la vallée de San Fernando. À l'ouest, Pacific Palisades et Santa Monica.

Mulholland Drive desservait un chapelet de résidences telles que la sienne. À perte de vue, la démesure, les demeures d'un conte de fées à la sauce hollywoodienne.

Tylon s'interrogea. Il sonda son passé, autant que sa mémoire pouvait le lui permettre. Pourquoi en était-il arrivé là ? Qu'avait-il fait pour que la chance lui sourie autant, alors qu'il était en train de crever quelques années auparavant dans une ruelle à Paris ? Qu'avait-il fait pour ça ? Était-ce le fruit de son talent ? Probablement... mais lequel ? Le regard vissé dans le vide, perdu à l'extrême pointe du reptile de bitume que formait la célèbre route, un souvenir le traversa, la rémanence d'un évènement qu'il n'avait pas réellement vécu s'imprima dans son esprit, un fait qui lui avait été rapporté par un homme étrange : celui de la mort accidentelle de sa mère biologique percutée par un chauffard, sur une route de montagne isolée, en France.

Très loin, aux confins de Mulholland Drive, il lui sembla distinguer un regard imprimé sur la toile céleste, un regard cerné par un paysage de cimes enneigées. Deux yeux immenses d'un bleu cristallin paraissaient l'observer. Ceux de Clarisse. À l'extrémité de cette route qui s'enfonçait dans les méandres d'une société habillée de paillettes et d'illusion, vernie par ce rêve qui berçait tant de générations, il distinguait les yeux de Clarisse, celle en qui il avait poussé, s'était nourri de ses fluides qui contenaient déjà les racines du mal. Puis, lentement, semblable à une aquarelle sous la pluie, le regard saphirin de celle qui s'était accouplée au diable et avait mélangé chairs et sang avec lui s'estompa peu à peu en glissant sur la toile du ciel éthéré. Les dernières traces résiduelles de la vision s'évaporèrent pour s'extraire mollement de la mémoire et du cœur de Dale Tylon. Les paupières closes, la persistance rétinienne lui envoya encore l'image des yeux de sa mère qui finirent par disparaître, par saccades, dans un ultime scintillement.

Il aurait tant aimé connaître cette mère biologique, la sentir, l'embrasser, rire avec elle. La rage de cet échec s'était traduite par la sensation de n'être jamais né, puis s'était muée en une violence intérieure, déclenchant un processus inévitable d'introversion. Très tôt, Dale avait ressenti ce besoin de goûter au péché du sang. Six personnes étaient mortes afin qu'il puisse se soulager de cette douleur, satisfaire cette voix qui hurlait en lui et lui infligeait cette indicible souffrance.

À présent, il fallait qu'il tue encore pour faire disparaître cette sensation de ne pas être né. Après tout, le corps humain n'était-il pas l'ébauche inachevée d'un chef-d'œuvre délaissé par Dieu ? Il lui fallait donc immortaliser ses victimes, pour qu'elles aussi deviennent une œuvre d'art, afin qu'elles-mêmes fassent corps avec la création.

Le joueur de base-ball ukrainien fut sa toute première victime. Ce fut accidentel. C'était un modèle très jeune et très beau, venu poser pour ce projet de nus, cette expo qu'il préparait à l'époque sous l'influence de Montgomery, ce thème qu'il avait nommé : « L'homme nu, le sens du sang ».

Et puis il avait recommencé, quatre fois encore.

Quatre hommes, pleins de vigueur, splendides, sculptés comme des apollons. Lorsque le premier modèle s'était présenté, Dale Tylon avait senti que les choses ne se dérouleraient pas telles qu'elles étaient censées se dérouler. L'athlète avait quelque chose d'attirant, de terriblement sensuel, charnel, que le peintre n'avait su définir. L'artiste avait eu un frisson qu'il n'avait pu réprimer, un long spasme dont il s'était délecté. Puis le joueur de base-ball s'était déshabillé en accordant un timide sourire à Tylon, s'était laissé peindre de larges stries rouges sur le corps et s'était ensuite allongé sur le canapé. Tylon avait tiré des clichés couleur et une série en noir et blanc. Près du canapé, une toile vierge et démesurée reflétait un blanc pur et étincelant. Tylon avait senti pointer une érection. Il n'avait jamais ressenti cela auparavant, mais il avait bien dû se l'avouer : il avait éprouvé du désir à cet instant-là. La tête lui avait tourné, le jeune Ukrainien lui avait souri de nouveau. *Est-il en train de me faire comprendre qu'il perçoit l'intensité de ce moment ? Malgré cette virilité qu'il affiche, ne serait-il pas en train de me tendre les bras ?* avait envisagé Tylon.

C'est lorsqu'il avait replacé son modèle sur le canapé, en lui indiquant la meilleure pose pour les prises de vue, que sa main s'était délicatement posée derrière sa nuque et l'avait caressée, effleurée du bout des doigts. Le type avait alors bondi comme un diable hors de sa boîte et avait tordu le bras du peintre. Il avait pesté qu'il n'était pas gay et avait menacé Tylon, lui affirmant qu'il véhiculerait la rumeur à Hollywood. Pris de rage, les larmes aux yeux, au cœur de la dispute, Dale Tylon s'était alors emparé du putter de golf qui se trouvait dans le caddie, près du canapé, et avait frappé un coup sec sur le crâne de son jeune modèle. Il y avait eu un bruit mat, un craquement, et une éruption de sang. La projection était venue s'écraser sur la toile immaculée. Le joueur de base-ball s'était alors effondré comme un sac, dans un long râle étouffé.

Dale Tylon avait regardé enfler la flaque de sang, hagard.

Rien n'avait préparé le peintre à un tel acte, rien ne l'avait préparé au grand vide qu'il devrait affronter plus tard.

Vingt secondes. Et tout avait basculé.

Le sang s'était étoilé sur la surface virginale. Une longue arabesque était venue strier le vide, souiller le blanc polaire comme si l'œuvre avait exigé cette violence pour prendre forme et exister. Et c'est précisément à cet instant que la lumière divine l'avait frappé, qu'il fut traversé par un trait de génie sans précédent.

Dale Tylon avait alors pensé au sous-sol, son sanctuaire, son atelier, à l'endroit même où il enfanterait les toiles qui le rendraient riche et célèbre. Il avait pris conscience que seul cet endroit lui permettrait de trouver la force pour accomplir ce qu'il s'apprêtait à commettre.

Il se souvint qu'il avait eu chaud ce jour-là. La chaîne météo avait annoncé un 48 °C pour la journée, écrasant ainsi le record de la plus haute température à Los Angeles : ce fameux 47 °C de 1985 ! C'est aussi pour cette raison qu'il s'était éreinté en descendant la dépouille jusque dans le ventre de la bâtisse, peinant dans les corridors et les marches d'escaliers en traînant le corps musculeux du sportif.

Tylon avait tiré le cadavre près d'un amas de toiles encore vierges et roulées sommairement, puis l'avait longuement contemplé comme une œuvre d'art, un ouvrage qui s'était déjà en partie répandu, là-haut, sur la surface de lin immaculée. C'est à cet instant que la folie le prit ; une forme d'inspiration à la fois primitive et grandiose, réunir le végétal et l'organique, le liquide et le solide, fusionner l'humain et le divin.

Il s'était alors équipé de couteaux, de lames tranchantes, de rasoirs, de récipients, toute une panoplie d'ustensiles prêts à découper des kilos entiers de viande fraîche. Mais Dale Tylon s'était contenté d'ouvrir le thorax du bel éphèbe et, toujours porté par la force de cette transe hallucinatoire, il lui avait retiré les poumons, les viscères et un tas d'autres petits fragments de l'anatomie humaine. Il avait ensuite tranché les artères, recueilli le fluide vital dans un récipient plastique, ôté le cœur, fourré les organes dans un autre contenant et, pour finir, s'était empressé de rouler le corps dans une grande bâche noire. Il avait su, dès cet instant, qu'il tenait une sorte d'œuvre fantastique, le genre de révélation artistique qui ne vient qu'une fois par siècle et se détache de l'ensemble des créations humaines par le seul fait que cette lumière-là, cette étincelle de génie, ne brillera jamais plus et sera la seule et l'unique.

Tylon avait compris, avait été guidé, comme si une voix lui avait soufflé la bonne recette. Comme si tout ceci restait un acte inné.

L'expérience s'était achevée tard dans la nuit, après huit heures de travail intensif. L'odeur cuivrée, qui s'était répandue dans son atelier, était restée imprimée sur ses parois nasales pendant de longues heures. Il avait tout mixé. Le sang, les viscères, les organes... L'épais jus brun noirâtre qui avait empli le troisième récipient de cinq litres avait renvoyé des éclats sous la lueur de l'ampoule bleue qui éclairait la pièce. Dale Tylon y avait rajouté du sable, du liant à base de résine et de solvants, puis il avait de nouveau brassé sa mixture.

Le lendemain, l'œuvre qui allait propulser sa carrière était née. Elle allait le rendre immortel et intouchable, le bombarder au firmament de son art. La toile sur laquelle était répandu le corps dématérialisé du sportif ukrainien, du bel adonis libéré de sa prison de chair, avait quelque chose de sidérant et de sensationnel sur l'immense surface blanche. Toute cette matière de vie, ces fragments humains microscopiques glissaient sur la toile sous diverses formes elliptiques et longitudinales, semblables à un schéma représentant la structure ADN de notre combinaison humaine. *Alpha Genetic* avait pris possession de sa vie... la sienne et celle de tous les autres. Telle que celle du jeune Cassius qui lui fournissait, à l'époque, une coke hors de prix. Cassius, qui s'était retrouvé *étalé* sur une toile de quatre mètres par trois comme une confiture aux fruits rouges sur du pain grillé. Cassius, qui était venu composer la seconde œuvre magistrale du peintre français : *Beta Generic*.

Et puis il y avait eu une troisième victime, mais la chambre froide commençait à manquer de place. Alors il avait décidé de conserver les corps en dehors de la propriété. Il s'était souvenu qu'un de ses collaborateurs qui gérait ses droits à l'étranger connaissait un loueur de containers situé aux alentours de Los Angeles. Il avait lu, il s'était documenté sur les processus de décomposition des matières organiques, le phénomène de dessiccation et la thermométrie. Il avait pris conscience qu'il lui fallait conserver ce qui était le fondement de sa nouvelle orientation artistique, qu'il se devait de garder précieusement *ses tubes de peinture*, pour les faire sécher et en extraire ce pigment si cher à son art. À l'instar d'Eugène Delacroix, comme dans son œuvre « La liberté guidant le peuple », Dale Tylon se servait de restes humains comme de pigments, pour créer une palette de nuances brunes. Eugène Delacroix, comme nombre de peintres du début du XIXe siècle, liait des restes de momies à de l'huile sèche pour créer ses propres couleurs.

Son dernier achat avait été une table d'autopsie en acier chirurgicale. À ses yeux, il avait considéré que l'autel du sacrifice qui accueillerait sa femme Monika nécessitait d'être à l'image de celle-ci : à la fois brillant et froid. Peu de temps après cette acquisition, Monika était allée rejoindre les trois autres corps dans le parc/cimetière du loueur de box.

Il avait été forcé de faire disparaître son épouse. Cette dernière avait découvert l'effroyable secret de Tylon et, prise de panique, terrorisée, elle avait voulu le trahir, le dénoncer à la police. Alexander Montgomery avait été informé par Monika de la folie de Tylon et avait voulu le faire chanter, lui extorquer la somme de 10 millions de dollars en échange de son silence. Montgomery avait eu droit au même traitement que tous les autres. Mais les flics avaient trouvé les box, fouiné, gratté, mis à sac les tombeaux qui renfermaient sa matière première. Tout avait été si beau depuis le début, tout avait été si facile. Qu'allait-il faire ? Qu'allait-il devenir ? Le corps d'Alexander Montgomery avait été le déclencheur. Si seulement il avait eu le temps de l'immerger, de le couler au fond du réservoir de Silver Lake, si seulement la patrouille de flics n'était pas passée par là... si seulement.

Tylon était conscient qu'il devait agir rapidement, mettre un terme à cette carrière-là, se consacrer à la suivante et fondre, s'évaporer lentement. Briser le rêve américain...

Mouvement 46

Dans la cuisine du diable

Luka Kassabian n'en revenait pas. Les scènes de crime aux États-Unis n'avaient rien de comparable avec les scènes de crime françaises. C'était un peu analogue à ce qu'il avait eu l'occasion de voir dans certains téléfilms américains, si proches de la réalité. Une horde d'agents en uniformes allait et venait, un chapelet de véhicules policiers et de premiers secours, gyrophare en fonction, étaient garés le long du trottoir qui longeait la propriété de Carcassonne. Tout un contingent scientifique et administratif s'affairait déjà à l'intérieur de la maison, ainsi qu'aux abords extérieurs. Des policiers essayaient tant bien que mal de sécuriser la zone, cherchant à éloigner les badauds alertés par le déploiement des forces de l'ordre.

Melvin Meideiros observa la demeure de style Bauhaus à toit plat. Le temps d'un battement de cils, il lui sembla voir passer très rapidement le visage de Sohan Ordell par-delà la baie vitrée. Surpris, il bouscula un flic pour s'avancer, puis il réalisa avoir été leurré par un reflet à travers la vitre d'un véhicule. Le capitaine Jeffrey gara le Chevrolet Tahoe entre deux fourgons et s'empressa de rejoindre son équipe déjà sur le terrain.

Melvin Meideiros et Luka Kassabian, restés à l'intérieur du 4 × 4, observaient à travers les vitres la précision avec laquelle se déployaient les effectifs.

— On est loin de la méthode française, hein ? marmonna Kassabian en zappant les stations de radio.

— Dites-moi, vous comptez moisir dans la bagnole ? En ce qui me concerne, j'ai besoin de me trouver sur les lieux... Si vous voulez qu'on avance un peu, il faut m'en donner les moyens..., annonça Melvin en débouclant sa ceinture de sécurité.

Kassabian continuait de zapper les stations en jouant avec la série de boutons de l'autoradio. Il se retourna, dévisagea le médium avec un sourire en coin puis l'interrogea :

— Comment... comment vous avez fait ce truc tout à l'heure, sur le parking de l'aéroport, hein ? Enfin, j'veux dire, vous avez vraiment des visions, des flashes, c'est ça ?

— C'est terrifiant, ça me poursuit... Je sais à l'avance comment les gens vont mourir, je les vois dans ma tête, je les vois également après leur trépas et j'entends ce qu'ils ont besoin de dire avant de partir...

— C'est fascinant... mais honnêtement, je crois que je n'aimerais pas savoir pour moi...

— Je vous rassure, pour vous, c'est pas pour tout de suite..., lâcha Melvin sur un ton sarcastique.

Il ouvrit la portière et descendit du véhicule, imité par Kassabian. Jeffrey surgit alors devant eux, leur interdisant d'aller plus loin.

— Attendez, les gars... vous faites quoi, là ? Vous allez où ?

Melvin s'avança et approcha son visage de celui de Jeffrey.

— Dites-moi, capitaine, vous voulez que cette affaire et celle des momies soient bouclées rapidement, pas vrai ?

— Absolument... si on pouvait même coiffer au poteau les fédéraux, ça ferait plaisir au maire de savoir sa police locale aussi efficace..., répondit le flic américain qui s'épongea le front de son mouchoir.

— Bon, dans ce cas laissez tomber votre protocole administratif et laissez-moi voir la scène de crime... comme ça on sera fixés ! J'identifierai, ou pas, Victor Carcassonne... et si je ne suis pas trop troublé par tous ces gugusses qui entrent et sortent, je pourrais peut-être même savoir qui a fait le coup...

Jeffrey le dévisagea. Il bredouilla, confus :

— Merde... comment vous faites ça ? Vous parlez vraiment avec les morts ?

— On peut entrer, oui ou non ? demanda Melvin, agacé.

Jeffrey fit la moue, considéra les deux Français puis s'écarta en désignant la résidence.

— OK... venez.

Melvin pressa aussitôt Jeffrey :

— Qui a trouvé le corps ?

— Sa femme... enfin, sa compagne, une quinquagénaire repentie du trottoir, un ancien tapin, quoi... Elle dit être rentrée des courses et avoir découvert la boucherie...

— La boucherie ? Comment ça ? Je croyais qu'il s'agissait d'un homicide par arme à feu...

— Oui, ça, c'est l'arme dont s'est servi le tueur pour abattre le gars, mais pas pour le reste...

— Quoi, « pas pour le reste » ? C'est-à-dire ?

Jeffrey mima une expression de dégoût en tirant la langue.

— Ouais, ça va, j'ai compris..., grinça Melvin.

— Vous avez compris quoi ? Non... j'crois pas, moi. Vous êtes en Amérique ici, tout est démesuré, même la folie ! Je ne pense pas que vous ayez eu, au cours de votre carrière, l'occasion de voir une scène de crime semblable à celle qui se trouve dans cette baraque... Personne ne fait ça, merde ! Ce type se prend pour Léonard de Vinci, ma parole...

— C'est quoi ce délire, pourquoi vous dites ça ?

— Quoi ? De quoi vous parlez ?

— Vous venez de me parler de Léonard de Vinci..., insista Melvin.

— Venez, allons-y, éluda Jeffrey, vous enfilerez l'équipement que va vous remettre le staff de la scientifique...

Kassabian regarda s'éloigner Jeffrey et en profita pour agripper le bras de Melvin.

— Qu'est-ce qu'il raconte, ce connard ? Il prend les flics français pour des clowns, c'est ça ?

— Non, c'est rien... il est persuadé que chez nous on n'a pas l'habitude de voir ce genre de carnage. Il se trompe lourdement. Il y a onze ans, le diable était bien sur Terre et c'était en France qu'il faisait sa petite cuisine...

*

Dès cet instant il sut qu'il pouvait y arriver.

Il sentait que cette voie rédemptrice était la bonne, celle qui lui permettrait de brûler sur le bûcher avec dignité, avec la fierté d'un chef de combat.

Il s'était tenu aux règles essentielles du nouvel individu qu'il était devenu. Pas de chair humaine. Plus de connexions biologiques avec le maillon humain. Il avait tué, oui, c'est ce qu'il savait faire de mieux, et ce, depuis 1986, alors qu'il n'avait pas 28 ans lorsque, enrôlé dans l'armée soviétique, il avait rejoint les troupes militaires déjà introduites en Afghanistan depuis sept ans. Tuer des Moudjahidines avait été sa première rencontre avec la mort puis, ce qui au début fut un acte pour la survie devint ensuite un plaisir incontrôlable et insatiable. Lui, la fusion d'une curieuse alliance : celle d'une mère schizophrène, et celle d'un père qui se réfugiait dans le travail pour éviter de vivre le naufrage de sa propre cellule familiale. Il se revoyait enfant et bien au-delà ; il se voyait matière embryonnaire encore dénuée de cette séquence génétique qui le conduirait plus tard à la fièvre meurtrière...

Kavarov s'était tenu aux règles.

Son frère Grisha pouvait enfin reposer en paix. Kavarov estimait qu'il avait consommé les chairs du sacrifice, le sacrifice qui avait rendu justice au frère qu'on lui avait arraché.

Le vieux flic, quant à lui, il n'y avait pas touché. Il avait seulement dépecé le chien et apprécié ses chairs un peu rances, mais il n'avait pas goûté au vieux flic. Il était juste retourné sur les lieux pour accomplir sa dernière œuvre d'art, laisser sa griffe, rendre à Carcassonne un ultime hommage, à sa manière...

*

C'était tout ce qu'il restait à faire : s'évaporer, lever l'ancre et rejoindre le large, respirer les embruns de la liberté. Il lui fallait faire ce qu'il avait toujours fait : faire comme le diable, laisser croire qu'il n'était qu'une légende et qu'il n'existait pas.

Dans son salon, Dale Tylon contemplait ses œuvres.

Il avait enfilé un jeans, un pull large et une paire de baskets. Il s'était affublé d'une casquette blanche et d'une paire de Ray-Ban de soleil, noire, un modèle Wayfarer qui lui donnait une apparence de vieille star sur le déclin.

Il ouvrit le sac à dos suspendu à son épaule et en retira un flacon d'essence de térébenthine qu'il déboucha nerveusement. Il s'approcha des deux toiles et aspergea copieusement *Alpha Genetic* puis, en la détaillant une dernière fois, il arrosa *Beta Generic* dans un long soupir de contrition.

Il craqua l'allumette et effleura ses bébés du bout des doigts. Il caressa pour la dernière fois les fœtus de son éphémère carrière de peintre maudit, puis il enflamma les sœurs jumelles qui s'illuminèrent en crépitant.

Dale Tylon les observa un long moment, le visage nimbé d'une lueur dansante et mordorée.

Le feu venait de prendre possession des âmes emprisonnées au creux des fibres de lin et de chanvre, les renvoyant au cœur des enfers, les damnant à tout jamais.

Tylon écrasa une larme. À présent, la Terre l'appelait. Il n'y avait pas meilleur endroit que le cimetière pour disparaître. Il s'éloigna alors, abandonnant sa demeure et tout ce qui le raccrochait à cette vie-là...

*

Le vieux tapin se tenait dans la cuisine, effondré et entouré de deux policiers en uniforme. Son eye-liner s'était dilué dans ses larmes et lui barbouillait le visage, lui conférant une allure de clown funèbre, grotesque et pathétique.

La compagne de Victor Carcassonne avait été choquée par la vision du carnage et, à en juger par la boîte de sédatifs vide sur la table, il allait lui falloir un certain temps pour s'en remettre.

Kassabian et Meideiros s'engouffrèrent avec Jeffrey dans le corridor dont le sol était strié de larges bandes de sang. Ils pénétrèrent ensuite dans le salon dans lequel une colonie de scientifiques et de policiers échangeaient quelques mots à voix basse.

Un technicien de la cellule scientifique s'approcha et un flash inonda la pièce d'un éclair cru. Melvin tourna la tête et il le vit, fiché contre le mur.

Le tronc de Carcassonne avait été crucifié à l'aide de longues tiges filetées ancrées sur les parois en Placoplâtre du salon. La tête, les jambes, les bras, tout avait été sectionné et replacé à son emplacement d'origine, en croix, semblable à l'*Homme de Vitruve* de Léonard de Vinci. Il y avait quelque chose d'horrible dans son regard sans lumière, comme un gouffre sans fond, un abysse dans lequel résonnaient encore les cris d'agonie des victimes, celles auxquelles Carcassonne n'avait jamais rendu justice.

Des litres de sang s'étaient répandus sur le sol. Des éclats vermeils mouchetaient les murs, les canapés, l'écran de télévision, les tableaux. Melvin Meideiros était figé. Abasourdi. Ce qu'il craignait de pire se révélait sous ses yeux, là, comme une carcasse de bétail pendue à son esse de boucher. Le médium s'approcha alors davantage du cadavre crucifié, plus près de son visage tuméfié, puis il positionna lentement son oreille près de sa bouche. Il patienta quelques secondes et, enfin, il entendit le murmure :

Soyez sur vos gardes... Kavarov va vous conduire au cimetière, vous allez tous finir là-bas, vous allez tous vous retrouver entre les tombes, c'est là-bas que vous allez comprendre...

Melvin était persuadé d'une chose : Kavarov, le découpeur, le monstre de Stalingrad, avait refait surface.

Il approcha encore plus près son oreille :

La naissance, la mort... tout ce qui commence doit prendre fin un jour. Mais Kavarov n'est pas coupable... il doit cesser de culpabiliser, il n'est pas responsable de cette vie qui n'a jamais commencé, ce n'est pas lui qui a arraché la vie de Dale...

Kassabian secoua Melvin par la manche pour le ramener sur Terre :

— Dites... il s'agit bien de notre gars ? C'est bien Victor Carcassonne qu'on a là ? demanda-t-il en désignant de l'index la masse de chair clouée au mur.

Une série de flashes crépita, donnant à la scène un relief cru, un jeu d'ombres et de lumières surréalistes qui s'imprima sur ses rétines.

— Oui, c'est lui. C'est Carcassonne…, assura Melvin dans un souffle. Kavarov est venu régler des comptes avec son complice de l'époque… mais je m'étonne du fait qu'il soit venu jusqu'ici uniquement pour le descendre.

— Qu'est-ce qui vous fait dire que c'est Kavarov ? On n'en a pas la preuve formelle et… le cadavre vous a parlé ? Qu'est-ce qu'il vous a dit ?

— Pas la preuve formelle, vous êtes sérieux, là ? Mais quoi à la fin, vous croyez quoi ? Que c'est d'un copycat dont il s'agit ? Vous avez brassé les dossiers de l'époque concernant Isaak Kavarov, vous connaissez très bien son mode opératoire. C'est signé… l'homme de Vitruve, c'est Isaak Kavarov !

— Vous voyez rien, là, vous n'avez pas de flashes, pas de visions ? l'interrogea Kassabian en décrivant, de ses mains, d'improbables arabesques devant ses yeux.

— Non ! Mais qu'est-ce que vous croyez, Kassabian ? Que ça fonctionne comme ça, à la commande ? Je ne contrôle pas ce genre de chose… il a juste murmuré un truc du genre : *« Kavarov va vous conduire au cimetière, vous allez tous finir là-bas… »*

Le médium se retourna et interpella Jeffrey qui se trouvait à deux pas avec l'équipe du labo.

— Capitaine, c'est bon… Je sais qui est à l'origine de ce massacre. C'est la signature d'Isaak Kavarov, un détraqué derrière lequel la police française a couru pendant des années… C'est un type violent, sans pitié… et cannibale ! Je pense même qu'il pourrait être impliqué dans votre fameuse affaire de corps desséchés…

— Vous êtes certain de ça ? Vous pourriez m'expliquer ça dans les détails ?

Melvin Meideiros acquiesça d'un signe de tête, puis il souligna :

— Faites-moi confiance... c'est tout ce que je vous demande. Je finirai par vous apporter la preuve que ce que j'avance n'est pas *le fruit de mon imagination...*

Il y eut un mouvement dans le fond de la pièce. Des chuchotements et des exclamations de surprise. L'un des gars du labo venait de faire irruption dans la pièce, brandissant la tête et la queue du chien qu'il avait retrouvées dans la baignoire de la salle de bains. Plus loin, dans sa cuisine, déchirée par le chagrin et les barbituriques qu'elle avait avalés, la compagne de Carcassonne geignait, pleurant à chaudes larmes. Personne ne sut dire si elle s'apitoyait sur le sort de son amant ou sur celui de son chien.

Un flic s'approcha du petit groupe et s'adressa à Jeffrey :

— Bonjour, capitaine... Voilà, la vieille vient de nous apprendre une bonne nouvelle...

— Expliquez-moi vite fait, j'ai pas la journée.

— Elle dit que son compagnon était paranoïaque. Il avait truffé la maison de microcaméras dissimulées un peu partout pour identifier les individus qui se présentaient à l'entrée mais aussi, en cas d'intrusion lors de son absence, pour visualiser ce qui se passait chez lui. Le système envoyait un signal sur son cellulaire et il était aussitôt connecté sur sa centrale de vidéosurveillance.

— Ouais... et alors ?

— « Pretty Woman » dit que son mec avait installé ce système pour se protéger de personnes qui lui voulaient du mal ; mais elle, elle reste persuadée que c'était pour qu'ils se filment en train de faire des brouettes chinoises au pieu..., finit-il en riant.

— Je m'en tape de ces conneries ! Venez-en aux faits...

— Ce qui est intéressant, c'est que la vidéosurveillance se déclenche en cas d'effraction sur l'une des nombreuses entrées de la maison. La cerise sur le gâteau, c'est qu'on a une séquence vidéo continue et enregistrée..., termina-t-il.

Sûr de lui, Melvin posa une main sur l'épaule de Jeffrey et assura :

— Je vous le disais ! On va enfin voir le visage de ce fumier, je le savais...

— Où est le poste de contrôle de cette usine à gaz ? siffla Jeffrey près de l'oreille du jeune flic.

— Au sous-sol, capitaine, une équipe est déjà en train de télécharger la vidéo sur le serveur sécurisé...

Jeffrey pivota et demanda à Melvin :

— Bah... on va être fixés, on va savoir s'il s'agit de votre boucher russe ou pas. Vous pourriez l'identifier ?

— Évidemment...

— Voilà qui est parfait. S'il s'agit bien de votre homme, on lancera un avis de recherche...

Melvin Meideiros grimaça en dévisageant Kassabian, puis revint sur le capitaine Jeffrey qui suait à grosses gouttes :

— Je ne suis pas certain que cela soit une bonne idée de lancer cet avis de recherche...

— Et pourquoi ? Qu'est-ce qui vous fait dire ça ?

— Parce que selon moi, nous n'attraperons pas Isaak Kavarov. Il est très intelligent et sait pertinemment qu'il a été filmé dans cette foutue baraque. Si nous avons son image, c'est parce qu'il a bien voulu nous la laisser... Il cherche à nous faire savoir qu'il est là, de retour, il revendique sa présence et nous fait comprendre qu'il n'a peur ni de vous ni de personne d'autre...

— Ce type est siphonné, voilà mon avis ! On a les meilleurs enquêteurs sur l'affaire... On est en Amérique, ici, s'il croit pouvoir nous baiser, il n'est pas encore né !

— Ce type a baisé le diable lui-même. C'est le nouveau proprio des enfers, sachez-le, capitaine !

Jeffrey laissa retomber son sourire idiot. Il dévisagea silencieusement Melvin, fronça les sourcils et prit soudain un air préoccupé devant l'expression froide du médium. Il marmonna :

— Combien ? lâcha-t-il alors, en croisant les bras.

— Quoi, combien ?

— Combien cet homme a-t-il fait de victimes ? s'impatienta Jeffrey.

Melvin soupira. Las de rentrer dans ce genre de détails, il souffla d'une voix si basse que Jeffrey dut tendre l'oreille :

— Disons que vous avez eu Ted Bundy et Jeffrey Dahmer... et nous, nous avons Isaak Kavarov...

Mouvement 47

Hollywood Forever

Une jungle de matières carbonisées, un tapis de braises et de cendres. Voilà tout ce qu'il restait de l'immense et luxueuse demeure du peintre français.

— Le capitaine des pompiers m'a confié que lorsqu'ils sont arrivés sur les lieux, une bonne partie avait déjà flambé..., précisa Klinger.

— Et personne n'a rien vu ? Qui a appelé les secours ? demanda Johnson en enjambant les bandelettes de sécurité.

— Un bon nombre de résidents est absent. Il n'y a que des propriétés de célébrités par ici... la moitié du quartier sillonne la planète en ce moment même, ou se trouve sur un plateau de tournage à l'autre bout du monde... personne n'a vu le départ de feu. C'est un jogger qui a donné l'alerte... Tylon a dû flairer qu'on le soupçonnait lors de notre dernière visite et il a fait disparaître dans les flammes toutes les traces compromettantes, tout ce qui aurait pu le confondre..., termina Klinger en pointant du doigt les ruines encore fumantes de la bâtisse.

Une armada de pompiers s'était déployée et avait largué des mètres cubes de flotte, créant ainsi une espèce de bouillon noir qui empestait le plastique et le bois brûlés.

L'agent Klinger scruta l'amas de charbon.

— Je suis à peu près certaine que les deux grandes toiles qui étaient exposées dans son salon étaient des pièces à conviction. Ces tableaux contenaient très probablement le sang et les matières organiques de ses victimes… en plus du mandat d'amener, le District Attorney avait délivré un mandat de perquisition, il nous avait autorisés à saisir légalement ces objets… Quelle connerie ! Chiotte !

Elle serra les dents, rageuse.

— Klinger… comment vous avez eu l'info ? Enfin, j'veux dire… pour le Russe, comment vous avez su qu'il était le père biologique de Dale Tylon ?

Nerveuse, fatiguée, Klinger soupira avant de répondre :

— C'est Kapland…

— Quoi, encore Kapland ?

— Depuis Quantico, en préparant la nouvelle recrue qu'il doit ramener ici, il a continué à travailler sur l'affaire, puis il m'a fait parvenir un mail. Il aurait rencontré un ex-détenu par le biais d'un avocat. Après avoir lu la presse et appris l'assassinat d'Alexander Montgomery, l'avocat est venu lui parler. Il l'a informé qu'un ancien flic français lui aurait confié que Dale Tylon serait le fils d'un criminel extrêmement dangereux, un tueur en série recherché, d'origine russe…

Johnson écarquilla les yeux en hochant la tête.

— Mais… mais quelle espèce d'extraterrestre est donc cet agent Kapland ? Comment il fait pour avoir toutes ces informations aussi rapidement ?

— Je vous l'ai dit… Kapland est avant tout un journaliste d'investigation, il sait forcer les serrures administratives sans aucune effraction…

Le FBI débarqua sur les lieux. Les fourgons de premiers secours ainsi qu'une nouvelle kyrielle de camions incendie vinrent finir d'obstruer Mulholland Drive.

Samantha Klinger se mit sur la pointe des pieds, puis elle tapota sur l'épaule de l'inspecteur en désignant un groupe d'hommes qui avançait dans leur direction :

— Hey ! Regardez, là-bas, c'est pas votre grand chef, le capitaine Jeffrey ? Regardez, avec les deux gars, près de l'entrée…

— Merde ! Vous avez raison… c'est bien le capitaine Jeffrey avec ses *frenchies*…

Intriguée par un morceau de photo au milieu des décombres, Klinger enfila une paire de gants de latex et s'en empara. Elle l'observa un long moment en le faisant tourner entre ses doigts, perplexe.

— Dites-moi, agent Klinger, une question me taraude depuis quelque temps…

— Qu'est-ce qui vous préoccupe, Johnson ?

— Je ne sais pas… pourquoi Kapland s'investit-il autant dans cette affaire, par exemple…

— C'est sa première grosse enquête. C'est le premier dossier dont il a la charge et qui s'avère être celui d'un tueur en série… il s'est donné à fond, il a énormément œuvré.

— Moi, j'ai l'impression d'avoir été inactif dans cette investigation, même en y mettant toute la bonne volonté du monde. Et j'ai l'impression que Kapland, lui, il se balade, comme à la parade… et pourtant, il fait mouche à tous les coups !

Klinger détailla de nouveau le fragment de photo calciné. Un morceau de visage apparaissait derrière une couche de suie.

— Vous voulez rire, Johnson ? Votre modeste contribution a été le moteur de toute l'investigation, l'étincelle qui a mis le feu aux poudres. Même s'il est certain qu'aujourd'hui c'est un vrai bordel. Mais on a de plus en plus d'éléments, et on ne devrait pas tarder à boucler cette affaire. Vous avez dirigé l'enquête concernant les homicides du parc de location et ça, c'est déjà énorme, vous avez assuré comme un chef…

— Bah… pour ça aussi, je n'ai pas fait grand-chose.

— Écoutez, nous avons des accords avec les autorités. C'est bientôt les élections, d'accord ? Alors cette enquête doit être bouclée par la police locale, OK ? Voilà les consignes qui nous viennent de très haut. Nous ne savons pas pourquoi, mais les pouvoirs politiques en place doivent le rester… mais je ne vous ai rien dit, c'est entendu ?

— Quoi ?

— Considérez que le FBI est ici juste en soutien…

— Mais…

— Ah, oui… j'allais oublier : la momie de sexe féminin a été formellement identifiée. Le cadavre du box 337 est bien celui de Monika Tylon… l'épouse de notre très cher peintre.

Elle glissa le morceau de photo dans un sachet plastique et retira ses gants de vinyle. Sur le bout du cliché déchiré et brûlé, un haut de visage et un seul œil apparaissaient ; un œil d'un bleu transparent et lumineux.

Jeffrey, Luka Kassabian et Melvin Meideiros s'approchèrent, intrigués. Ils restèrent ainsi, figés sur les ruines d'un théâtre désolant aux relents de charbon froid.

Le purgatoire était vide. Le diable avait déserté.

Sous les cendres chaudes, même les enfers avaient cessé de flamboyer...

*

C'est dans le ciel que le feu se préparait. Il était aussi noir que le charbon qui jonchait les restes de l'incendie, et une fine pluie s'écroulait depuis la couverture nuageuse qui se zébrait parfois de longues cicatrices électriques.

Johnson formula un timide salut à l'égard de son supérieur. Luka Kassabian dévisagea l'inspecteur et lui serra la main en se présentant. Jeffrey s'approcha, l'air hautain, jouant l'autorité devant les flics français.

— Johnson ? Qu'est-ce que vous foutez là ? Je vous croyais avec un agent du FBI pour avancer sur l'enquête des momies...

— Capitaine, voici l'agent spécial Klinger, du FBI, soupira Johnson en présentant la jeune femme. En ce qui concerne cette saloperie d'affaire, nous avons pas mal avancé... mais vous, qu'est-ce que vous fichez là ?

— J'étais sur l'homicide de Cumberland Avenue, c'était moche... vraiment à gerber. Voici le lieutenant Kassabian, de la police criminelle française, lança-t-il en se retournant vers les deux flics, ainsi que Melvin Meideiros, de... heu...

M. Meideiros travaille pour l'IRERS, l'Institut de recherches expérimentales des rêves et du sommeil, en France...

— Les rêves ? demanda Johnson en souriant. Qu'est-ce que les rêves viennent foutre dans cette histoire ?

Jeffrey continua en éludant :

— Allez-y, Johnson, expliquez-moi... où en êtes-vous ?

Klinger s'approcha et tendit une poignée de main à Jeffrey.

— Excusez-moi, capitaine Jeffrey, mais si vous me le permettez, je vais vous faire un rapport très précis qui résumera l'ensemble de la situation...

Personne ne broncha. Seul le raffut des camions incendie qui quittaient les lieux vint troubler la solennité de l'instant.

L'averse s'intensifiait, fraîche et drue.

— Après une enquête très poussée, à la vue des éléments que nous possédions ainsi que le croisement des deux affaires, dont celle d'Alexander Montgomery et les momies du parc de location, nous sommes arrivés à la conclusion qu'il était impératif d'investiguer sur la vie de Dale Tylon. Montgomery était proche de Tylon, c'est pourquoi nous avons braqué le projecteur sur ce dernier. Mon équipier, l'agent Kapland, a travaillé nuit et jour et a épluché toute la vie du peintre. Je peux vous dire que c'est édifiant ! Tylon est un enfant de l'assistance publique, en France. Sa mère a accouché sous X mais, juste avant de disparaître, elle a laissé cette fameuse enveloppe avec son nom comme l'autorise la loi française. Quelques mois plus tard, la jeune femme est morte, percutée par un chauffard sur une route isolée de montagne. Kapland a également découvert que le père biologique de Dale Tylon pourrait être un dangereux tueur en série, un criminel recherché par toutes les polices de France et les services d'Interpol…

Kassabian et Melvin Meideiros s'avancèrent, intrigués. Meideiros demanda :

— Un tueur en série français, vous dites ? Lequel ?

— Disons qu'il s'agit plutôt d'un émigré soviétique, un ancien porte-flingue de la mafia russe, un exécutant du temps de Stalingrad…

— Nom de Dieu !…, marmonna Kassabian. C'est Isaak Kavarov, ça ! On est donc tous sur la même longueur d'onde…

— De fil en aiguille, nous sommes arrivés à la conclusion suivante : Dale Tylon serait le fils de ce dangereux criminel russe et de cette jeune femme, décédée peu de temps après avoir mis au monde son enfant. Je ne saurais vous dire s'il existe une explication scientifique à cela, mais c'est comme si Tylon avait hérité de la mauvaise séquence génétique de son père, comme s'il se vengeait du désastre de son enfance en prenant plaisir à tuer, et à faire ce qu'il fait avec sa peinture…

— Sa peinture ? s'étonna Jeffrey, le regard planté dans celui de Kingler.

— Nous pensons que Tylon réalisait des *Bloodworks*, des toiles réalisées à l'aide de fluides humains ou d'animaux, telles que du sang, par exemple. Les *Bloodworks* étaient très à la mode voilà quelques années. Beaucoup de stars du show-biz s'y sont essayées… concernant Tylon, nous sommes persuadés qu'il réalisait ce genre de prouesse, seulement… les fluides et les matières organiques qui composaient ses œuvres étaient de nature humaine.

— Vous avez la preuve de ce que vous avancez ? Vous avez fait saisir une œuvre ? Vous l'avez fait analyser ? demanda Jeffrey en levant le ton de sa voix.

Samantha Klinger soupira en pointant du doigt le monticule fumant, les restes de ce qui fut l'extravagante demeure du peintre. Elle força à son tour sur sa voix, essayant de passer outre le crépitement que produisait la pluie afin de se faire entendre :

— Tylon ne peignait pas de *Bloodworks* dans le but de tous les vendre. Il en gardait certains. Il possédait chez lui deux toiles immenses sur lesquelles, j'en reste persuadée, se trouvait le sang de ses victimes. Malheureusement, tout est parti en fumée... il nous reste la piste des acquéreurs, ceux qui ont pu se permettre d'acheter des toiles de Tylon. Nous pouvons faire saisir les œuvres et les faire analyser, demander des comparaisons ADN... c'est là notre dernière carte.

Jeffrey fronça les sourcils et dévisagea l'agent fédéral d'un œil noir.

— Bon, dites-moi, maintenant, cher agent Klinger, ce que vient foutre cette histoire de macchabées, que l'on a extirpés de ces caissons de ferraille, avec le délire néoconceptuel d'un peintre complètement à la masse...

Klinger se fendit d'un large sourire, ramena derrière son oreille une longue mèche de cheveux détrempés, puis rétorqua :

— Ces macchabées sont les victimes de Dale Tylon. Ces cinq cadavres lui ont fourni la matière première, la peinture et le liant dont il enduisait ses toiles. Son épouse, Monika, fait partie du lot. Quant à Montgomery, je pense que Tylon l'a liquidé car il en savait trop. Pour Tylon, ces corps, ces enveloppes de peau séchée, n'étaient que de vieux tubes de peinture vides...

Les lieux se vidaient alentour. L'incendie avait été maîtrisé et les membres des équipes d'intervention pliaient le matériel.

Une boue noire stagnait en flaques, se répandait en méandres et décrivait des sinuosités grasses sur le sol de la propriété. La foudre illumina alors d'un flash intense le décor lunaire qui s'étalait, dévoilant un enfer noir et absolument silencieux.

— Et vous ? lança Klinger, en s'adressant au capitaine Jeffrey d'un mouvement de tête.

— Nous ? Bah... l'homme qui s'est fait descendre chez lui, sur Cumberland Avenue, c'était bien l'ex-flic français que le lieutenant Kassabian était venu auditionner. À notre grande surprise, quand on a fouillé le poste de contrôle de la vidéosurveillance installé sur la propriété, on a vu le diable en personne, de nos yeux. On a vu comment, de manière froide et mécanique, sans la moindre compassion, il s'est occupé du corps de Victor Carcassonne. On a tout vu, même ce qu'il a fait du chien...

— Et qu'est-ce qui vous a menés ici, sur la propriété de Tylon ?

— On a trouvé des photos de Tylon chez Carcassonne. Il possédait tout un tas de photos rassemblées dans une enveloppe avec des courriers, des procès-verbaux et, aussi étonnant que cela puisse paraître, un dossier qui contenait une brochure du Hollywood Forever Cemetery, ce qui a bien évidemment attiré notre attention. On a survolé quelques lettres et on a compris. Carcassonne s'apprêtait à faire savoir à Kavarov qu'il avait un fils, et il voulait certainement monnayer cette information, lui procurer l'adresse où vivait son gamin pour une belle somme d'argent. Mais quelqu'un l'a devancé, et a fourni l'information à Kavarov bien avant...

— Ouais, continua Johnson, le Russe l'a buté, sachant que tôt ou tard il finirait par se mettre à table si les flics l'interrogeaient...

Melvin Meideiros prit alors la parole en hésitant, craignant paraître stupide :

— Ce qui a mis le feu aux poudres, c'est plus précisément le fait qu'on ait retrouvé les restes d'un policier disparu depuis dix ans. Il s'agissait de Sohan Ordell, mon coéquipier et ami. Carcassonne était impliqué dans sa disparition. Il trempait à l'époque dans une affaire de corruption et de trafic d'organes humains, et Sohan Ordell l'avait découvert. Le fait que la cellule criminelle se rapproche de la fille de Carcassonne, qu'une enquête soit rouverte, Kavarov a anticipé l'affaire et a buté l'ex-flic, de crainte qu'il ne parle. Il a fait d'une pierre deux coups, en se rendant ici, à L.A. Il est venu pour retrouver son fils et descendre celui qui aurait pu témoigner de son passé...

Klinger extirpa alors de sa poche un scellé plastique et exhiba le fragment de photo.

— Voilà le seul truc concret que j'ai retrouvé dans tout ce bazar, on dirait une femme. Il reste un quart de la photo et il n'y a aucune inscription au dos...

Melvin Meideiros vacilla. Il tomba à genoux, le souffle court. Pris de spasmes, il s'allongea dans la boue noire, suffoquant.

— Voilà que le Grand sorcier s'y remet, on dirait..., jeta Jeffrey, sarcastique, en s'étouffant d'un rire gras.

— L'homicide de Cumberland Avenue ne vous a pas suffi à ce que je vois, grinça Kassabian, irrité de la raillerie du cow-boy, Melvin vient d'avoir un nouveau flash...

Klinger s'avança et se pencha au-dessus du médium, inquiète.

— Oh ! Ça va ? Vous ne vous sentez pas bien ?

— Votre photo... je... je sais de qui il s'agit..., articula-t-il péniblement.

Toute l'équipe s'approcha de Meideiros et s'accroupit près de lui. Tous attendirent que celui-ci s'explique sur l'étrange portrait rongé par le feu.

— Ce morceau de visage, ce fragment, c'est... il s'agit d'une photo de Clarisse, c'est la mère de Dale Tylon...

— Et alors ? demanda Kassabian. Qu'est-ce que vous voyez, Melvin ? Essayez de nous donner quelque chose... si vous nous menez à Tylon, vous nous mènerez également à Kavarov...

— Tout à l'heure, le murmure du mort m'a appris que Kavarov nous enverrait au cimetière, mais il s'agit probablement d'une métaphore... Je crois que Tylon se trouve au cimetière, sur la tombe de Clarisse, et Kavarov s'y trouve également.

— Quoi ? Mais le corps de Clarisse Donatelli est inhumé en France ! rugit Kassabian.

Jeffrey se frappa soudain le front et déclara en bafouillant :

— Je sais... je crois savoir où il se trouve ! Vous vous souvenez de cette enveloppe qu'on a trouvée au domicile de Carcassonne, celle qui contenait des documents ?

— Tout à fait..., répondirent en chœur Kassabian et Melvin.

— Il y avait des courriers, des lettres manuscrites, des photographies, et une brochure sur Hollywood...

— Sur Hollywood Forever Cemetery ! termina Melvin. Demandez immédiatement une unité de renfort... on fonce sur Santa Monica Boulevard. Kavarov père et fils vont se retrouver devant la sépulture de Clarisse...

*

La fraîcheur du soir tombant l'enveloppa.

Dale Tylon sentit une goutte de pluie s'écraser sur sa joue, puis une deuxième, et une troisième. Mécaniquement, il leva les yeux au ciel et contempla l'imposante masse nuageuse qui couvrait Los Angeles. Voilà trois semaines qu'une chaleur étouffante écrasait la cité des anges, comme si la ville s'était retrouvée sous une cloche de verre, emprisonnée, condamnée à se dessécher et à griller lentement.

Il songea alors aux victimes tout au fond des box, puis il s'agenouilla dans l'herbe, juste devant la statue de marbre blanc. La sculpture représentait une madone ailée, grande d'environ trois mètres, qui surplombait une plaque de marbre vissée au sol ; une plaque sur laquelle apparaissait une courte épitaphe gravée en lettres d'or : « *My breath, my flesh, my blood, my life... why I was not born, this day ?* » (« Mon souffle, ma chair, mon sang, ma vie... pourquoi ne suis-je pas né, ce jour-là ? »)

Le jeune peintre se tenait immobile et silencieux, les mains posées bien à plat sur la dalle froide.

Il s'en souvenait encore. Il avait passé la commande à un marbrier de Los Angeles, de façon anonyme, et il avait procédé de la même manière avec les services municipaux pour acheter l'emplacement de la sépulture. C'était à l'automne, une aube froide et grise, lorsqu'il avait assisté à la mise en place de la statue et de la plaque commémorative. Il avait observé la scène au loin, avec une paire de jumelles. Rien ne cillait à l'intérieur d'Hollywood Forever Cemetery ce matin-là, pas une seule voiture, ni même un piéton dans les allées du cimetière.

Il avait fait ériger cette statue à la mémoire de sa mère biologique : Clarisse Donatelli. Celle qui lui avait donné la vie, celle qui était partie en l'abandonnant au diable. Cette femme qui avait voulu fuir le monde des hommes, fuir les désillusions d'un monde qui n'était plus le sien, oublier et se faire oublier.

Aujourd'hui, Dale Tylon venait se recueillir, se repentir, avant qu'il ne rende son âme, qu'il ne mette fin à ses jours damnés.

Entouré par le mal, éduqué par le mal, nourri par la main du diable ; tout le tracé de sa vie se résumait au fait qu'il n'avait jamais rien connu d'autre que la violence, le sang, la solitude et la vengeance...

Mouvement 48

Le fantôme des étoiles éteintes

Il avait entendu crisser les semelles sur le gravier détrempé et il lui avait semblé distinguer un mouvement du coin de l'œil. Dans son dos, le souffle d'un animal pourchassé, la respiration syncopée d'une proie traquée était venue se mêler au son de la pluie qui s'écrasait sur l'asphalte.

Recroquevillé sur la dalle de marbre, Dale Tylon sentait l'énergie de la présence qui l'observait, à quelques mètres, et qui encaissait en silence l'averse qui s'écroulait sur elle.

Tylon ouvrit lentement les yeux. Le regard voilé par l'eau qui dégouttait de ses cheveux épais, il entrevit néanmoins la silhouette massive qui se détacha de la pénombre. L'homme était grand, habillé d'un pantalon noir et d'un pardessus fripé, noir également. Il avait de longs cheveux poivre et sel, une barbe mal taillée et une longue cicatrice qui lui rayait la joue, de la pommette à la pointe du menton. L'inconnu paraissait avoir de l'âge mais des formes encore harmonieuses apparaissaient à travers les couches de tissu.

Isaak Kavarov se tenait à quelques pas de sa chair, tout près de celui dont il avait ignoré l'existence ces années durant. Un vertige fit chanceler le poids de son corps.

La voix de Kavarov s'éleva alors dans la nuit et son accent russe résonna sous le crâne de Tylon :

— Sais-tu que tu as du sang russe qui coule en toi ? Sais-tu que le sang qui coule dans tes veines est le même qui coule en moi ? Oui, j'ai tué des gens... j'ai dévoré leurs chairs, mais aujourd'hui, je fuis ce passé. Je suis venu te trouver pour t'aider à comprendre qui je suis, qui tu es et d'où tu viens. J'ai consommé mon dernier festin de chair en dévorant celui qui a sali ton passé, celui qui a sali ta mère. C'est un peu comme si je portais en moi des fragments de Clarisse... des morceaux de toi, mon fils...

Tylon caressa la dalle de marbre sans porter attention à l'homme qui s'était avancé. Des larmes vinrent lui brûler les yeux et un frisson le secoua. Sa gorge se noua, ses mâchoires se resserrèrent. Puis, pris d'une rage soudaine, il se releva et fit face. Kavarov était toujours immobile sous la pluie, insensible aux trombes d'eau qui s'écroulaient sur lui. Son regard était inerte, glacial, empli des âmes qu'il avait emprisonnées dans ses enfers.

Tylon braqua sur Kavarov une arme à feu qu'il avait dissimulée dans la ceinture de son pantalon, dans le creux de ses reins.

— Tu veux refaire le chemin à l'envers ? C'est ça ? réussit-il à balbutier entre deux sanglots. Je ne suis pas ton fils, je ne suis que la résultante de quelques minutes de baise et d'un mélange de fluides humains. Qu'est-ce que tu crois ? Tu n'as jamais su que Clarisse Donatelli avait enfanté... je ne suis que l'ombre de toi-même, une particule sortie de tes couilles ! Allez, montre-moi tes mains ! Lève-les, j'te dis !

Kavarov leva mollement les mains en l'air et ricana doucement.

— Je ne viens pas pour te voler la vie que tu t'es construite, je viens pour éviter que tu y mettes un terme, je veux juste te parler de ta mère, celle que j'ai aimée...

— Tu n'aimes personne, tu es le diable incarné. Je connaissais ton existence, c'est la différence entre toi et moi. Ce flic, que tu as descendu, ce Victor Carcassonne, il m'avait parlé de toi et m'avait mis en garde d'une éventuelle visite que tu m'aurais rendue un jour ou l'autre... je ne suis pas ton fils, Kavarov, je suis Dale Tylon...

Et il posa le canon du .357 sur sa propre tempe.

Une cicatrice de feu blanc lacéra le ciel à cet instant et un colossal craquement fit vibrer le sol. Il continua :

— ... Je suis un jeune artiste dépressif, malade, déphasé, sali, un jeune Français exilé aux États-Unis, un artiste au bord du gouffre, névrosé, dont on n'entendra plus parler d'ici quelques semaines. Mon curieux suicide dans ce cimetière, dans ce réservoir à macchabées de stars, viendra alimenter la presse à sensation pendant un temps et puis, peu à peu, on m'oubliera...

— Tu ne t'appelles pas Dale Tylon... ton nom c'est Donatelli Kavarov !

Le monstre russe fit un pas en avant. Il poursuivit :

— Ton nom est Grisha Donatelli Kavarov...

Tylon serra les dents et ferma très fort les yeux, espérant pouvoir absorber l'ultime sensation de douleur que lui renverrait l'impact du projectile.

Kavarov avança encore d'un pas, toujours très calme.

— Tu ne veux pas savoir ? Hein ! Dis ? Tu ne veux pas savoir pourquoi tu t'appelles Grisha ?

Tylon ouvrit les yeux. Il essuya de sa manche son visage défait, ruisselant de larmes et d'eau de pluie.

— Recule ! hurla-t-il en pointant le canon sur Kavarov. Recule, j'te dis ! Recule, salopard !

Froid, impassible, l'ancien porte-flingue de la *Bratva* précisa d'une voix uniforme et pénétrante :

— Ton prénom est celui que nous avions choisi avec Clarisse, ta mère. Nous avions un jour évoqué l'éventualité d'avoir un enfant, si je me retirais des affaires et si elle divorçait de William Donatelli… Grisha était le prénom d'un de mes frères disparu de façon tragique. Et puis l'évènement a surgi, Clarisse est tombée enceinte. Je ne l'ai jamais su et tu es né. Ta mère est probablement morte l'année qui a suivi ta naissance…

— Bouge pas, ordure ! Recule ! hurla Tylon, l'écume aux lèvres. Sais-tu au moins ce qu'a été ma chienne de vie ? Quel destin les divinités ou le diable, que sais-je, ont bien voulu m'attribuer ? Tu veux savoir ce que c'est d'être caressé sous la contrainte par son père adoptif, de ne pas pouvoir s'extraire de sous une masse de cent vingt kilos de graisse ? Tu veux que je te parle des raclées que me donnait cette énorme truie qui dégageait chaque jour une odeur d'alcool et de sueur rance ?

Au loin, derrière le mur du cimetière, la citerne aérienne des studios de la Paramount crevait le ciel anthracite, démesurée, rectiligne, à la verticale de toute une cité qui palpitait au rythme de ses étoiles, à la verticale de Melrose Avenue qui s'étirait jusqu'aux lisières de Beverly Hills.

Tylon releva le chien du .357 Magnum et replaça calmement le canon de l'arme sur sa tempe.

La pluie s'écrasait de plus en plus fort sur le bitume et les plaques de marbre alentour. Dans les profondeurs de la nuit qui était tombée, la rumeur lointaine du trafic urbain qui s'évaporait dans le silence se sublimait, à la fois dans le strass et les bas-fonds de la cité des anges.

Kavarov jeta un œil loin derrière Tylon, jusqu'au faîte de la citerne d'eau des mythiques studios hollywoodiens. La pensée qui le traversa à cet instant-là le fit frémir, s'insinuant jusqu'au creux de son crâne et de son âme damnée. Les studios de la Paramount jouxtant le cimetière lui renvoyèrent l'image d'une société autocrate, souveraine, contrôlant les individus qui la peuplaient comme de pauvres marionnettes ingénues : de la naissance à la mort. D'un côté, l'usine à rêve, la fabrique à stars, l'un des plus anciens studios de cinéma qui produisait ses étoiles, ses messies du septième art. De l'autre côté, cet immense parc de bitume et de marbre froid. Ce trou noir qui avalait les étoiles filantes qui s'éteignaient...

D'un côté, la naissance. De l'autre, l'extinction de la lumière.

Les étoiles naissaient, les étoiles mouraient.

Ce qui fit frémir davantage Kavarov, c'était cette proximité de l'arrivée et du départ. Des studios de la Paramount au cimetière du Hollywood Forever en fin de carrière, il n'y avait qu'un pas.

Du rêve à la mort.

Mais à ce moment-là, il ne rêvait pas. Une étoile brillait vraiment derrière le garde-corps du réservoir à eau aérien...

*

Les forces de l'ordre s'étaient déployées partout autour du célèbre cimetière.

Sur décision des plus hautes instances politiques de la ville, le FBI avait laissé les clés de l'affaire au capitaine Jeffrey. La police de Los Angeles devait être la seule constitution administrative qui pouvait prétendre avoir résolu l'affaire des momies. Les autorités locales avaient pour mission de cueillir Dale Tylon, bon pour la peine capitale par injection létale. Quant aux médias, eux, ils présenteraient Johnson comme le superflic qui avait intercepté le tueur, le flic qui porterait l'étoffe du héros. Los Angeles devait continuer à vendre son image, à donner l'illusion que tout était sous contrôle, protégé par sa police locale. Le nid à célébrités ainsi défendu laissait supposer que tout autre sorte d'individu l'était aussi : les investisseurs, les milliardaires étrangers, les politiques...

Depuis son enfance, l'inspecteur Johnson avait toujours été sujet au vertige. C'est pourquoi il avait frissonné lorsque la Paramount avait donné son autorisation concernant la cuve aérienne qui surplombait le cimetière.

Épaulé par deux tireurs d'élite, le flic se trouvait sur le tour de ronde, perché à plusieurs dizaines de mètres du sol derrière le garde-corps de la citerne. Peu rassuré, il s'adressa à l'un des tireurs déjà en place. Celui-ci ne décollait pas l'œil de la lunette de son HK PSG-1 :

— Vous êtes de quelle unité, vous ?

— FBI, Hostage Rescue Team, m'sieur, mission commandée. Il paraît que votre affaire est devenue une affaire d'État, c'est vrai ? demanda le tireur sans ciller d'un poil.

— Je ne peux pas vous en dire plus, mais ça pue vraiment, ouais... c'est vous qui devez sécuriser l'opération et on me sollicite pour faire acte de présence sur cette putain de citerne, je suis perdu, je n'y comprends plus rien... Vous avez qui dans votre lunette, là ?

— Je tiens la star... Dale Tylon. Mon collègue, à côté, il s'occupe du Russe...

Johnson éclaira sa torche-stylo et scruta le cadran de sa montre.

— Encore trois minutes et ils interviennent, ça va être un déluge de feu en bas...

Le sniper délaissa son viseur et tourna la tête. Rageur, il s'adressa à Johnson à voix basse :

— Nom de Dieu ! Mais vous êtes cinglé ou quoi ? Qu'est-ce que vous branlez avec cette lampe torche, éteignez-moi ça tout de suite ! Vous voulez qu'on se fasse repérer ? En pleine nuit, on ne voit que ça, un point lumineux mobile... Vous savez combien de soldats ignorants en poste se sont fait exploser la tête par des snipers pour avoir allumé une cigarette, en pleine nuit ?

Johnson secoua la tête en s'excusant maladroitement. Le sniper reprit immédiatement sa position, l'œil droit collé à la lunette de son fusil de précision. À sa droite, le second tireur d'élite n'avait pas bougé, n'avait pas émis un seul son. Dans la pénombre, on aurait pu croire à une sorte de statue, du genre de celles que l'on pouvait trouver sur les mémoriaux consacrés aux soldats tombés pour leur pays, une statue de bronze dépeignant un militaire qui représentait tout le symbole de l'honneur et de la liberté gagné par le sacrifice.

Johnson ajusta la capuche de son coupe-vent puis, une fois encore, il brisa le silence :

— Qu'est-ce qu'il fout, là, le peintre ? Vous le voyez ?

— Il se braque un flingue sur la tête ce con...

— Quoi ? Il veut se foutre en l'air ?

— Affirmatif...

— Et l'autre ?

Le sniper pointa de l'index son homologue, à sa droite, sans même décoller l'œil du viseur. Le flic se rapprocha de lui.

— Et vous, vous l'avez en visuel le Russe ?

Le tireur garda le silence. Il respira profondément, ajusta son oreillette et s'adressa au sniper de gauche :

— J'ai la confirmation pour H moins quatre-vingt-dix secondes... Tiens-toi prêt... il ne faut pas les louper.

Johnson prit soudain conscience de la tournure que prenait l'opération.

— Hey ! C'est quoi ce délire ? On vous a donné quel genre d'ordre, là ?

Le second sniper se retourna alors et répondit calmement en observant de nouveau le chronomètre de sa montre :

— Inspecteur Johnson, dans vingt secondes précisément vous passerez sur le canal 5 de votre radio, l'agent Klinger vous communiquera les consignes à suivre... je pense qu'elle va vous déconseiller d'utiliser votre véhicule. Et n'oubliez pas de monter le son de votre radio, on n'entend rien avec cette fichue pluie...

— *Me déconseiller de prendre mon véhicule ?* Mais qu'est-ce que vous racontez ? Je comprends rien... et vous allez faire quoi, vous allez les buter ces deux types, c'est ça ?

Pour seule réponse, le brouhaha étouffé du trafic de la ville, les sons de la cité qui s'étageaient dans le lointain, entre les strates de poussière et de lumières artificielles.

La cité des anges se perdait dans l'écran de sa nuit, hantée par le fantôme de ses étoiles à jamais éteintes...

*

L'agent Klinger passa sur le canal 5. Elle scruta nerveusement le cadran de sa montre et porta la radio près de ses lèvres.

Crépitements. Interférences. Une voix. Johnson, hors de lui, oublia le protocole des liaisons radio et hurla au travers des ondes craquantes :

— Klinger ? Qu'est-ce que vous foutez ? C'est quoi ce cirque ?

La jeune femme lui répondit mollement :

— Commencez par vous calmer, Johnson... nos supérieurs nous ont donné des consignes et on les applique, point barre !

— Les consignes ? Vous allez faire descendre ces deux types, pas vrai ? Et c'est quoi, cette histoire de véhicule que je suis censé ne pas utiliser ?

— Il s'agit d'une opération millimétrée... tout est prévu, calculé. Nous chapeautons l'opération mais les hautes autorités considéreront que c'est la police locale qui aura mis un terme aux agissements criminels de ces deux-là... le maire se présente prochainement aux élections et brigue le fauteuil de gouverneur de Californie... vous comprenez maintenant ?

— Pas vraiment... on a les moyens de les coincer sans feu, sans violence... j'comprends pas !

Un éclair zigzagua dans le manteau nocturne, inondant le cimetière d'une lumière crue.

— Il n'y a absolument rien à comprendre. Encore quarante-cinq secondes, et vous allez devenir un héros national, Johnson... vous allez enfin redevenir vous-même, vous allez pouvoir revivre, vaincre le mal qui vous ronge...

*

Le canon de l'arme toujours posé contre sa tempe, Dale Tylon dévisageait Kavarov. Il le scrutait comme s'il s'agissait de l'ange noir, comme si celui-ci allait déployer dans son dos une paire d'ailes hideuses et l'emmener par-delà les étendues du monde des ombres.

Le Russe s'avança, prudent.

— Pose ce flingue, Grisha... si tu fais ce que je te dis, alors on peut s'en sortir. On est piégés dans ce putain de cimetière, ils sont partout autour...

— Qu'est-ce que t'en sais, toi ? pleurnicha Tylon. Et puis arrête de m'appeler par ce prénom de dégénéré...

— Ce n'est pas notre bonne étoile qui brille tout là-haut..., lança-t-il en jetant un œil au sommet de la citerne de la Paramount.

C'est alors que la voix s'éleva soudain, hachée par les grésillements du mégaphone, le bruit des rotors et de l'orage.

Des clameurs et des éclairs crevèrent la nuit.

Les hélicos qui venaient de faire irruption balayèrent soudain la zone de leurs projecteurs halogènes, submergeant *les cibles* d'une spectrale couronne de lumière...

Mouvement 49

D'entre les morts...

— Police de Los Angeles... lâchez vos armes, il ne vous sera fait aucun mal...

Dale Tylon leva flegmatiquement la tête et, aveuglé par les puissants projecteurs des hélicos, plaça sa main en visière au-dessus de ses yeux.

Le bruit des rotors était assourdissant.

Kavarov s'approcha de son fils. À cet instant-là, les yeux emplis de larmes, Dale Tylon hurla et pointa le canon de l'arme en direction de l'hélicoptère qui les survolait. Il ouvrit le feu en s'écroulant à genoux, sanglotant comme un gamin secoué par une crise de nerfs.

Kavarov poussa soudain une sorte de cri de guerre et se précipita sur Tylon. Les innombrables canons noirs, qui avaient patienté dans l'ombre, se mirent alors à crépiter. Plus haut, l'appareil dégagea une épaisse fumée depuis le rotor de queue. Il oscilla dangereusement quelques secondes, puis il décrivit une courbe pour enfin s'éloigner et se fondre dans le manteau nocturne.

D'abord hésitante, l'agent Klinger s'extirpa de derrière une stèle de marbre sur laquelle se déroulait une liste de noms interminable. Elle interpella Kavarov, son arme bien braquée en direction du monstre de Stalingrad :

— Tu bouges pas ! Tu lèves tes mains lentement, je veux les voir… tu te mets à genoux…, fit-elle en hurlant à travers le rideau de pluie.

Des trémolos étaient venus briser sa voix. Elle tremblait et la peur nouait ses tripes.

Kavarov leva les mains tandis que deux autres hélicoptères se rapprochaient de la zone.

Klinger passa de nouveau sur le canal 5 et ajusta son oreillette :

— Johnson ? Vous me recevez ? Vous amenez votre cul ici et vous procédez à l'interpellation de Kavarov… l'hélico de CNN est en approche…

*

Johnson était abasourdi. L'ordre était clair. Il lui suffisait de descendre et de braquer son flingue sur le suspect. Rien de plus simple. Ensuite, c'était comme à la parade : photos et sourires étincelants devant les caméras au moment de passer les bracelets à Kavarov.

Mais quelque chose lui disait que le diable ne possédait pas qu'un seul jeu dans ses manches, qu'un joker maléfique viendrait faire basculer la partie.

— Vous faites quoi, les gars ? lança-t-il aux deux snipers toujours l'œil sur la lunette. Vous allez pas le buter, là ? Il faut que j'aille d'abord l'arrêter, hein… OK ?

Johnson laissa échapper un ricanement ridicule, s'apprêta à emprunter l'escalier de service quand, derrière lui, un des snipers tonna d'une voix paniquée sans jamais décoller son œil de l'optique :

— Code 2 ! Code 2 ! Il va tirer, ce con !

Des éclats de lumière. L'orage. L'eau toujours dégringolante d'un ciel boursouflé, du feu. Des hurlements et, enfin, des douilles fumantes qui s'éjectèrent et se répandirent sur le sol dans un bruit cristallin...

*

Kavarov sentit la piqûre brûlante et douloureuse lui pénétrer les chairs, juste dans le muscle du bras gauche, à l'instant même où il arracha l'arme des mains de Tylon. Klinger, paniquée, ouvrit le feu et Kavarov se protégea avec le corps de son propre fils, se servant de lui comme d'un bouclier.

Un projectile était venu se loger dans le crâne de Tylon, dans la partie temporale gauche. Kavarov se souvint aussitôt de la lueur, là-haut, sur le chemin de ronde de la citerne aérienne des studios de la Paramount. Il plongea au sol, se ramassa en une roulade parfaitement maîtrisée et tira sur l'agent Klinger. L'un des deux snipers de la citerne tira à son tour lorsque Kavarov se précipita au sol, mais il n'atteignit pas sa cible et toucha Klinger dans le cou. Celle-ci s'écroula, le regard vide, vissé sur le monstre qui ricanait en goûtant son propre sang. Son rire se répandit en un écho sinistre avant de s'évanouir dans le bruit de l'orage.

Malgré le feu qui le cerclait et crevait la nuit, Kavarov s'échappa en empruntant les allées du célèbre cimetière. L'hélicoptère de CNN avait rebroussé chemin, tandis que deux autres appareils de la police californienne entreprirent de prendre en chasse le fugitif.

Sur les lieux de la fusillade, les équipes de premiers secours s'affairaient déjà autour de la dépouille de Dale Tylon. À quelques pas, deux hommes en tenue blanche et flanqués d'un coupe-vent imprimé d'une croix rouge chargeaient le corps ensanglanté de Samantha Klinger sur un brancard.

On aurait cru à la préparation d'un sacrifice orchestré par une secte satanique. Le sang s'était répandu au sol, sur les caveaux et les fleurs qui ornaient ceux-ci. Sur le marbre blanc des tombes muettes, le pourpre contrastait d'une teinte saturée, violemment illuminé par le halo incendiaire des projecteurs.

Essoufflé d'avoir galopé depuis le sommet de la citerne, Johnson arriva près des ambulanciers. Cherchant son souffle, il demanda :

— Qu'est-ce qu'elle a ? C'est grave ? Elle va y rester ou quoi ? Oh ! Répondez-moi, bordel ! Qu'est-ce qui a foiré cette fois ?

Une fois la civière dans le véhicule, l'un des deux infirmiers se retourna vers Johnson, le jaugea d'un œil morne et dit enfin :

— J'en sais rien, mais elle n'a pas de chance... elle porte un gilet Kevlar et elle se prend un projectile dans la gorge...

— Il faut que vous me laissiez monter... je l'accompagne...

Une voix familière s'éleva alors dans son dos :

— Allez-y, Johnson... je vais rester ici, en renfort. Inutile de prendre votre véhicule, c'est trop dangereux, vous risqueriez d'avoir un accident... Montez dans l'ambulance.

Johnson se retourna et vit l'agent Alan Kapland, le visage fermé, austère.

— Vous ? Vous êtes revenu de Quantico ? Et puis c'est quoi cette histoire de véhicule, qu'est-ce que vous avez tous à la fin ?

— Je suis arrivé en fin de journée. J'ai appris que l'opération était en cours et j'ai foncé jusqu'ici. Klinger va s'en sortir, j'en suis sûr...

— Qu'est-ce qui a merdé, Kapland ? C'est quoi ce foutoir ? J'crois rêver, là, j'ai l'impression que...

— Rien n'est vrai ? C'est ce que vous voulez dire ? Je sais, la première fois que je me suis retrouvé au cœur d'une fusillade, moi aussi j'ai eu cette impression... une étrange sensation de montage, de déjà-vu, comme si tout ce dont à quoi j'assistais avait été répété depuis toujours...

Les ambulanciers firent signe à Johnson, lui indiquant qu'ils levaient le camp. Le flic grimpa à l'arrière, observant Kapland, comme si ce que celui-ci venait de lui dire levait le voile sur tous les secrets qui le tenaillaient.

*

Jeffrey décrivit de larges cercles en indiquant à ses hommes l'emplacement qu'ils devaient occuper, puis se retourna et s'adressa aux deux Français :

— Bon, écoutez les gars, je rejoins le poste de commandement à l'entrée du cimetière, vous me suivez et vous vous mettez à l'abri.

— Non ! Il n'en est pas question, capitaine, nous sommes ici dans la merde avec vous, nous plongeons avec vous. Je suis flic avant tout et je dois prendre part à cette interpellation, s'indigna Luka Kassabian en faisant de grands gestes. Vous mettez Melvin à l'abri, moi je file rejoindre Kapland...

Jeffrey le dévisagea des pieds à la tête et haussa les épaules. Melvin Meideiros s'approcha de son partenaire, inquiet :

— Ça va très mal finir tout ça, Luka... vous ne devriez pas vous jeter dans ce piège. Vous ne connaissez pas Kavarov, il... il est insaisissable, *ce n'est qu'une chimère...*

— Écoutez-moi, Melvin, ce n'est pas aux flics américains d'arrêter Kavarov, c'est à nous de le faire. Ils font de cette arrestation une affaire politique. Johnson a été désigné superflic de cette affaire pour redorer le blason de la police locale. Le maire, qui brigue le siège de gouverneur, se verra congratulé et crédité de voix supplémentaires. Je ne peux pas laisser faire ça... ce n'est pas un putain de cirque, merde !

— Je vous le répète, ne faites pas ça... *La mort est au bout, c'est tout ce que vous allez y gagner...*

Melvin observa Kassabian qui, déjà, s'enfonçait dans la nuit en direction de l'attroupement, plus loin, dans la lueur des gyrophares qui trouaient les ténèbres.

*

Kapland apparut depuis la pénombre d'une vaste sépulture bouffée par une sorte de champignon jaune. Au loin, il distingua la palpitation incandescente des gyrophares qui tournoyaient. Il embrassa le cimetière d'un regard circulaire et se focalisa sur l'entrée principale : une colossale entrée qui s'ouvrait sur Santa Monica Boulevard et ses vivants.

Il déverrouilla la grille rouillée du tombeau, y pénétra, fouilla le recoin et s'empara d'un M16 enveloppé dans une bande de tissu blanc.

Il s'enfonça ensuite dans la nuit d'un pas de course cadencé, de celui que des incessants exercices militaires avaient forgé…

*

Luka Kassabian ne rêvait pas.

Il s'agissait bien de l'agent Kapland du FBI. Celui-ci galopait avec un fusil d'assaut en bandoulière sur l'épaule et se dirigeait en direction de l'entrée, près du poste de commandement.

Kassabian se lança à ses trousses, hurlant comme un forcené :

— Hey ! Hey ! Kapland ! Attendez…

À la grande surprise du flic français, Kapland pivota en arrosant instinctivement la pénombre d'une rafale nerveuse.

Kassabian se jeta à terre, surpris, le souffle court. Il repensa succinctement à l'étrange phrase que lui avait susurrée Melvin Meideiros, juste avant qu'il ne se lance aux trousses d'Isaak Kavarov : *« … La mort est au bout, c'est tout ce que vous allez y gagner… »*

La voix s'était répercutée sous son crâne en longs échos, pendant que la silhouette de Kapland disparaissait dans l'obscurité…

*

Melvin Meideiros entendait les coups de feu qui résonnaient dans la nuit, et au plus profond de son esprit. Il sentait que quelque chose était en train de se produire, quelque chose d'essentiel, un évènement qui devait prendre sa place au creux de l'univers, presque aussi intense que la venue d'un être sur la Terre, aussi fabuleux que la naissance d'un enfant que l'on attend depuis trop longtemps.

Il appuya son dos contre le tronc noueux d'un arbre, rythma sa respiration en essayant d'en contrôler le mouvement, la cadence. Il s'affaissa lentement, les yeux clos. Il percevait la palpitation agressive des gyrophares à travers la peau de ses paupières, comme une musique silencieuse, comme un fœtus perçoit la lumière à travers la peau du ventre de sa mère. Les véhicules des forces de l'ordre, qui s'étaient introduits dans le cimetière, formaient à environ une centaine de mètres d'où il se trouvait un agglomérat d'androïdes immobiles ; laissés là, abandonnés dans la nuit, phares et gyrophares en fonction. Bleu. Rouge. Bleu. Trépidations de lumière syncopée. Les lueurs emplissaient le ciel d'onyx d'où croulaient sans discontinuer des cataractes d'eau froide.

Melvin s'allongea sur le gazon gorgé d'eau, tremblant de tous ses membres, claquant des dents. *Mais où sont-ils donc tous passés ?* pensa-t-il brusquement.

Quelque chose arrivait, à cet instant, quelque chose d'important. *Son crâne s'ouvrait enfin au monde*, il allait enfin pouvoir s'abreuver de toute la vérité et absorber tout ce qu'il avait toujours refusé de croire, la lumière céleste allait pénétrer le cœur de ses chairs et le libérer de cette douleur insurmontable.

Il repensa à ce qu'il avait confié à Luka Kassabian, juste avant que celui-ci ne se lance aux trousses de Kavarov : « ... La mort est au bout, c'est tout ce que vous allez y gagner... »

*

L'ambulance fonçait en remontant Santa Monica Boulevard, sirène hurlante, pour rejoindre le Southern California Hospital, à deux ou trois kilomètres.

Samantha Klinger était sous assistance respiratoire, reliée à la vie par un complexe réseau de fils et de tubes de caoutchouc. Son visage semblait reposé malgré l'importante quantité de sang qui le recouvrait.

L'infirmier dévisagea Johnson et lui accorda un sourire. Le flic agrippa alors la main ensanglantée de la jeune femme, la caressa, espérant que ce geste de compassion et le fait de frôler sa peau allaient bien pouvoir la maintenir en vie.

C'est alors que se produisit un curieux phénomène. Johnson entendit tout d'abord des violons, forts, pénétrants. Ensuite un rythme, celui d'un battement de cœur qui redémarre progressivement. Une mélodie hypnotique, céleste, une étrange ligne harmonique emplissait l'habitacle du véhicule.

Anxieux, le flic chercha à localiser la source musicale profonde et lancinante. Il lança un regard interrogateur au jeune ambulancier qui se mit à rire doucement, puis de plus en plus généreusement. La singularité de la situation inquiéta Johnson. Il resta pétrifié lorsqu'il identifia la voix : c'était celle d'un auteur-compositeur et chanteur français, Benjamin Biolay. Il connaissait cette chanson, *La Superbe*, il connaissait parfaitement toutes les paroles.

Pourquoi cette musique qui venait de nulle part ? Pourquoi connaissait-il aussi bien les paroles et pourquoi ce médecin riait-il, sans retenue, alors qu'il conduisait à l'hôpital une jeune femme sur le point de décéder ?

Johnson écouta alors attentivement les paroles du dandy français :

« On reste Dieu merci à la merci d'un conifère
D'un silence inédit d'une seule partie de jambes en l'air
Le soleil est assis du mauvais côté de la mer
Quelle aventure, quelle aventure. »

Dérouté, Johnson s'adressa à l'ambulancier qui n'en finissait plus de rire et qui, imperturbable, retirait un à un les cathéters reliant Samantha Klinger à la vie.

— Qu'est-ce que vous faites ? Qu'est-ce qui vous prend, vous êtes cinglé ? Arrêtez ça tout de suite...

L'homme continuait, sourd.

Johnson dégagea son arme de service de son holster et la braqua sur l'infirmier qui haussa les épaules, pris de son rire diabolique.

— Arrêtez ! Rebranchez-moi ces putains de perfusions ! Ne me forcez pas… c'est quoi ce bordel ? Cette musique, ça vient d'où ?

L'infirmier calma progressivement son euphorie et lui lança entre deux ricanements :

— Ne craignez rien, Chris, tout va bien. Vous n'êtes pas au volant de votre véhicule. Vous allez revenir… vous revenez déjà, d'ailleurs… vous êtes bientôt de retour en surface… je claque des doigts, trois fois, et vous reviendrez d'entre les morts…

— Je m'appelle Johnson, Mark Johnson, vous vous trompez de personne… putain, c'est un cauchemar ! Laissez cette femme, c'est un ordre ! hurla le flic.

Sa voix résonna alors en écho, interminable, pour enfin se diluer mollement dans le son distordu de la sirène qui lui vrillait les tempes. Sa vue se brouilla à cet instant-là et un grésillement se répandit sous son crâne, un peu comme la mauvaise réception d'un signal de télévision. L'image de l'infirmier qui débranchait Samantha Klinger défila, trépidante, instable. Johnson plongea soudain dans le gouffre d'une angoisse indescriptible.

Le dernier couplet de la chanson glissa mollement, comme un filet d'eau, un souffle d'air :

> « On reste Dieu merci à la merci d'une étincelle
> Quelque part à Paris au fin fond du bar d'un hôtel
> Dès la prochaine vie jurer de se rester fidèles
> Quelle aventure, quelle aventure ! »

L'infirmier se mit alors à claquer des doigts pour battre la mesure, en rythme, suivant les paroles bouleversantes de la chanson.

Johnson, au bord de la folie, hurla alors une dernière fois :

— Arrêtez cette musique... Arrêtez tout ! Arrêtez ! Maintenant !

Épilogue

— Aidez-moi ! Aidez-moi ! Mon nom est Johnson... ne débranchez pas ces câbles !

Dans le clair-obscur de la pièce, il s'éveilla en sursaut, le front ruisselant de sueur, le regard encore égaré dans le vague. Il se redressa, le souffle court.

Dans le salon feutré de style napoléonien, un éclat de lumière filtrait au travers des persiennes et arrosait la pénombre d'une douce nappe ambrée. À l'extérieur, la nuit était tombée et les réverbères brillaient de leurs grêles lueurs.

Sur le mur, près de la fenêtre, un tableau lui renvoyait une étrange scène : des corps suspendus au milieu d'une ville, des hommes revêtus d'imperméables noirs et de chapeaux melon, avec en arrière-plan un immeuble au toit rouge. Il reconnut alors la *Golconde*, l'œuvre de René Magritte.

En reprenant peu à peu ses esprits, il tenta de se défaire de l'horrible flot d'images qui avait alimenté son cauchemar.

Face à lui, près de la fenêtre, se tenait un homme d'un âge certain, assis dans un fauteuil de cuir. Il avait le crâne chauve et une barbe blanche fournie. À son côté, sur une sellette en noyer, un ordinateur portable et un livre épais. Le vieil homme coupa la musique et Benjamin Biolay s'interrompit au beau milieu de son refrain. Sur l'écran, des graphiques et une série de diagrammes se chevauchaient.

Il inspira un grand coup, bien fort, comme pour marquer la fin de la connexion.

— Tout va bien cher ami, j'ai claqué trois fois dans mes doigts et vous êtes revenu à la fin de la connexion... pas comme les fois précédentes où l'on a frôlé l'arrêt cardiaque, fit-il d'une voix douce.

L'individu le scruta un long moment, baissa la tête et marmonna tout bas :

— Nous sommes allés très loin ce coup-ci, docteur, je... j'ai...

— Vous vous souvenez de tout ? Vous n'avez pas perdu la mémoire au moins ? lança le praticien. Vous vous souvenez de mon nom ? Du vôtre ? De votre ancienne profession ? D'ailleurs, quel est votre nom ?

L'homme ouvrit grand les yeux. Il sourit alors et précisa d'une voix sereine :

— Lanzmann... Chris Lanzmann ! Mon nom est Chris Lanzmann... c'est étrange mais, j'ai rêvé d'une ahurissante histoire...

Dans le fond de la pièce, seul l'incessant tic-tac de l'horloge murale troublait le silence feutré du cabinet.

— Non, Chris, vous ne l'avez pas vraiment rêvée, vous l'avez un peu fabriquée cette histoire. Comme je vous l'avais déjà confié lors de vos précédentes consultations, cette psychothérapie est la meilleure qui puisse exister. Elle est pour l'instant en phase expérimentale en Europe mais déjà, aux États-Unis, et plus précisément en Californie d'où nous vient cette méthode, plusieurs patients ont réussi à retrouver une vie normale, un équilibre à peu près acceptable...

Submergé par une intense émotion, Chris frotta ses yeux inondés de larmes et inspira très fort. Il avait du mal à reprendre son souffle, comme s'il remontait des profondeurs, comme s'il venait d'effectuer une longue plongée en apnée.

— Bien évidemment, continua le psychothérapeute, cela n'effacera pas les souvenirs violents qui ont scarifié votre mémoire, cela ne fera pas revenir Clarisse. La douleur sera présente pendant de longues années, peut-être pour toujours.

— J'en suis conscient, comment... comment voulez-vous oublier le fait que vous ayez tué accidentellement l'amour de votre vie, la personne avec qui vous deviez passer le restant de vos jours ? Je garderai cela dilué dans ma peau, dans mon âme...

Chris se mit à sangloter, se cachant le visage entre ses mains, bouleversé.

— Lorsque vous avez tenté de vous suicider, il y a maintenant dix-huit mois, ce n'est pas vous que vous avez essayé de tuer mais votre conscience, votre âme, uniquement, Chris... vous ne supportiez plus l'idée d'être responsable de la mort de la seule personne qui vous correspondait sentimentalement. Vous ne supportiez plus le manque de ce sentiment d'amour, vous viviez avec ce mal qui vous rongeait, cette surface verticale qui se dressait chaque jour devant vous, cette tour babylonienne du mal, comme si le diable avait eu pour projet de rejoindre le ciel et de ne vous laisser aucun répit. Mais finalement, vous avez eu beaucoup de chance. Vous avez chuté d'une hauteur de vingt mètres et vous vous êtes écrasé au bas de votre immeuble, pile à l'endroit où la terre était un peu plus souple qu'ailleurs. Les pluies torrentielles des jours précédents avaient gorgé d'eau le sol du square, et c'est ce qui vous a sauvé la vie. Vous vous en êtes sorti avec de graves fractures sur tout le corps, vous avez subi des grosses interventions de chirurgie réparatrice, mais vous êtes resté en vie...

— La pluie, oui, comme dans ce foutu rêve... cette pluie qui n'arrêtait pas...

— ... votre coma a été long et pénible. Vous avez stationné entre la vie et la mort, et puis vous vous êtes réveillé. Bien évidemment, vous étiez brisé comme un biscuit trop sec, risqua le thérapeute en souriant pour assouplir l'ambiance, et votre convalescence a été très longue. Une abjecte mécanique s'est mise en fonction à partir de votre coma, pendant et après. L'amalgame de tous ces sentiments de culpabilité qui vous rongeaient, l'impression d'avoir repoussé un amour en le tuant, tout cela a fait que votre personnalité s'égare, que votre psychisme subisse de nombreux troubles, d'importants traumatismes...

Chris continuait de pleurer doucement. Il écoutait le vieil homme qui parlait d'une voix basse et lente, presque réconfortante.

— Je n'ai pas tenté de me suicider uniquement pour les raisons que vous évoquez...

— Je sais aussi cela, Chris. C'est pourquoi, nous avons entamé cette thérapie, afin que vous puissiez franchir les barrières qui vous empêchaient de comprendre, d'accepter. Lorsque le psychologue qui vous suivait est venu me trouver, et qu'il m'a raconté la terrible épreuve que vous traversiez, j'ai été ému. Et lorsqu'il m'a demandé de vous accepter comme patient, et de vous faire bénéficier de cette toute nouvelle thérapie, je n'ai pas hésité...

Chris baissa la tête. Il y eut un long silence.

— Votre traitement a été d'une efficacité redoutable, cette sorte d'hypnose, cette plongée dans le tréfonds de mon âme m'a libéré, je... il me semble que j'ai enfin accepté qu'il... *qu'il soit mort*.

— Comment le savez-vous, Chris ? Qu'est-ce qui vous fait dire ça ? Dites-le-moi...

Chris Lanzmann plongea son regard dans celui du thérapeute, puis secoua la tête en sanglotant.

— Je vous écoute Chris... comment pouvez-vous être certain *qu'il soit mort* ? insista le médecin.

L'ex-flic bredouilla :

— J'ai... j'ai construit ce film dans ma tête. J'ai vu celui qui devait être mon fils ; il s'appelait Dale Tylon et c'était un peintre célèbre, en Californie. J'ai vécu quelque chose d'effarant. Tylon était le fils d'une union cachée qu'aurait eue Clarisse avec un dangereux criminel russe : Isaak Kavarov...

— Le dangereux criminel russe, c'était vous ! Il s'agissait de la représentation machiavélique de votre personnalité, votre côté sombre, toute la douleur que vous portiez en vous, toute la rage... mais continuez...

— Il y avait... vous ! Enfin, disons que... il s'agissait d'une sorte de médium, un gars qui portait votre nom, il s'appelait lui aussi Melvin Meideiros. Dans le premier mouvement, il y avait également un flic qui s'appelait Sohan Ordell, et qui s'était fait descendre par mon supérieur de l'époque : le capitaine Carcassonne...

— Sohan Ordell était l'incarnation psychique de ce que vous étiez alors : un flic, un simple policier rongé par le remords. Il était votre représentation de l'ordre, de la loi, il était là pour découvrir ce qui avait bien pu se dérouler...

— Ordell avait enquêté sur mon suicide et avait découvert que l'ex-mari de Clarisse m'avait assassiné, et que Carcassonne était impliqué dans un trafic d'organes humains... putain ! Toute cette confusion... en l'espace de quelques heures de sommeil, tout ça pour découvrir que...

— Dites-le, Chris, pour découvrir quoi ? insista le Dr Meideiros avec un léger accent hispanique.

Submergé par l'émotion, Chris ouvrit la bouche pour prendre la parole mais fut incapable de formuler un mot. Il renifla, essuya ses larmes, puis précisa enfin entre deux sanglots :

— ... que Clarisse portait notre enfant au moment de sa mort, je... je les ai tués tous les deux, docteur, j'ai... j'ai tué mon enfant et sa mère...

Le silence reprit aussitôt sa place. Seul le cliquetis du mécanisme de l'horloge murale, synchrone, distribuait ses secondes au futur impatient.

— Chris, l'état modifié de votre conscience vous a permis de localiser vos angoisses, vos démons, de mieux comprendre et d'accepter les faits...

— J'en suis persuadé mais... pour quelle raison ce fils, qui dans le songe avait 25 ans, était la représentation d'un criminel qui tuait par plaisir et réalisait ses chefs-d'œuvre avec le sang de ses victimes ?

— Cela est le point de concordance avec vous ; le sang, la chair, l'ADN qui vous unissait. Le côté effroyable de Tylon représentait votre douleur, votre remords rejeté sur l'enfant, comme si c'était lui qui vous en voulait de l'avoir tué avant même qu'il soit né...

Chris se mordit la lèvre inférieure et renifla fort. Ses yeux, rougis et gonflés par les larmes, lui conféraient un air animal, farouche. Il déconnecta les divers patchs collés sur sa poitrine et son crâne qui le reliaient à l'ordinateur, puis il se leva du divan sur lequel il était allongé et se rechaussa. Il observa du coin de l'œil le Dr Meideiros qui n'avait pas quitté son siège puis, enfilant sa veste, il lui demanda calmement :

— Pourquoi la Californie ? Pourquoi le siège de mes troubles se situait-il là-bas ?

— Je vous l'ai dit : nous avons travaillé sur les bases de la thérapie très novatrice d'un confrère qui vit à Los Angeles... vous avez amalgamé... le reste, ce ne sont que les résidus mémoriels de votre passé, des individus que vous avez caricaturés...

Chris Lanzmann acquiesça d'un mouvement de tête en souriant.

— Et maintenant, d'après vous, qu'est-ce que je vais bien pouvoir faire ?

— Maintenant ? Vous allez vivre... il vous faudra encore parcourir du chemin, Chris, mais vous y arriverez. À présent vous savez, vous savez que vous avez pardonné à votre conscience et que tout n'a été qu'accidentel. Clarisse Donatelli est morte et enterrée voilà deux ans et vous, vous êtes en vie...

— Oui, je suis en vie... pour combien de temps encore ?

— Ce mal qui vous rongeait, cette culpabilité, ces remords qui vous sont apparus sous les traits de ce tueur redoutable surnommé Isaak Kavarov, tout cela ne viendra plus vous perturber, ce mal a fini de vous dévorer, c'était là son dernier festin…

— Cependant, il me semble devoir accomplir une dernière chose, docteur…

— Oui, et de quoi s'agit-il ?

Chris resta silencieux. De nouveau, le cliquetis du mécanisme de l'horloge. Il soupira et se rapprocha de Melvin Meideiros :

— Je crois que je devrais m'affranchir de tout ça… j'y pense beaucoup. Deux options s'offrent à moi. La première serait que j'aille trouver William Donatelli, l'ex-mari de Clarisse, que je lui parle de l'accident et que je lui avoue l'avoir tuée, et que j'aille ensuite me livrer à la police…

— Vous savez, Chris, les secrets les plus lourds, les plus terribles, peuvent parfois pousser à commettre l'irréparable…

— Je le sais, docteur, et c'est inévitablement ce qui me conduit à la seconde option…

— Et quelle est-elle ?

Chris dévisagea son praticien, une lueur dans le fond des pupilles.

— Celle qui me pousse à croire que je ne devrais partager ce secret avec personne, celle qui me pousse à croire que ce traitement, cette plongée au cœur de mes troubles a déclenché en moi quelque chose de profond, a soulevé une force enfouie, une force bestiale, primitive…

— Qu'est-ce que vous cherchez à me faire comprendre, Chris ?

— Je crois que ce personnage fictif d'Isaak Kavarov dont j'ai endossé le rôle, mon double psychique, la représentation de mes troubles dépressifs, m'a fait prendre conscience que cela était en moi et que j'aimais ça...

— Expliquez-vous, Chris, j'ai du mal à vous suivre, assura le praticien, inquiet et mal à l'aise.

— C'est bien ce que je m'apprête à faire, je vais vous expliquer...

Chris Lanzmann s'approcha du thérapeute, un étrange sourire collé aux lèvres, comme un rictus qui déformait un peu son visage pâle. Melvin Meideiros l'observa, préoccupé. Troublé par le comportement de son patient, il s'enfonça au creux de son fauteuil.

Le son mécanique de l'horloge murale s'intensifia, creusant encore un peu plus l'étonnante atmosphère qui se dégageait.

Chris vint s'asseoir sur l'accoudoir du fauteuil en fredonnant le refrain d'une chanson. Il se tourna un peu et, scrutant le Dr Meideiros du coin de l'œil, il pianota très rapidement sur le clavier de l'ordinateur.

— Que se passe-t-il, Chris ? Expliquez-moi..., risqua le médecin.

L'autre se retourna, un doigt sur les lèvres :

— Chut ! Écoutez... c'était la chanson de Clarisse, notre chanson...

— Je le sais, Chris, mais...

— Laissez couler, docteur... écoutez, ce sont les toutes dernières paroles..., précisa Chris en fermant les yeux.

Benjamin Biolay termina alors sa lente litanie amoureuse ; déversant sa voix et son hypnotique mélodie dans la pénombre du cabinet :

> « Dès la prochaine vie, je rêve de se rester fidèle...
> Quelle aventure, quelle aventure... »

Chris ouvrit les paupières. Il respira profondément, puis il s'adressa à Melvin Meideiros en posant sa main sur l'épaule de celui-ci :

— Vous voyez, je crois qu'effectivement dans ma prochaine vie je resterai fidèle... fidèle envers moi-même, envers tout ce que je suis vraiment...

— Et qu'êtes-vous vraiment, Chris ? tenta le thérapeute en plongeant son regard terrifié dans celui de son patient.

Chris tourna lentement la tête et scruta Melvin Meideiros. Ses traits semblaient figés. Son regard sombre et impénétrable effraya le médecin qui, à cet instant, sut que Chris Lanzmann allait *être fidèle à lui-même*.

Le médecin se souvint alors de la mise en garde dont l'avait dispensé le Dr Pappenheim, son homologue californien, le psychiatre qui avait élaboré cette toute nouvelle psychanalyse basée sur la méthode cathartique : *« Je préfère vous prévenir tout de suite, cher docteur Meideiros, on est loin de la méthode développée par Josef Breuer en 1880. Ma méthode est une sorte de fusée, un bolide qui permet d'accéder aux profondeurs des troubles, de plonger dans les névroses les plus lointaines des patients. Comparée à celle de Breuer, cette méthode est une Ferrari à côté d'une traction, on force les serrures psychiques en un temps record. Grâce à l'assistant scénario piloté par le système informatique, les images, les sons et les musiques que vous "injecterez" au patient seront les bases qui lui permettront de remonter à la source. Mais malheureusement, ce n'est pas sans conséquences... Nous avons eu quelques accidents, et nous déplorons la mort d'un patient... et aussi d'un médecin. À forcer trop vite la psyché humaine, et surtout trop profondément, on peut réveiller une terrifiante créature endormie tout au fond de nous... »*

Melvin Meideiros risqua alors une dernière question, le regard plongé dans celui de Chris Lanzmann :

— Alors, Chris, qui êtes-vous vraiment ?

— Je suis *tout* ce que l'humanité porte de plus noir depuis toujours. Je suis ce que je ne savais pas, ce que je ne pouvais soupçonner, je suis ce qui était au plus profond de moi, dissimulé, enfoui comme une maladie honteuse, un cancer galopant. Vous avez mis au jour une zone immergée de ma conscience profonde, une bête hideuse s'est réveillée. Alors, je vous le demande : sommes-nous maîtres de nos instincts primaires ?

Melvin Meideiros hocha la tête, les traits crispés.

D'un geste mécanique et précis, Chris Lanzmann agrippa alors le cou du thérapeute et le serra aussi fort qu'il le put. Il s'arc-bouta sur lui, positionna un genou sur son plexus solaire pendant que le praticien cherchait à se dégager en suffoquant.

Chris s'empara ensuite de la paire de ciseaux qui se trouvait près de l'ordinateur. Celle-ci scintilla dans un éclat de lumière. Il positionna la pointe des lames sur la gorge de Melvin Meideiros qui ne pouvait plus se débattre, paralysé par le genou de Chris qui écrasait sa poitrine.

Juste avant que Chris n'accomplisse l'irréparable, il tourna mollement la tête sur sa gauche et contempla le mur face à lui. Il scruta avec attention l'énorme cadre photo qui l'intriguait et la photographie noir et blanc qui se trouvait derrière le verre. Sur le cliché, Chris aperçut le pharaonique panneau d'Hollywood qui paradait sur le versant sud du mont Lee, rendant ses lettres de noblesse aux fameuses collines de Los Angeles. Son œil fut également attiré par le coin inférieur droit de l'image, et c'est à ce moment-là qu'il se mit à sourire.

En lettres blanches capitales, et en relief, la légende de la photo se détachait nettement :

« *Hollywood and the mystic dream*/**K**APLAND & **K**LINGER **P**HOTOGRAPHY **S**TUDIOS »

La voilà, la vraie vérité, pensa soudain Chris en enfonçant les ciseaux dans la gorge de Melvin Meideiros.

L'effusion de sang le força à tourner la tête, surpris par le jet chaud qui vint consteller son visage. Il passa doucement la pointe de sa langue sur la commissure de ses lèvres et goûta une petite perle de sang, avec délicatesse, découvrant ce nouveau goût à la fois salé et cuivré.

Il jeta un œil par les fentes des persiennes. Au dehors, la nuit, aussi noire et froide que la mort. La rue de l'Albanne, déserte et calme, qui s'étendait loin dans la pénombre, rappela à Chris combien l'homme pouvait être libre. Libre d'affronter l'humanité et sa rancœur ou de disparaître à jamais dans les ténèbres... dans ses propres ténèbres.

Il se dirigea vers le hall d'entrée, éteignit le luminaire près du canapé et ouvrit la porte de l'appartement. Il observa Melvin Meideiros et eut une dernière pensée, juste avant qu'il ne referme la porte : *J'aime le sang, la violence, la brutalité des images qui me renvoient l'éclat d'un corps ouvert et dispersé et ça, ça c'est indéniable ! J'aime ce choc qui me rappelle combien nous sommes infiniment délicats et fragiles, combien nous sommes si petits et si faibles face à nos instincts primaires que nous ne soupçonnons pas, face à nos démons qui sommeillent et patientent, ces démons qu'il faudrait laisser dormir et ne jamais réveiller… La voilà, la vraie vérité !*

Playlist

(par ordre d'apparition dans le texte)

01 : *La Superbe*, Benjamin Biolay

02 : *Tango de la peau*, Arno

03 : *Le Poinçonneur des lilas*, Serge Gainsbourg

04 : *The Sad Song*, Fredo Viola

05 : *Uncertain Weather*, Youn Sun Nah

06 : *Let's Dance*, David Bowie

07 : *The End*, The Doors

08 : *Cocaïne Blues*, Johnny Cash

09 : *A Little Death around the Eyes*, Pete Doherty

PREMIÈRE PARTIE

La verticale du fou

DEUXIÈME PARTIE

À la verticale des enfers

TROISIÈME PARTIE
Dans la danse du diable

QUATRIÈME PARTIE
Le dernier festin

Remerciements

Pour commencer, les tout premiers remerciements seront pour mes tout premiers lecteurs, ceux qui en 2010 découvraient cette novella de 70 pages intitulée *La verticale du fou* ; le premier opus de *La Trilogie des Verticales*. Merci à ces lecteurs-là, merci d'avoir continué de marcher à mes côtés, vous n'avez fait que grossir vos rangs et me voilà à présent fort d'une armée de fidèles lecteurs.

Il aura fallu huit ans. Huit ans pour qu'un éditeur audacieux ressuscite *Clarisse*, pour qu'il redonne vie aux personnages qui hantent ce sombre récit. Merci à French Pulp éditions de permettre à mes lecteurs de redécouvrir *Clarisse* sous un autre angle, mais aussi à de nouveaux lecteurs de pouvoir enfin la découvrir.

Mille mercis à Nathalie Carpentier, directrice de French Pulp éditions, pour m'avoir fait confiance et m'avoir permis d'intégrer ses écuries.

Je salue également bien bas le travail de l'équipe éditoriale ; tous ceux que je ne cite pas mais qui ont travaillé dans l'ombre.

Un grand merci, et surtout toute ma gratitude pour Sébastien Mousse, mon éditeur, qui suit *Clarisse* depuis sa naissance, et qui est l'un des premiers à avoir chroniqué *La verticale du fou*, du temps où il écrivait encore pour le magazine funéraire *Résonance*.

Enfin, merci à Edgar Allan Poe pour m'avoir donné goût à l'écriture, merci pour son œuvre et pour cette phrase aussi merveilleuse qu'énigmatique :

« Ceux qui rêvent éveillés ont conscience de mille choses qui échappent à ceux qui ne rêvent qu'endormis... »

DU MÊME AUTEUR

Thrillers

La verticale du fou, éditions Ex Æquo, 2010
Tueurs au sommet, éditions Ex Æquo, 2011
À la verticale des enfers, éditions Ex Æquo, 2011
La verticale du mal – le dernier festin, éditions Ex Æquo, 2012
Le cercle du chaos, éditions Ex Æquo, 2013 Prix Spécial Dora-Suarez en 2013
La compassion du diable, éditions Fleur Sauvage, 2014, Prix du polar Dora-Suarez 2015. Finaliste du Prix polar Saint-Maur en Poche 2016
Une forêt obscure, éditions Robert Laffont, coll. « La Bête Noire », 2016
Le tueur au miroir, éditions Robert Laffont, coll. « La Bête Noire », 2017

Nouvelles

L'Exquise Nouvelle, Éditions La Madolière, 2010
Transferts, éditions Ex Æquo, 2013
« Next Level », dans *Silencieuse et Perfide*, 2015

Éditions poche

La compassion du diable réédition de poche, éditions Bragelonne, 2016
Une forêt obscure réédition de poche, éditions Points/Seuil, 2017

À PARAÎTRE
CHEZ FRENCH PULP ÉDITIONS

COLLECTION POLAR

Série Requiem
Requiem pour un fou, Stanislas Petrosky, 2018
Noël au chaud, G.-J. Arnaud, 2018
Une secrétaire, Jérémy Bouquin, 2018

COLLECTION ATOUT CŒUR

Série Zodiac
Taureau, Tome 1, Emma Mars, 2018

COLLECTION NOUVELLES ENQUÊTES DE NESTOR BURMA

Les Belles de Grenelle, Michel Quint, 2018
Crime aux Marolles, Nadine Monfils, 2019

FRENCH PULP ÉDITIONS
NOTRE IDENTITÉ

Qu'est-ce que French Pulp ?

Pulp, comme ces feuilletons d'autrefois, ces romans qui depuis des siècles remplissent notre imaginaire de détectives durs à cuire, de femmes fatales et d'espions nonchalants, de héros familiers. Du roman noir à la saga familiale en passant par le space opera, ils ont donné naissance à une littérature dynamique et généreuse, qui fait aujourd'hui le bonheur de tous grâce à des textes fluides et percutants.

French, car il existe une école française de cette littérature. Populaire, addictif, son patrimoine mérite d'être défendu et son avenir renouvelé. C'est la mission que se donne French Pulp, qui publie à la fois des œuvres cultes de la littérature française dite *de gare* (G.-J. Arnaud, André Lay, Francis Ryck...), mais aussi de nouveaux auteurs, uniquement francophones, amenés à renouveler un genre habitué aux succès.

Mais pourquoi un nom anglais ?

Un nom anglais pour une maison qui défend la langue française, est-ce bien raisonnable ? La meilleure défense n'est-elle pas l'attaque ? Pour défendre notre langue et diffuser nos auteurs à l'étranger, ce nom en forme de clin d'œil annonce la couleur : tremblez, thriller, best-seller et autres *feel-good book* ! Chez French Pulp, tous nos auteurs ont vocation à être traduits et diffusés dans le monde entier afin de faire rayonner notre culture populaire.

Une maison d'édition engagée

Ces livres que vous lisez debout dans le métro, que vous ne pouvez pas lâcher le soir avant de vous endormir, qui résistent au soleil et à la plage, vous n'êtes pas les seuls à les dévorer : chaque mois, nos nouveautés seront parrainées, à travers un avant-propos, par des personnalités elles aussi subjuguées par le suspens, le merveilleux ou encore la modernité de ces histoires. Et comme chez French Pulp nous croyons dans l'engagement, à cette nouvelle société participative qui s'ouvre à nous, pour chacun des coups de cœur de nos personnalités, une partie des bénéfices tirés de l'ouvrage ira directement à l'association de leur choix.

Direction
Nathalie Carpentier

CHEZ FRENCH PULP ÉDITIONS

Collection Les Féroces

Joinovici. L'empire souterrain du chiffonnier milliardaire, Henry Sergg, 2016
Weidmann. Le tueur aux yeux de velours, Philippe Randa, 2017
L'Affaire Pauline Dubuisson, Serge Jacquemard, 2017
Mata Hari. La dernière danse de l'espionne, Philippe Collas, 2017
L'affaire Rose Keller, Ludovic Miserole, 2018

Collection Grands romans

Les Conquérantes, Tome 1 : Les Chaînes (1890-1930), Alain Leblanc, 2016
Les Brumes de Grandville, Tome 1 : Monotropa Uniflora, Gwendoline Finaz de Villaine, 2017
Les Brumes de Grandville, Tome 2 : Les Folies de Paris, Gwendoline Finaz de Villaine, 2017
Les Brumes de Grandville, Tome 3 : Le Seigneur de Venise, Gwendoline Finaz de Villaine, 2017
Les Conquérantes, Tome 2 : La Résistance (1930-1960), Alain Leblanc, 2017
Souffles coupés, Nataly Bréda, 2017
L'île du Lundi, Collas-Villedary, 2018
Les années cristal, Stéphane Nolhart, 2018
Tout le bonheur du monde, Frédéric Mars, 2018

CHEZ FRENCH PULP ÉDITIONS

Collection Anticipation

Qui suis-je ?, Peter Randa, 2016
La Compagnie des glaces, Tomes 1-2, G.-J. Arnaud, 2016
La Compagnie des glaces, Tomes 3-4, G.-J. Arnaud, 2017
La Compagnie des glaces, Tomes 5-6, G.-J. Arnaud, 2017
La Compagnie des glaces, Tomes 7-8, G.-J. Arnaud, 2017
La Compagnie des glaces, Tomes 9-10, G.-J. Arnaud, 2017
La Compagnie des glaces, Tomes 11-12, G.-J. Arnaud, 2017
Génération clash (Trilogie Chris le Prez, Tome 1), G.-M. Dumoulin, 2017
Intervention flash (Trilogie Chris le Prez, Tome 2), G.-M. Dumoulin, 2017
Évolution crash (Trilogie Chris le Prez, Tome 3), G.-M. Dumoulin, 2017
La Compagnie des glaces, Tomes 13-14, G.-J. Arnaud, 2018
La Compagnie des glaces, Tomes 15-16, G.-J. Arnaud, 2018
Les hommes sans futur, Pierre Pelot, 2018
Journal d'un marchand de rêves, Anthelme Hauchecorne, 2018

Collection Espionnage

Drôle de pistolet, Francis Ryck, 2017
Ashram drame, Francis Ryck, 2017
Derniers jours à Alep, Guillaume Ramezi, 2018.
Nous étions une frontière, Patrick de Friberg, 2017
Dossier Wasselot, Marc Welinski, 2018
Alix Karol, Tomes 1-2, Patrice Dard, 2018
Le codex des espions, Patrick de Friberg, 2018

CHEZ FRENCH PULP ÉDITIONS

Collection Polar

Paris va mourir, Francis Ryck, 2016
Le Géant, Michel Lebrun, 2016
Colère noire, Jacques Saussey, 2017
De sinistre mémoire, Jacques Saussey, 2017
Du rififi à New-York, Auguste le Breton, 2017
Le Gang des honnêtes gens, Pierre Nemours, 2017
Bronx. La petite morgue, Laurent Guillaume, 2017
Une femme de ménage, Jérémy Bouquin, 2017
Le Doulos, Pierre Lesou, 2017
Les Enlisés, André Lay, 2017
La Seine est pleine de revolvers, Jean-Pierre Ferrière, 2017
Privé d'origine, Jérémy Bouquin, 2017
Les gens sérieux ne se marient pas à Vegas, Serguei Dounovetz, 2017
Le Maître des émotions, Christian Cornu, 2018
Les enquêtes de Jean de la fontaine, Philippe Collas, 2018
Un Havre de paix, Stanislas Petrosky, 2018
Sous terre personne ne vous entend crier, Gilbert Gallerne, 2018
La mutualisation du crime, Jean-Marc Pitte, 2018
La maison des pendus, Jean-Paul Nozière, 2018
Enfermé.e, Jacques Saussey, 2018

CHEZ FRENCH PULP ÉDITIONS

Collection Angoisse

Frankenstein, Tomes 1-2 : La Tour de Frankenstein, Le Pas de Frankenstein, Benoit Becker (Jean-Claude Carrière), 2017
Frankenstein, Tomes 3-4 : La Nuit de Frankenstein, Le Sceau de Frankenstein, Benoit Becker (Jean-Claude Carrière), 2017
Frankenstein, Tomes 5-6 : Frankenstein rôde, La Cave de Frankenstein, Benoit Becker (Jean-Claude Carrière), 2017
Parodie à la mort, Peter Randa, 2017

CHEZ FRENCH PULP ÉDITIONS

Collection Nouvelles enquêtes de Nestor Burma

Les Loups de Belleville, Serguei Dounovetz, 2018
Terminus Nord, Jérôme Leroy, 2018

Retrouvez French Pulp éditions en ligne :
www.frenchpulpeditions.fr

Et sur les réseaux sociaux :

www.facebook.com/frenchpulpeditions
www.twitter.com/frenchpulp
www.instagram.com/frenchpulpeditions

Achevé d'imprimer en décembre 2018
par CPI Bussière
pour le compte de French Pulp éditions

Dépôt légal : octobre 2018 - N° d'impression : 2041795

Imprimé en France